HEYNE BÜCHER

HAFFMANS KRIMINALROMANE
BEI HEYNE

AARON ELKINS

Fluch!

EIN GIDEON-OLIVER-KRIMI

AUS DEM AMERIKANISCHEN
VON
JÜRGEN BÜRGER

WILHELM HEYNE VERLAG
MÜNCHEN

HAFFMANS KRIMINALROMANE BEI HEYNE
Herausgegeben von Gerd Haffmans und Bernhard Matt
Nr. 05/13. Im Juli 1993.

Para Pedro Crespo, gran compañero de viaje

Die Originalausgabe ›Curses‹ erschien 1989 bei
The Mystery Press, New York

Einzig berechtigte Taschenbuchausgabe
Wilhelm Heyne Verlag GmbH & Co. KG, München
Printed in Germany 1993
Konzeption und Gestaltung: Urs Jakob
Umschlagillustration: Nikolaus Heidelbach
Umschlaggestaltung: Atelier Ingrid Schütz, München
Gesamtherstellung: Ebner Ulm

ISBN 3-453-06475-5

1

»Ich versteh das nicht«, sagte Julie und nahm einen Stapel Semester- und Diplomarbeiten voller Eselsohren vom Stuhl neben dem Schreibtisch. »Eigentlich bist du doch ein ordentlicher und gewissenhafter Mensch. Du schmeißt deine Socken nicht einfach auf den Boden. Du läßt deine Unterwäsche nicht auf den Stühlen liegen. Du räumst deinen eigenen Kram auf . . .«

»Vorsicht«, sagte Gideon. »Das steigt mir noch in den Kopf.«

Vergeblich schaute Julie sich nach einer Stelle um, wo sie den Stapel ablegen konnte. Gideon deutete auf die hintere linke Ecke seines Schreibtisches, die beinahe zehn Zentimeter unter Papieren begraben lag. »Da, an die Wand, damit es nicht runterrutscht.«

Das tat sie, wollte sich setzen und zuckte zusammen. Sie zog ein metallenes Türschild unter sich hervor: »Gideon P. Oliver, Professor für physische Anthropologie«, stand auf dem Innenteil aus Plastik. Sie legte es auf die Papiere.

»Wieso«, fuhr sie fort, »arbeitest du also in einem Büro, das aussieht wie das hier?« Mit großzügiger Geste deutete sie auf den ganzen vollgestopften Raum: den Schreibtisch, den grauen Aktenschrank, die beiden Bücherregale, die Bücherbretter über dem Schreibtisch, die er, entgegen üblichen akademischen Verfahrensweisen, selbst an die Wand montiert hatte. Und alles quoll über von Papieren und Büchern. Viele Bücher lagen offen und wild durcheinander, mit den Rücken nach oben, gespickt mit Papierschnipseln als Lesezeichen.

»Das ist ein pädagogischer Kunstgriff. Es verunsichert die Studenten, wenn die Büros der Professoren nicht genauso aussehen, wie sie es aus dem Kino kennen.«

»Nein«, sagte Julie. »Ich glaube, das hier ist dein wahres Ich. Das Monster unter der Oberfläche.«

»Grrr«, machte Gideon und erhob sich aus dem Sessel, um ihren Kopf herunterzuziehen und sie zärtlich zu küssen. Einen Moment behielt er die Augen geöffnet, schaute zu dem sanften, schönen Gesicht auf. Dann schloß er sie ebenfalls und küßte weiter, ließ seine Lippen über die samtweichen Wangen, dann weiter zum Hals wandern.

»Gideon«, sagte sie und ging ein Stück zurück, »die Tür ist offen. Was ist, wenn einer deiner Studenten vorbeikommt?«

»Ist das dein Ernst? Sonntag morgens während der Winterferien? Da gibt es weit und breit keine Studenten. Auch keine Dozenten. Nur ich, der versucht, endlich diese verdammte Monographie zusammenzubasteln.«

Der Gedanke daran brach den Zauber nachhaltig. Er seufzte, lehnte sich zurück und schlug auf den obersten Papierstoß auf dem Schreibtisch.

»Und, schaffst du's?«

»Was, das Ding zusammenzubasteln? Ich weiß nicht. Ich hab den Rhythmus verloren oder weiß der Henker. Es kommt mir alles so abgedroschen vor. Oder vielleicht bin ich auch abgedroschen.« Er nahm das oberste Blatt in die Hand. »›Neubeurteilung der Hominiden des mittleren Pleistozäns‹«, las er laut. »›Taxonomische Revisionen auf Grundlage der neuesten osteuropäischen Funde der zweiten Zwischeneiszeit.‹« Er verzog das Gesicht. »Na, was meinst du, packt dich das?«

»Äh . . .«

»Mich auch nicht, und der Titel ist noch das Beste.«

Sie lachten, und Julie drückte seine Hand. »Komm, du hast heute Geburtstag. Ich lade dich zum Essen ein.«

»Ich dachte, du müßtest arbeiten?«

»Der Olympic National Park kommt für ein paar Stunden auch ohne mich klar. Wieso fahren wir nicht nach Seattle? Gegen eins könnten wir dort sein.«

»Lieber nicht, Julie. Wir würden erst ziemlich spät zurück sein. Ich würde die Arbeit hier wirklich gern zu Ende bringen

»Könntest du dich nicht einfach mit einigen deiner Archäologenfreunde in Verbindung setzen? Würden die sich nicht freuen, wenn du bei einer Ausgrabung dabei wärest?«

»Klar, wenn es dabei auch um ein paar menschliche Knochen geht. Und wenn nicht irgendein anderer physischer Anthropologe bereits zum Team gehört.« Er zuckte mit den Achseln. »Ja. Wahrscheinlich, genau das mach ich.« Und dann würde er Monate, vielleicht sogar Jahre warten, bis sich was ergab. Ungeachtet weitverbreiteter Ansichten tauchten bei Ausgrabungen nämlich nicht gerade häufig Überreste menschlicher Skelette auf.

»Schön. Gut. Beschäftigt dich sonst noch was?«

»Julie, weißt du eigentlich, wie alt Rupert Armstrong LeMoyne ist?«

»Aha, jetzt kommen wir endlich zur Sache. Wer ist Rupert Armstrong LeMoyne?«

»Der Dekan der Fakultät. Er ist neununddreißig. Zwei Jahre jünger als ich.«

»Gideon, wärst du gern Dekan der Fakultät?«

»Natürlich nicht. Darum geht's auch gar nicht.«

»Möchtest du so schlaff und weiß und selbstzufrieden sein wie Rupert Armstrong LeMoyne?« Sie drückte ihn auf den Schreibtischsessel zurück, ließ sich auf seinen Schoß fallen und umarmte ihn.

Was sich Gideon bereitwillig gefallen ließ. Nach zwei Jahren Ehe überlief ihn immer noch ein angenehmes Prickeln, wenn sie ihn berührte. »Woher weißt du, daß er schlaff, weiß und selbstzufrieden ist?«

»Na, komm, wenn man schon Rupert Armstrong LeMoyne heißt?« Sie öffnete die beiden obersten Knöpfe seines Hemdes und schob eine Hand hinein. »Hat Rupert Armstrong LeMoyne eine kuschelige, warme Brust?« Sie küßte ihn auf den Nasenrükken; seit er auf dem College geboxt hatte, war der platt. »Hat er einen männlichen, attraktiven Zinken? Hat er ein kantiges, sexy Kinn direkt aus den *Superman*-Comics?« Auch darauf drückte sie einen Kuß, und aus acht Zentimetern Entfernung schaute sie ihm mit leichtem Schielen in die Augen. »Na, wie mache ich mich? Muntert dich das auf?« Ihre Hand lag immer noch auf seiner Brust, streichelte sie mit langsamen, kreisenden Bewegungen.

Mit den Händen auf ihren Hüften zog er sie näher und streichelte dann durch den Stoff ihrer National Park Service-Uniformhose ihren Oberschenkel. Hatte er wirklich noch vor ein paar Minuten lustlos und niedergeschlagen hier gesessen? »Ich weiß nicht, ob man es direkt aufmuntern nennen kann«, meinte er, »aber irgendwas tut sich. Wieso vergessen wir nicht einfach das Mittagessen und fahren für ein, zwei Stunden nach Hause?«

»Sag mir«, fuhr sie unbeirrt fort, »ob Rupert Armstrong LeMoyne der Verfasser des bekanntesten Buches über die vergleichende Phylogenie der frühen Hominiden ist?«

»Des *einzigen* Buches über die vergleichende Phylogenie der frühen Hominiden.«

»Sei nicht kleinlich. So«, sagte sie und küßte diesmal seine Nasenspitze, »war das jetzt ein verlockendes Angebot für die nächsten beiden Stunden oder nicht?«

»Und ob. Und anschließend denken wir drüber nach, ob wir nicht für ein paar Tage irgendwohin fahren können, wo's nicht regnet.«

Gerade als er, sie noch immer im Arm, aufstehen wollte, klingelte das Telefon, und beide sanken auf den Sessel zurück. »Das«, sagte Gideon zuversichtlich, »wird ein sehr kurzes Gespräch. Geh du ran. Sag, ich wäre unterwegs zu einer äußerst wichtigen Besprechung.«

»Geht deine Sekretärin auch immer so ans Telefon? Auf deinem Schoß?«

»Wäre eine Überlegung wert, wenn ich eine Sekretärin hätte.«

Sie nahm den Hörer ab. »Sekretariat Dr. Oliver . . .« Sie legte den Kopf zurück und lachte. Ihr Haar streifte seine Schläfe, und er versuchte sie zu küssen, verfehlte jedoch sein Ziel. »Äh, hallo!« sagte sie. »Ja, ist er, Moment.«

»Vielen, vielen Dank auch«, brummte Gideon.

Julie behielt den Hörer am Ohr. »Ist das Ihr Ernst?« sagte sie, drehte den Kopf und sah Gideon an. »Das wird er nicht glauben.«

Mit einem eigenartigen Grinsen reichte sie ihm den Hörer. »Das glaubst du nicht.«

»Hallo, Gideon?«

Die dünne Stimme des alten Mannes zauberte sofort ein Lächeln auf Gideons Gesicht. Abraham Irving Goldstein, sein ehemaliger Professor und Immer-noch-Mentor. Avram Yitzchak Goldstein aus Minsk, der seine Karriere in Amerika mit siebzehn begonnen – indem er in Brooklyn Lumpen von einem Handkarren aus verhökerte – und sie als hochrangiger Gelehrter beendet hatte. Sein langjähriger Freund Abe Goldstein.

»Abe, hallo! Von wo rufst du an?«

»Von wo soll ich schon anrufen? Aus Yucatán, natürlich. Hör zu, was hältst du davon, ein paar Wochen runter nach Tlaloc zu kommen und mir ein bißchen beim Graben zu helfen? Julie auch, falls sie sich Urlaub nehmen kann.«

Gideon legte eine Hand über die Sprechmuschel und sah Julie an. »Ich glaub's einfach nicht.«

Abe befand sich als Vorstandsmitglied der *Horizon Foundation*, einer Stiftung für anthropologische Forschung, bei einer von dieser geförderten Ausgrabung etwa sechzig Meilen von Mérida, in der Nähe der mexikanischen Golfküste. Tlaloc, eine kleinere Kultstätte der Maya, war erst vor zehn Jahren entdeckt und die Arbeiten dort 1980 aufgenommen worden. Nachdem aber 1982 ein Skandal der Ausgrabungsstätte zu trauriger Berühmtheit verholfen hatte, wurden auf Anordnung des *Instituto Nacional de Antropología e Historia* der mexikanischen Regierung die Ausgrabungen eingestellt. »Für alle Zeiten«, hatte es theatralisch geheißen, »um die Erinnerung an diese schmachvolle Stunde für immer zu begraben.« Gideon war damals dort gewesen und hatte gerade die Arbeit an der Sammlung menschlicher Knochen beendet, die von Tauchern aus dem etwa hundertfünfzig Meter von den Gebäuden entfernten *cenote* – dem Opferbrunnen – heraufgeholt worden waren. Wie alle war er schockiert und empört über das, was geschehen war.

Danach blieb die Ausgrabungsstätte über fünf Jahre lang verschlossen, während sich die *Horizon* und das Institut in gegenseitigen Beschuldigungen und Verhandlungen ergingen. Am Ende leistete *Horizon* ansehnliche Wiedergutmachungen, und die Gefahr eines Prozesses war in aller Stille gebannt. Vor sechs Monaten hatte die Regierung weiter nachgegeben und *Horizon* erlaubt, die Arbeiten »unter strenger Kontrolle durch das Institut« wieder aufzunehmen. Eine der ausdrücklichen Bedingungen lautete, daß Dr. Abraham Goldstein (der an der ersten Ausgrabung nicht beteiligt war) persönlich die Leitung übernahm und seinen untadeligen Ruf und seine Sachkenntnis einem Unternehmen zur Verfügung stellte, das beim ersten Mal auf höchst bedauerliche Weise verpfuscht worden war.

Das alles, daran hatte Gideon keinerlei Zweifel, war von dem »pensionierten« achtundsiebzigjährigen Professor diskret eingefädelt worden, der dann Anfang Dezember Sequim mit Ziel Yucatán verlassen hatte, um die Ausgrabungen vorzubereiten. Gideon war nicht dazugebeten worden; die Arbeiten am *cenote* waren beendet, und man rechnete nicht mit weiteren Bestattungsfunden.

»Was gibt's denn, Abe?« fragte Gideon. »Sag nicht, du hättest noch mehr Knochen zutage gefördert?«

»Doch. Du erinnerst dich an das Gebäude, das als Haus des Priesters bezeichnet wurde?«

»Südöstlich des Tempels, völlig überwuchert von Kletterpflanzen? An dem wir damals noch nicht gearbeitet haben?«

»Genau. Nur daß wir jetzt einen Teil der Pflanzen beseitigt haben, und, stell dir vor, ein paar Meter hinter dem Eingang liegt eine Leiche. Ich habe dafür gesorgt, daß bis zu deiner Ankunft nichts angerührt wird. Kannst du kommen?«

»Wie ist das Wetter?« Nicht, daß es eine Rolle spielte. Er spürte bereits, wie die Erregung über eine Ausgrabung in ihm wuchs. Doch er meinte, er müsse sich zumindest den Anschein geben, daß er darüber nachdachte.

»Wie's hier unten immer ist. Heiß. Sonnig. Feucht. Genau, wie du es nicht magst, aber die Ausgrabung selbst ist ein Vergnügen.«

Gideon sah durch das Fenster, wie der Regen von den Blättern der patschnassen Rhododendronbüsche vor dem Gebäude der natur- und geisteswissenschaftlichen Fakultät strömte. »Wann soll ich gesagt haben, ich mag es nicht heiß und sonnig?« fragte er träumerisch.

Abe lachte. »Junge, du hast ein kurzes Gedächtnis. Also, kannst du nun kommen oder nicht?«

»Ich kann.« Wie ein geölter Blitz konnte er kommen. Er drückte Julies Bein und strahlte sie an. Sie hatte noch jede Menge Urlaub. Sie konnte mitkommen.

»Oh, wunderbar!« sagte Abe. Seine Freude wärmte Gideon das Herz. »Schön!«

»Wie ist die Crew?«

»Die Crew . . . hab ich das noch nicht erwähnt?«

»Was erwähnt?« fragte Gideon argwöhnisch.

»Sei nicht so mißtrauisch. Nur Amateure, das ist alles. Alte Freunde von dir.«

»Ich dachte, die Regierung besteht diesmal auf Profis.«

»Wenn wir zu den fachspezifischen Sachen kommen, ja. Aber die ersten paar Wochen heißt es einfach nur aufräumen und Vorarbeit leisten, daher haben wir denen, die 1982 auch schon hier waren, die Chance geboten, wieder mitzumachen, wenn sie wollen. Auf unsere Kosten. Von den neun Leuten damals sind fünf wieder dabei, dein alter Student Harvey Feiffer übrigens auch. Wir fanden, daß wir ihnen das schuldig waren, wenn man an den *Zores* denkt, den sie hatten.«

Zores waren natürlich Schwierigkeiten. Gideons Kenntnisse des Jiddischen hatten während der letzten zehn Jahre beträchtlich zugenommen, denn Abraham Goldstein hatte den Akzent, geschweige denn das Vokabular seiner Handkarren-Zeit nie aufgegeben. Manchmal dick aufgetragen, oft kaum wahrnehmbar, war er nie völlig verschwunden. Ob es um die Behauptung seiner Identität, eine exzentrische Laune (eine unter vielen) oder den schlichten, waschechten Akzent ging, konnte niemand mit Sicherheit sagen, nicht einmal Gideon. Vielleicht nicht einmal Abe selbst. Falls jemand die Kühnheit besaß zu fragen, wieso ein weltberühmter Gelehrter, der sieben Sprachen meisterhaft beherrschte, manchmal mit einem Akzent wie aus *Abie's Irish Rose* sprach, reagierte Abe stets gleich. Seine Augen wurden groß und rund, seine Stirn legte sich in eine Million pergamentartiger Falten. »Akzent?« wiederholte er dann erstaunt. »Was für ein Akzent?«

»Und?« fragte er jetzt. »Wann seid ihr hier? Morgen?«

»*Morgen?*« Gideon lachte. »Wir müssen erst mal alles organisieren, Visa besorgen . . .«

»Könnt ihr das nicht heute nachmittag erledigen?«

»Heute nachmittag ist schon verplant.« Gideon rieb Julies Rücken und lächelte sie an. Die Tatsache, daß er unbedingt an einer Ausgrabung teilnehmen wollte, bedeutete nicht, daß er allen Realitätssinn verloren hatte. »Außerdem«, fügte er entschieden hinzu, »möchte ich gern noch so eine Monographie abschließen. Wir werden Ende der Woche dort sein. Am Freitag. Wie wär's damit?«

Ein winziges Zögern. »Freitag? Ein bißchen früher geht's nicht?«

»Wann zum Beispiel?«

»Zum Beispiel morgen?«

»Wozu die Eile, Abe? Am Freitag sind die Knochen auch noch da.«

»Es geht nicht nur um die Knochen. Hier gibt es etwas, das mir Sorgen macht. Ich brauch deine Meinung.«

»Tjaaa . . .«

»Außerdem«, sagte Abe mit diesem einschmeichelnden Singsang, was bedeutete, daß die Katze gleich aus dem Sack gelassen würde, »haben wir neues schriftliches Material der Maya entdeckt. Garrison ist aus Tulane runtergekommen, um an der Übersetzung zu arbeiten, und sie ist fast fertig damit. Ich habe sie gebeten, mit ihrer Präsentation noch zu warten, damit du dabeisein kannst. Aber sie muß übermorgen zurück. Ich brauche dir ja wohl nicht zu sagen, daß es eine Sache von historischer Bedeutung ist; aber klar, wenn du es nicht schaffst, dann schaffst du es eben nicht.«

Gideon schwieg.

»Natürlich, es sind nur ein paar Blätter aus der Zeit nach der spanischen Eroberung«, fuhr Abe fort, »aber trotzdem, so etwas passiert nicht alle Tage.«

Oder alle Jahre, oder alle Jahrzehnte. Nun, Gideon konnte die Monographie jederzeit mitnehmen. »Okay«, sagte er, »du hast mich überzeugt. Morgen sind wir da.«

»Gut. Ausgezeichnet. Deine Fahrtkosten werden übernommen – Julies natürlich auch, wenn sie bereit ist, etwas mitzuarbeiten –, und wir bringen euch im Hotel unter. Die Verpflegung übernehmen wir ebenfalls. Eine Bezahlung kann ich leider nicht anbieten. Ich werde nicht bezahlt, warum solltest du also bezahlt werden?«

»Kein Problem.« Gideon war mehr als zufrieden. Er hätte die Reisekosten auch selbst übernommen, wenn es nötig gewesen wäre. »Abe, jetzt verrat mir doch mal, was genau dich beunruhigt?«

»Hör zu, Gideon, der Anruf ist ganz schön teuer. Wenn du hier bist, erklär ich alles. Laß mich wissen, wann ihr ankommt. Ich sorge dafür, daß ihr am Flughafen in Mérida abgeholt werdet.«

»Okay, Abe, danke. Dann sehen wir uns morgen. Falls wir noch einen Flug kriegen.«

Als er den Hörer auflegte, verschränkte Julie die Hände in seinem Nacken, wobei ihre Unterarme auf seinen Schultern lagen. »Wir fliegen also nach Yucatán?«

»Hm-hmh. Wie findest du das?«

»Toll. Da wollte ich schon immer mal hin. Aber weswegen bist *du* so glücklich? Ich dachte, du haßt die Tropen?«

»Wie kommen die Leute immer nur auf solche Ideen? Ausgrabung ist Ausgrabung. Und im Januar dürfte es da unten schon nicht so schlimm sein.« Er zog ihren Kopf herunter, um sie zu küssen. »Außerdem ist Yucatán sowieso was anderes. Es ist einmalig, du wirst sehen. Der Dschungel, die Ruinen ... wenn man erst mal aus Mérida raus ist, kriegt man ein wildes, primitives, elementares Gefühl von Abgeschiedenheit, ein ...«

»Weißt du eigentlich«, meinte sie, die noch nie etwas für schwärmerische Prosa übrig gehabt hatte, »daß du noch Rasierschaum hinterm Ohr hast?«

2

Seit fünf Stunden flogen sie hoch oben unter einem strahlend blauen Himmel über einer wogenden, weißen Wolkendecke.

»Als sähe man auf eine riesige Schüssel Schlagsahne«, bemerkte Julie in einem ihrer schwächeren Versuche, eine Unterhaltung anzufangen.

»Hmh«, brummte Gideon. Er hatte immer wieder und ziemlich erfolglos versucht, an der »Neubeurteilung der Hominiden des mittleren Pleistozäns« zu arbeiten, während Julie lust- und genauso ergebnislos über ihrem Quartalsbericht gesessen hatte. Jetzt streckten sich beide und gähnten gleichzeitig.

Julie schlug ihren Ordner zu und startete einen neuen Versuch.

»Bedeutet Tlaloc irgendwas, oder ist es einfach nur ein Name?«

Bereitwillig schob Gideon die Monographie in das Netz der Rückenlehne des Sitzes vor ihm. »Es ist das Náhuatl-Wort für den Regengott, der von den Maya Chac genannt wurde.«

»Náhuatl?«

»Eine uto-aztekische Sprache, eng verwandt mit Pipil.«

»O ja, Pipil«, erwiderte Julie. »Danke für die Aufklärung. Sag mal, wenn es eine Maya-Stadt ist, wieso hat sie dann keinen Maya-Namen?«

»Weil, wie jeder wissen sollte, der Anthropologie studiert hat . . .«

»Anthro hatte ich nur als Nebenfach. Ich fürchte, bis zu Pipil und Náhuatl bin ich nie gekommen.«

»Also, im zehnten Jahrhundert sind die Tolteken, die zu den Uto-Azteken gehörten, aus Zentralmexiko nach Yucatán gekommen und haben die Maya unterworfen – oder wurden von ihnen assimiliert, je nachdem, ob man die Sache auf kurze oder lange Sicht sehen will. Egal, die meisten berühmten Maya-Ruinen auf Yucatán sind eher toltekischen Ursprungs als Relikte der Mayakultur. Chichén-Itzá zum Beispiel . . .«

»Du willst also sagen, daß Tlaloc eigentlich keine Maya-Stadt ist?«

»Nein, nein, es ist schon von den Maya, allerdings mit deutlich toltekischem Einfluß. Etwa so, wie man auch sagen könnte, daß Strasbourg eigentlich eine deutsche Stadt ist, wenn auch mit deutlich französischem Einfluß.«

»Ich bin nicht sicher, was die Franzosen davon halten würden.«

»Ich bin auch nicht sicher, was die Maya davon hielten.«

Der Wagen mit dem Mittagessen hatte es nach mehreren Zwischenstationen schließlich bis zur Reihe 24 geschafft. Ordentliche kleine Plastiktabletts mit Klappdeckeln wurden vor sie gestellt: Salat aus Salami, Käse, roten Paprika und grünen Bohnen, ein Brötchen, ein drei mal drei Zentimeter großer Würfel Schokoladenkuchen, ein Dutzend blaue Weintrauben in einem Papierschälchen.

Der untersetzte Mann auf der anderen Seite des Ganges starrte seine Portion durch den transparenten Deckel angewidert an. »Herr im Himmel«, brummelte er vorwurfsvoll, »kann man sich so was vorstellen?«

Aber Gideon fand es in Ordnung; genau das Richtige für zwei Uhr nachmittags, fünfunddreißigtausend Fuß über dem Golf von Mexiko. Julie ebenfalls, und so verputzten sie mit Begeisterung ihre Mahlzeit (ihr Sitznachbar aß den Kuchen und ließ den Rest liegen) und ließen sich danach von einem Steward Kaffee bringen.

»Wie wär's«, sagte Julie mit Nachdruck, »wenn du mir jetzt all die erbärmlichen Einzelheiten des berühmten Skandals erzählst, der 1982 zur Einstellung der Ausgrabungen in Tlaloc geführt hat?«

Gideon wand sich unbehaglich in dem schmalen Sitz. »Was weißt du davon?« fragte er zögernd.

»Ich kann mich erinnern, in ›Time‹ darüber gelesen zu haben. Jemand hat einen Kodex der Maya gestohlen, stimmt's?«

»Ja, und das war's auch schon so ungefähr.« Er zog das Papier von einem Döschen fettarmer Milch und schüttete sie in seinen Kaffee. »Es war tatsächlich der Leiter persönlich. Howard Bennett.«

Nachdem zehn Sekunden nur das Brummen der Triebwerke zu hören war, hob Julie verärgert eine Augenbraue. »Und das war alles?«

»Mehr gibt's da nicht zu sagen.«

»Aber du warst doch *dabei*. Ich will die *wichtigen* Einzelheiten. Was war Howard Bennett für ein Mensch? War er wirklich mit dir befreundet? War vielleicht eine Frau im Spiel? Hattest du je den Verdacht . . .« Sie sprach nicht weiter und musterte ihn fragend. »Und wieso hast du mir das alles nicht schon längst mal erzählt?«

Er zuckte mit den Achseln. »Es schien mir nicht weiter wichtig. Das war alles, lange bevor wir uns kennengelernt haben.«

»Du bist«, sagte sie, »mit Abstand der einsilbigste Mensch, den ich kenne. Du tratschst nie. Es ist ekelhaft. Ich arbeite bei dieser Ausgrabung mit, also ist es jetzt auch wichtig.« Erwartungsvoll lehnte sie sich zurück, beide Hände um den Kaffeebecher, und drehte sich zur Seite, um Gideon anzusehen. »Und jetzt erzähl mir alles. Fang ganz von vorne an.«

Gideon lehnte sich ebenfalls zurück, starrte auf die Wolkendecke und ließ seine Erinnerung in die Vergangenheit wandern. Sich an die Ereignisse in Tlaloc zu erinnern, war sowohl in beruflicher wie auch persönlicher Hinsicht schmerzlich. Auch wenn er dies vermutlich niemals laut aussprechen würde, war er doch mit Leib und Seele Anthropologe, ging in seinem Fachgebiet auf und war ständig besorgt um seine beruflichen Standards und seinen Ruf, die sich beide, ganz pauschal gesprochen, auf einem erfreulich hohen Niveau bewegten.

Aber Howard Bennett hatte auf beinahe unvorstellbare Weise diese Standards verletzt, und seitdem hatte Gideon kaum darüber gesprochen. Die meisten Menschen, die er kannte, wären überrascht gewesen zu erfahren, daß er damals dabeigewesen war. Dennoch hatte Julie nicht ganz unrecht. Sie hatte Anspruch darauf, mehr zu erfahren. Wie auch immer, dem entschlossenen Funkeln in ihren Augen nach zu schließen, würde er es so oder so nicht länger für sich behalten können.

Er fing ganz von vorn an. »Weißt du, woran ich mich am ehesten erinnere, wenn ich daran denke? Wie heiß es gewesen ist.«

3

»Heiß« beschrieb auch nicht annähernd diesen unvergeßlichen Nachmittag. Es war schlimmer als in einem Dampfbad gewesen, da es keine Möglichkeit gab, einfach aufzustehen und zu gehen. Die Temperatur hatte bei achtunddreißig Grad gelegen, die Luftfeuchtigkeit bei hundert Prozent, und wenn man atmete, war es, als hole man durch einen warmen, feuchten Wattebausch Luft.

Der kurze Regen hatte zwanzig Minuten zuvor aufgehört: einer dieser heißen, heftigen Sturzbäche, die wie ein Wasserfall auf das Dschungeldach einschlagen und dann so abrupt aufhören, als hätte jemand den Hahn zugedreht. Die anderthalb Zentimeter Wasser, die den uralten, kultischen Hauptplatz der Maya in Tlaloc in eine schlüpfrige Fläche verwandelt hatten, waren bereits wieder verschwunden, aufgesaugt von dem porösen Boden Yucatáns und in die gigantischen, natürlichen Kalksteinhöhlen darunter gesickert. In dem Moment, als der Regen aufhörte, schien die Sonne wieder und hüllte die Welt in Dunst. Die dichte, grüne Vegetation, die den Platz von allen Seiten bedrängte, die tausend Jahre alten Steine der zerfallenden Tempel, der strohgedeckte Schuppen der Archäologen – das alles zischte und dampfte noch vom Regen.

Gideon saß auf der Veranda des Schuppens, an einem wackeligen Arbeitstisch, der eigentlich von dem vorspringenden Dach geschützt sein sollte, jetzt aber zum größten Teil in der prallen Sonne stand. Wenn Gideon auch nicht zischte, so dampfte er doch wie alles andere um ihn herum. Es strömte aus seiner verschwitzten, khakifarbenen Arbeitskleidung, aus seinem verkrumpelten, schmutzigen Strohhut, aus jeder Pore. Er nahm noch einen Schluck aus der zerkratzten Flasche mit warmer Grapefruit-Limonade, verzog das Gesicht, wischte mit einem gleichermaßen nassen Unterarm über seine schweißgebadete Stirn, dachte wehmütig und kurz an Yosemite im Winter und an die kühle, windige Küste von Mendocino. Dann seufzte er und konzentrierte sich wieder auf das braune, annähernd kugelförmige Objekt, das vor ihm auf dem Arbeitstisch lag und ebenfalls dampfte. Es war der letzte von den Tauchern aus den trüben grünen Tiefen des Opferbrunnens geborgene Fund: ein menschlicher Schädel, der vierte bislang.

Er drehte ihn langsam in den Händen. Wie die meisten rituellen Opfer der Maya war auch dieses jung gewesen. Keine der Suturae war geschlossen, was bedeutete, daß dieser Mensch keine dreißig Jahre alt geworden war. Nicht mal zwanzig, dachte er, als er den Finger über die Kauflächen der Zähne gleiten ließ. Einer der dritten Molare war nach dem Tod herausgefallen, doch der andere war gerade erst durchgebrochen, so sauber geformt wie das Modellgebiß eines Zahnarztes, ohne jede Abnutzungserscheinung. Woraus sich, vernünftig geschätzt, ein Alter von achtzehn oder neunzehn ergab. Und »geschätzt« war genau das richtige Wort. Die dritten Molare brechen zu den unterschiedlichsten Zeiten durch, aber womit sonst sollte er weitermachen? Nach den ersten zwölf bis fünfzehn Lebensjahren findet sich bis in die Dreißiger hinein an einem Schädel nur herzlich wenig, woraus Rückschlüsse auf das Alter gezogen werden können. Was viel Raum für vage Schätzungen läßt.

»In Ordnung, Harvey«, sagte er zu dem untersetzten Fünfundzwanzigjährigen mit beginnender Glatze, der aufmerksam und lernbegierig neben ihm saß, »was würden Sie über das Alter sagen?«

Harvey Feiffer nahm sofort eine wachsam gespannte Haltung

ein. »Äh, achtzehn bis zwanzig?« schlug er vorsichtig vor. »Der linke dritte Molar . . .«

»Gut. Wie steht's mit dem Geschlecht?«

»Äh, weiblich?«

»Wieder richtig. Woher wissen Sie das?«

»Meine Güte, dafür gibt's etliche Gründe. Es gibt keinen Margo supraorbitalis, und die Protuberantia occipitalis ist praktisch nicht vorhanden. Und diese Warzenfortsätze hier sind nichts als glatte kleine Unebenheiten.«

Gideon nickte anerkennend. In mancher Hinsicht war Harvey einer seiner besseren Doktoranden. Er arbeitete hart und begeisterte sich wirklich für die Anthropologie. Die Chance, Gideon als Forschungsassistent nach Yucatán zu begleiten, hatte er sofort beim Schopf ergriffen.

»Was sehen Sie noch, wenn Sie ihn sich genau anschauen?« fragte Gideon. »*Wen* sehen Sie?«

»Äh, wen?« Harvey kaute auf der Unterlippe, wischte sich mit einem Taschentuch Schweiß vom Nacken und nahm schüchtern den Schädel in die Hand, wobei er sorgsam darauf achtete, ihn, wie vorgeschrieben, in beiden Handflächen zu halten. Keine Finger in die Augenhöhlen. »Also, genaugenommen gibt es eine ganze Menge Interessantes«, sagte er und versuchte Zeit zu gewinnen. »Er ist eher klein und breit, also ganz sicher brachycephalisch, wenn auch wieder nicht so sehr, wie es aufgrund der kranialen Deformation den Anschein hat.« Er warf Gideon einen Blick zu, um herauszufinden, ob er auf der richtigen Fährte war, und erntete ein unverbindliches Nicken. Dann ließ er seine Wurstfinger mit den abgekauten Nägeln leicht über den Knochen wandern, wie Gideon es ihm beigebracht hatte. »Die, äh, oberen und unteren Nackenkämme sind nur ansatzweise ausgebildet, und die Schläfenbeinfurchen . . .«

Kurz gesagt, genau hier lag Harveys Problem: eine übertrieben exakte Konzentration auf Nebensächlichkeiten, ein erbarmungsloses Fokussieren auf Details zu Lasten größerer Strukturen und Zusammenhänge. Er war erst spät zur physischen Anthropologie gekommen und hatte erst im vorletzten Jahr seines Studiums umgesattelt, nachdem er nämlich Gideons interdisziplinäre Vorlesung über die Evolution der Primatenhand gehört hatte. Bis dahin hatte er im Hauptfach Soziologie studiert, und Gideon fragte sich, ob nicht beide Fächer schlecht gewählt waren, denn in Harvey Feiffer schlummerte die präzise und peinlich genaue Seele eines guten Wirtschaftsprüfers oder Steuerberaters.

Einmal, in einem ungewöhnlich lockeren Moment bei ein paar Bieren, hatte er zu Gideon gesagt: »Wissen Sie, was ich an der physischen Anthropologie so toll finde? Es gibt nichts, über das man streiten könnte. Es gibt *richtige* Antworten. Wenn man zum Beispiel in der Soziologie sagt, familiäre Normen determinieren das Verhalten des Kleinkindes, erklärt einem der erste beste, dem man über den Weg läuft, das stimme nicht. Sein Kind habe vom Augenblick der Geburt an eine völlig eigenständige Persönlichkeit besessen. Aber wenn man auf eine Unebenheit an einem Knochen zeigt und verkündet, es sei der vordere schließende Knochenhöcker, Mann, das ist super – dann macht keiner mehr einen Piepser.«

». . . und die Nasenknochen sind typisch für die Maya«, quasselte Harvey weiter, »und in den oberen linken Incisivus ist anscheinend ein Loch gebohrt worden. Oh, und dann sind da noch ein paar Auswüchse an der Sutura lambdoidea, und . . .«

Gideon unterdrückte ein Seufzen. »Harvey, hören Sie auf. Lassen Sie sich mal eine Minute Zeit, gehen Sie etwas auf Distanz.« Gehorsam sprang Harvey sofort auf. »Nein«, sagte Gideon lächelnd. »Ich meinte, Sie sollten geistig Abstand nehmen. Versuchen Sie doch mal, den Schädel als Einheit zu sehen, als Teil eines Menschen. Was können Sie über *sie* sagen?«

Harvey glitt wieder auf seinen Rohrstuhl und machte ein schrecklich nachdenkliches Gesicht. »Äh, *sie*? Tja, ich weiß nicht . . .«

»Meinen Sie, sie war hübsch?«

Harvey zappelte nervös. Das war keine Frage nach seinem Geschmack. Keine richtige Antwort. »Schwer zu sagen. Vom Standpunkt der Maya aus gesehen wird sie es wohl gewesen sein.«

Keine schlechte Antwort. Gemessen an heutigen Maßstäben wäre sie alles andere als hübsch gewesen, aber ganz sicher hatten die Maya sie mit ihrem zierlichen, breiten Schädel und diesen ungewöhnlichen konvexen Nasenknochen für hübsch gehalten. Um sie noch hübscher zu machen, war ihr als Säugling künstlich die Stirn abgeflacht worden, so daß sich die Schädeldecke zu dem spitzen Höcker verformte, den sie so überaus attraktiv fanden. Und das in den Zahn gebohrte Loch war sicher für ein facettiertes Jade-Kügelchen bestimmt, das vermutlich immer noch irgendwo auf dem Grund des *cenote* lag. Zweifellos waren ihr die Ohrläppchen für Anhänger durchstochen worden, die Nasenscheidewand für einen Stecker, der linke Nasenflügel für einen Edelstein. Und in der Kindheit hatte man ihr höchstwahrscheinlich ein permanentes Schielen beigebracht; sie mußte wohl monatelang auf eine kleine Pechkugel starren, die an einem in ihr Haar geflochtenen Band baumelte. Das alles nur, um sie begehrenswerter zu machen.

Gideon holte tief Luft. Schon erstaunlich, auf wie vielfältige Weise man Fleisch und Knochen eines Menschen verstümmeln und deformieren konnte, wenn man nur ein bißchen Einfallsreichtum an den Tag legte. All die Arbeit und der Schmerz nur, um sie begehrenswert zu machen, und dann hatten sie sie getötet, noch bevor sie zwanzig wurde. Und Harvey sah nichts außer Höckern und Unebenheiten.

»Okay«, sagte Gideon freundlich, »da wollen wir doch mal sehen, ob wir sie uns jetzt nicht mal als menschliches Wesen vorstellen können, nicht einfach nur als Ansammlung skelettaler Kriterien. Zum Beispiel . . .«

»Gideon! Dr. Oliver! He, wo stecken Sie?«

Er erkannte Leo Roses grölende Stimme sofort und seufzte wieder. Tlaloc stand zwar als Ausgrabung der *Horizon Foundation* unter der Aufsicht von Profis, deren Mitarbeiter gehörten jedoch zur Kategorie der Ich-bezahle-für-das-Privileg-dabeizusein-Amateure, die zwei Wochen oder einen Monat mitarbeiteten und in der Regel sowohl am meisten Freude machten als auch am meisten nervten. Freude, wegen des unschuldigen, begeisterten Interesses, das sie für praktisch alles an den Tag legten; Nervensägen, weil das gleiche Interesse bedeutete, daß die Profis kaum zehn Minuten ohne Unterbrechung arbeiten konnten, ohne eine gutgemeinte, aber oft auch völlig hirnverbrannte Frage beantworten zu müssen.

»Hier, Leo. Wir sind hinter dem Schuppen.«

Zerzaust und groß wie ein Bär kam der kalifornische Immobilienmakler um die Ecke des dicht überwucherten Hauses des Priesters angewalzt. Oder besser, *sie* nannten es Haus des Priesters. Anthropologen wußten im Grunde nicht genau, was diese Gebäude einmal gewesen waren, genausowenig, wie sie wußten, was überhaupt *irgendwelche* alten Gebäude der Maya gewesen waren oder wie die Maya ihre großen Städte und kultischen Zentren (falls es wirklich kultische Zentren waren) nannten, nicht einmal, wie die Maya sich selbst genannt hatten. Wenn man richtig darüber nachdachte, dann gab es verdammt vieles, was die Anthropologen nicht wußten und wahrscheinlich auch nie wissen würden.

Leo platzte fast vor Aufregung. »Wir haben eine falsche Wand gefunden, können Sie sich so was vorstellen? Mit einer kleinen Geheimkammer dahinter, und dort steht dann eine phantastische steinerne Truhe. Kommen Sie, wir dachten, daß Sie die doch sicher sehen wollen. Oh, hallo, Harvey.«

Gideon ließ sich nicht zweimal bitten. Sofort stand er auf, legte den Schädel des Mädchens vorsichtig auf das mit Erbsen gefüllte Säckchen, das als Polster diente. Gab es bei einer Ausgrabung überhaupt noch jemanden, Amateur oder Profi, der nicht insgeheim Hoffnungen auf versiegelte Räume hinter falschen Wänden hegte? Wohl kaum, seit Howard Carter 1922 eine Wand eingerissen und das unberührte Grabmal von Tutenchamun betreten hatte.

»Wo? Im Tempel?«

»Unter der Erde. In der Treppe.«

Den mit Schutt gefüllten Treppenschacht freizulegen, war gegenwärtig Hauptaufgabe der Tlaloc-Ausgrabung. Seit Beginn der Arbeiten vor mehr als zwei Jahren hatte der Leiter Howard

Bennett mit wechselnden Crews ununterbrochen daran gearbeitet und sich in die abgeflachte Pyramide gegraben, auf der der kleine Tempel der Eulen saß. Gideon, von seinem Lehrauftrag beurlaubt, war erst vor zwei Wochen nach Yucatán gekommen – als die ersten Knochen aus dem *cenote* geholt worden waren –, aber er hatte schon vor langer Zeit erfahren, daß Howards Enthusiasmus sich auf den verschütteten Gang konzentrierte. Wie die Dinge lagen, hatte sich Howard mit seinem guten Ruf dafür verbürgt, daß eine große Entdeckung bevorstehen würde, wenn sie erst den Boden erreichten. Warum sonst, wollte er wissen, hatten sich die Maya die Mühe gemacht, eine absolut perfekte Treppe mit Tonnen von Schutt und Geröll zuzukippen, wenn sie dort nicht etwas von ungeheurer Bedeutung verstecken wollten?

Gideon hatte seine Zweifel gehabt. Manchmal lagen tatsächlich Schätze auf dem Boden solcher zugeschütteten Gänge, erheblich häufiger jedoch nichts. Bei den Maya war es Brauch, ihre Pyramiden zu vergrößern, indem sie eine alte zum Kern einer neuen machten, die alte überbauten und die neue darüber errichteten. Die Pyramide des Zauberers in Uxmal, auch Wahrsager-Pyramide genannt, besaß fünf solcher »Hüllen« aus Mauerwerk, eine über der anderen, wie die Schalen einer Zwiebel. Und wenn die Maya auf diese Weise bauten, füllten sie in der Regel sämtliche Hohlräume der ursprünglichen Pyramide; aus Gründen der Stabilität, nicht um irgend etwas zu verstecken. Aber eine falsche Wand und ein versiegelter Raum – das war wieder etwas ganz anderes.

»Dann seid ihr also schon unten angekommen?« wollte Harvey wissen, als sie über den grasbewachsenen Platz zur Pyramide liefen.

Nein, erklärte Leo, nach Luft schnappend, das Fußende der Treppe hätten sie noch nicht gefunden, obwohl sie inzwischen vierundzwanzig Stufen tief gegraben hätten. Nein, die hohle Wand war auf dem Absatz entdeckt worden, der nur zwölf Stufen unterhalb des Tempelbodens lag, auf einer Fläche, die bereits vor einem Jahr freigelegt und bislang nicht weiter beachtet worden sei. Jemandem sei aufgefallen, daß der Mörtel an einer Wand anders aussah, krümeliger, und als Howard dann mit der Spitze einer Kelle zwischen den Steinblöcken stocherte, hatten sie sich gelockert.

Am Fuß der Pyramide nickte Gideon den beiden Maya-Arbeitern mit ihren Strohhüten zu, die auf den untersten Stufen Pause machten – mit Zigarren und lauwarmem Tee. Dafür erhielt er ein zweifaches, höfliches Nicken ohne Lächeln. Er lief die dampfenden, ausgetretenen Stufen hinauf. Harvey stolperte neben ihm her, und hinter ihnen schnaufte Leo. Sie betraten das kleine Gebäude auf der flachen Spitze der Pyramide: der Tempel der Eulen, so benannt nach dem Fries auf dem Mauersturz. (Für Gideon sah es allerdings nicht nach Eulen aus, doch sein Vorschlag, ihn »Tempel der Truthähne« zu nennen, war auf keine allzugroße Gegenliebe gestoßen.)

Das Gebäudeinnere war nackt und kahl und erinnerte an eine ausgebrannte Mietskaserne. Decken, Wände und Boden waren mit einem Kalksteinputz bedeckt; durch jahrhundertelang alles überwuchernde, inzwischen entfernte Pflanzen und ein Jahrtausend feuchter, immer noch sehr präsenter Hitze war der düster und fleckig geworden. Lediglich unterhalb des Daches vermittelten ein paar verblaßte grüne, blaue und rote Farbflecken eine grobe Vorstellung davon, wie es im Jahr 900 nach Christus hier ausgesehen haben mochte. Das einzig Ungewöhnliche war die quadratische, in den Boden geschlagene Öffnung, die, natürlich, in den Treppenschacht hinunterführte.

Auf dem Treppenabsatz zwölf Stufen weiter unten war der größte Teil der westlichen Mauer bereits abgerissen, wobei die entfernten Steinblöcke ordentlich aufgestapelt und mit Filzstift numeriert worden waren. Die Crew und ein weiterer Maya-Arbeiter starrten stumm in die Öffnung. Zwei tragbare Scheinwerfer auf dem Absatz warfen ihr grellgelbes Licht in den kleinen, unerwarteten Raum vor ihnen.

Einer der großen Reize der Anthropologie liegt darin, sich etwas ansehen zu können, das Menschen einer großen, verschwundenen Kultur vor tausend Jahren versiegelt haben und das seitdem kein menschliches Auge mehr erblickt hat. Doch dies hier war mehr, wie in einem Märchen ... vielleicht der gläserne Palast im Berg? Der Raum war wie mit Edelsteinen besetzt und wirkte im Kontrast zu der schmutzigen Treppe noch blendender – eine grell funkelnde Eisgrotte im Herzen des Regenwaldes von Yucatán. Aber das Eis war natürlich kristallisiertes Kalziumkarbonat: Stalaktiten an der Decke, Stalagmiten auf dem Boden, und ein glitzernder, versteinerter Widerschein auf den Wänden.

In der Mitte stand eine hüfthohe steinerne Truhe von knapp einem Meter im Quadrat aus vier massiven, hochkant stehenden Steintafeln und verschlossen von einem großen, überstehenden, zwanzig Zentimeter dicken steinernen Deckel. Auch der Deckel war mit kristallinen Ablagerungen überzogen, doch durch den milchig-trüben Überzug konnte Gideon eine kunstvoll behauene Oberfläche von außergewöhnlicher Schönheit sehen. Entlang des Randes befanden sich Datierungsglyphen – Angaben im *Long Count*, einem der drei Berechnungssysteme des Maya-Kalenders – und in der Mitte eine sorgfältig gearbeitete Figur des *halach-uinic*, des Wahren Menschen, der aus dem Maul einer Schlange der Unterwelt trat oder darin verschwand. Die rote Farbe war zu einem blassen Rosa verblichen. Abgesehen davon hätte die Truhe auch erst heute morgen fertiggestellt worden sein können. Der Deckel war großartig, an sich schon ein Fund erster Güte. Gideon wagte sich kaum vorzustellen, was wohl darunter verborgen sein mochte.

Howard Bennett hatte ihn nicht hereinkommen sehen. Er trug kein Hemd und hatte die Statur eines Sumo-Ringers – korpulent und geschmeidig, dickes, speckiges Fleisch über einem sehr muskulösen Körper. Im Augenblick starrte er gierig den Deckel an. Die Haut auf seinem glänzenden Nacken und den Schultern zuckte wie bei einem Pferd. Gideon hörte sein tiefes, kehliges Lachen, leise und ganz für sich. Bei diesem Geräusch lief Gideon ein merkwürdiges Schaudern über den Nacken, es war wie eine dunkle Vorahnung.

Howard schaute zu dem Neuankömmling auf. »Und, was sagen Sie jetzt?« sagte er halb jubelnd, halb herausfordernd.

Gideon hatte seine Zweifel, ob es hier irgend etwas zu finden gab, ja nicht verhehlt.

»Phantastisch«, erwiderte er ernst. »Ich habe mich geirrt. Meine Glückwünsche.«

Unter dem Schweißfilm war Howards fleischiges, verlebtes Gesicht hochrot. Mit der Spitze eines alten Paisley-Halstuches wischte er sich den Schweiß von der Oberlippe und lachte.

Howard Bennett lachte oft und gern. Seine ungezwungene, fröhliche Art kam seinem einzigartigen Talent zugute: Ausgrabungen mit begüterten Amateuren zu leiten, die auf Urlaub ebenso versessen waren wie auf das Graben. Nach einem Arbeitstag auf der Grabungsstätte war er immer für einen Abend im nahegelegenen *Club Med* zu haben oder sogar für eine vierstündige Spritztour nach Mérida, in die *Maya Excelsior Bar*, die *La Discotheque* oder ins *Boccacio 2000*. Im *Maya Excelsior* gehörte er an Samstagabenden tatsächlich sogar zum festen Inventar. In der kleinen Jazz-Band spielte er Klarinette, die er außergewöhnlich gut beherrschte.

Er hatte eine kurze akademische Laufbahn hinter sich: drei Jahre an drei verschiedenen Universitäten. Er war ein langweiliger und farbloser Dozent gewesen, ein unzuverlässiges Fakultätsmitglied und nur ein mittelmäßiger Forscher. Aber seine beachtliche Methodik im Feld machte ihn zu einem gefragten Ausgrabungsleiter, und er war, soweit Gideon wußte, der einzige Mensch, der sich damit seine Brötchen verdiente. Er nahm inzwischen seit über zehn Jahren an Ausgrabungen in Lateinamerika teil, die letzten beiden Jahre davon in Tlaloc. Während dieser Zeit war er nur zweimal in die Vereinigten Staaten zurückgekehrt, und das auch nur, um seinen Paß und die Visa zu verlängern. Seit mehr als einem Jahrzehnt hatte er in Mexiko, Guatemala und Belize ein Zigeunerleben geführt.

Vor drei Jahren hatte Gideon bei einer mixtekischen Ausgrabung in Oaxaca kurze Zeit mit ihm zusammengearbeitet, und schon damals war er ihm nicht ganz geheuer vorgekommen. Jetzt war es noch schlimmer. Howards hartes, unstetes Leben machte sich bemerkbar: er nahm zu, sein Gesicht wurde schwammig, und zusätzlich zu seinem allabendlichen Trinken genehmigte er sich heute schon zum Mittagessen mehrere Biere. Und er zeigte auch kein sonderliches Interesse, mit Gideon über Archäologie zu reden. Seine Konversation reichte von Gemecker über die miese Bezahlung von Archäologen bis zu offenem Neid über die Lebensführung mancher reichen Amateure. Für Howard waren die zehn Jahre, die er mit wohlhabenden Börsenmaklern und Geschäftsleuten zu tun gehabt hatte, alles andere als gesund gewesen. Er trank heftiger, verfiel geistig und körperlich, und was seinen Beruf betraf, wurde er allmählich immer undurchsichtiger.

Zumindest war das bis zu dem überraschenden Fund der Fall gewesen. Unter seinen buschigen, zusammengewachsenen blonden Augenbrauen grinste er Gideon breit an. »Woran erinnert Sie das?«

»Palenque«, sagte Gideon ruhig.

»Ja«, flüsterte Howard. »Palenque!«

Jeder würde dabei an Palenque denken, an diese elegante Ruine knapp fünfhundert Kilometer weiter südlich im noch dichteren Dschungel von Chiapas. Dort hatte Alberto Ruz Lhuillier 1952 am Ende einer Treppe in einer etwas größeren Pyramide unter einem etwas größeren Tempel hinter einer falschen Wand, einer schweren dreieckigen Steintür, einen Raum entdeckt, in dessen Mitte sich auch ein steinerner Sarkophag befand, erheblich größer als dieser hier, der von einer mit einem wunderbaren Relief versehenen Kalksteinplatte verschlossen war. In dieser Truhe hatte eine der bedeutendsten Entdeckungen der mesoamerikanischen Archäologie gelegen. Es waren die Gebeine des unter dem Namen Pacal bekannten Priesterherrschers, der hoheitsvoll auf dem Rücken lag, umgeben von den prächtigen Insignien und dem Schmuck eines Maya-Herrschers: Halskette auf Halskette, gewaltige Ohrringe, eine prachtvolle Totenmaske und ein Diadem, alles aus polierter Jade; kunstvoll geschnitzte Ringe an allen zehn Fingern; eine große birnenförmige Perle; eine behutsam zwischen die Zähne plazierte Jadeperle als Wegzehrung für die Reise; zu seinen Füßen eine Jadestatue des Sonnengottes als Begleiter.

Gierig fixierte Howard die Truhe mit seinem Blick. »Was, glauben Sie, werden wir darin finden?« fragte er Gideon und lachte wieder. Sein strohiges, blondes Haar war dunkel und strähnig vor Schweiß, als wäre er geschwommen. Gideon gefielen weder die fiebrig roten Flecken auf seinen Wangen noch sein beinahe rücksichtsloses Verhalten.

»Nicht viel. Die Innenabmessungen können kaum mehr als sechzig mal sechzig sein«, antwortete Gideon vorsichtig, doch Howards Erregung ließ die unangenehm feuchte Luft beinahe knistern und machte ihn allmählich ärgerlich. Er spürte die ersten Anzeichen von pochenden Schmerzen hinter den Schläfen und zwang sich, seine verkrampften Gesichtsmuskeln zu entspannen. »Falls wir es hier mit einer weiteren königlichen Beisetzung zu tun haben, wird man ihn wohl ein bißchen zusammengeknautscht haben, damit er da reinpaßt.«

Die Bemerkung sollte die Atmosphäre entspannen. Harvey lachte auch brav, und ein paar andere kicherten leise. Howard wieherte, ein heiserer Aufschrei, wie durch die Nase ausgestoßen, worauf sich die anderen beklommene Blicke zuwarfen.

»Wissen Sie, was ich jetzt mache?« sagte er unvermittelt. »Ich heb jetzt die Deckplatte ab. Jetzt sofort.« Vergnügt rieb er sich die Hände, während der Schweiß von seinem Kinn tropfte. Er drehte sich zu dem Arbeiter um und sprach in abgehackten spanischen Sätzen.

»Avelino, hier brauch ich einen Dreifuß mit einem Flaschenzug. Und Stützstangen. Geh, sag's den anderen.«

Gideon runzelte die Stirn. Das hier war ein kitzliges Unternehmen, das man besser bis zum nächsten Tag aufschob, wenn die entsprechenden Vorbereitungen mit mehr Ruhe getroffen worden waren. Er wollte schon etwas sagen, überlegte es sich dann aber anders. Keinem Chef gefiel es, wenn seine Autorität in aller Öffentlichkeit angegriffen wurde, und die Leitung der Ausgrabung lag ganz eindeutig in Howards Händen. Gideon war erst seit ein paar Wochen da, und zwar ausschließlich, um Gebeine zu analysieren. Abgesehen davon war es auch möglich, daß Howard genau wußte, was er tat.

Im Augenblick sah es ganz danach aus. Seine Anweisungen waren präzise, und die winzigen Maya-Arbeiter waren es gewohnt, schwere Dinge in beengten Räumen zu heben. Sie arbeiteten effizient und unterhielten sich leise in ihrer weichen, irgendwie raschelnden Sprache. Nach zwanzig Minuten hatten sie eine Ecke der Steinplatte neun, zehn Zentimeter angehoben, hoch genug, um mehrere Holzstangen darunter verkeilen und so die Platte aufbocken zu können.

Sobald die Streben an Ort und Stelle waren, sprang Howard mit gezückter Taschenlampe vor. Wie vor einem Altar kniete er vor der Truhe, richtete den Lichtstrahl auf die schmale Öffnung und beugte sich dann so weit wie möglich vor, um in den Spalt hineinsehen zu können. Lange Sekunden war nichts zu hören als das leise Klappern der Taschenlampe gegen den Rand der Truhe, die Howard daran entlangwandern ließ.

Schweigend schaute er in die Truhe, die Unterarme gegen den Rand gestemmt, die Stirn darauf gelehnt. Jetzt war das einzige Geräusch ein unregelmäßiges Flattern über ihren Köpfen, wie brutzelndes Fett: Insekten, die an den offenen Lampen verbrannten. Niemand sagte etwas, niemand rührte sich. Wenn sie alle so wie Gideon waren, atmeten sie nicht einmal. Howard hatte ihnen den Rücken zugekehrt, seine weichen, schwammigen Schultern glänzten unter dem Schweiß. Er sieht aus, dachte Gideon, als würde er jeden Moment wie ein Wesen aus einem Roman von H. P. Lovecraft vor dem Sockel der Truhe zu einer Fettlache zerschmelzen.

»Jesus Christus«, sagte Howard mit angespannter, ausdrucksloser Stimme. »Gideon, sehen Sie sich das an.«

Gideon schluckte schwer. Der Nacken schmerzte ihm vor erwartungsvoller Anspannung. Er ging näher hin und wußte nicht, ob Howard die Entdeckung des Jahrhunderts oder die Pleite seines Lebens vor Augen hatte. Als er in die Nische trat, knirschten Stalagmiten unter seinen Füßen – ein erschreckend frisches, klares Geräusch in der schmierigen Hitze. Neben Howard ließ er sich auf ein Knie nieder, während die anderen weiterhin begierig zuschauten. Howard richtete für ihn den Strahl der Taschenlampe in die Truhe.

Atemlos beugte Gideon sich vor, zutiefst dankbar dafür zu leben. Welcher andere Beruf bot Augenblicke wie diesen?

Nachdem er sich an die durch Howards zitternde Taschenlampe hervorgerufenen hüpfenden Schatten gewöhnt hatte, bestand seine erste Reaktion in beißender Enttäuschung. Außer ein paar staubigen, gewöhnlichen Gegenständen wie hundert anderen aus Dutzenden anderer Ausgrabungen befand sich nichts in der Truhe: ein kleiner Haufen Jadeperlen, zwei aus Jakobsmuscheln gefertigte Ohrringe, zwei bemalte Teller und dicht nebeneinander zwei schlanke, rechteckige, ordentlich zusammengefaltete Bündel Baumrinde, ebenfalls mit Farbe bestrichen. Vom Standpunkt des Gelehrten war das alles gewiß wertvoll, aber ganz sicher nicht die Entdeckung des Jahrhunderts. Warum in aller Welt hatten sich die Maya solche Mühe gemacht, diesen unscheinbaren Plunder so gut zu verstecken und aufzubewahren?

Aber Gideon war physischer Anthropologe; Knochen waren sein Metier, nicht Artefakte. Howard war Archäologe, und er wußte es besser. Die Taschenlampe zuckte in seiner Hand.

»Es ist ein *Kodex*!« flüsterte er mit belegter Stimme.

Gideon schaute wieder hin, und natürlich waren das nicht einfach nur gebündelte Baumrinden. Als der Strahl von Howards Taschenlampe die Schriftzeichen an den oberen Enden der Blätter und die einem Comic-Strip ähnlichen bunten Zeichnungen aus der Dunkelheit herausholte, erkannte er sie auch. Es war ein Maya-Kodex, ein präkolumbisches »Buch« der Maya, das auf dem Rücken lag und in der Mitte aufgeschlagen war, so daß die beiden Hälften ausgebreitet dalagen.

Seine Lippen öffneten sich, doch er wußte nicht, was er sagen sollte. Vielleicht war es ja doch die Entdeckung des Jahrhunderts. Zumindest für die Archäologie der Maya-Kultur.

4

Buchstäblich die Entdeckung des Jahrhunderts. Es existierten nur drei weitere Kodizes der Maya, und der letzte war 1860 gefunden worden. Sie alle befanden sich im Besitz von Staatsbibliotheken – in Dresden, Madrid und Paris –, und keiner davon war bislang vollständig übersetzt worden. Vorausgesetzt, daß dieser Kodex thematisch um den gleichen Stoff kreiste wie die anderen, hatte das Wissen über die Zeremonien, Religion und Sprache der Maya soeben um satte dreiunddreißigeindrittel Prozent zugenommen.

Howard lud die restlichen Mitglieder der Crew ein, in die Nische zu treten und sich seinen Fund anzusehen. Ob mehr als einer oder zwei eine Vorstellung von der Bedeutung dessen hatte, was sie da sahen, war zweifelhaft, doch in respektvollem Schweigen linsten sie durch den Schlitz in die steinerne Truhe, traten dann ein paar Schritte zurück, um die beiden Anthropologen ihrer fachmännischen Unterhaltung zu überlassen.

»Gott, wissen Sie, wieviel das *wert* sein muß?« rief Howard mit donnerndem Lachen.

Eine aufschlußreiche Bemerkung, wenn auch nicht ganz den professionellen Regeln entsprechend – Gideons Ansicht nach jedenfalls nicht. Der Marktwert des Fundes war unbedeutend. Der Kodex war Eigentum der Republik Mexiko, und das zu Recht. Er würde niemals verkauft werden.

»Das könnte seit Palenque der bedeutendste Fund der Maya-Kultur sein«, erwiderte Gideon steif, mindestens genausosehr der Crew wie Howard zuliebe.

Howard ging deshalb noch lange kein Licht auf. »Ich könnte Ihnen morgen zwei Millionen Bucks dafür verschaffen«, sagte er. »Locker.«

Wieder lachte er und stand auf. »Machen wir weiter.« Er drehte sich zu dem Vorarbeiter und gab Anweisungen, die Steinplatte weiterhin äußerst vorsichtig anzuheben und sie abzunehmen, ohne die kunstvollen Reliefdarstellungen zu beschädigen.

Gideon zog sich in eine Ecke des Treppenabsatzes zurück,

beobachtete alles schweigend und wischte sich von Zeit zu Zeit den Schweiß aus den Augen. Von dieser Arbeit, die mehr mit Technik als Anthropologie zu tun hatte, verstand er nicht viel.

Howard auch nicht, stellte sich heraus. Während er und die Arbeiter bei der Anstrengung, weitere Holzstangen unter der Deckplatte zu verkeilen, stöhnten und ihnen der Schweiß in Strömen herunterlief, ging etwas schief. Eine der Stangen erhielt einen zu kräftigen Schlag mit dem Vorschlaghammer und sprang wie ein Korken heraus, fiel krachend auf den Boden. Die schwere Steinplatte schwankte träge nach rechts, schaukelte wie ein riesiges Pendel an den Seilen, während die Arbeiter verzweifelt versuchten, sie wieder zu stabilisieren. In qualvollem Zeitlupentempo kippte sie schließlich und schrammte über den Rand der Truhe. Es gab ein Geräusch wie das von diesem letzten, schrecklichen Steinblock, der am Ende von *Aida* an seinen Platz rutscht. Die Platte krachte gegen die Wand, und eine ihrer reich verzierten Ecken brach ab. Das war an sich schon schlimm genug, doch im Verlauf ihres Sturzes stieß sie auch noch gegen einen der Balken, die bei der Ausgrabung des Treppenschachtes als Stütze verwendet worden waren.

Der Stützbalken wurde vom Sockel gestoßen, und einen atemlosen Augenblick hing er schief da, nur noch gehalten von dem Querbalken darüber. Dann ächzte der Querbalken und kam herunter, und es schien, als käme die Hälfte der gewölbten Dekke donnernd in einer Wolke säuerlichen, erstickenden Staubes hinterher. Panische Schreie erklangen, doch als das Husten aufhörte, stellten sie, erstaunlich genug, fest, daß niemand von den großen, keilförmigen Steinquadern getroffen worden war, obwohl das Geröll, mit dem die alten Maya ihre Innenwände gefüllt hatten, auf alle niedergeprasselt war. Gideon hatte am Ende nur eine weitere Beule im Strohhut und einen Kratzer auf dem Handrücken abbekommen. Ein Mitglied der Crew eine kaputte Armbanduhr, ein anderes einen abgesplitterten Zahn. Praktisch jeder hustete und spuckte.

Während Gideon sich immer noch vergewisserte, daß alle in Ordnung waren, stieß Howard scharf die Luft aus; ein erleichtertes Aufatmen.

»Ihm ist nichts passiert«, rief er mit zitternder Stimme und meinte damit den Kodex.

Er war durch den Deckel geschützt worden, der immer noch schräg auf der Truhe lag. Nur Gideon schien zu bemerken, daß das wunderbare Basrelief an vier oder fünf Stellen durch herabfallende Steine angeschlagen war. Zusätzlich zu der abgebrochenen Ecke war jetzt ein herrlich erhaltener Fund nicht mehr als ein weiteres Exemplar zerfallender Maya-Kunst. Und es würde noch schlimmer, wenn Howard unbeirrt weitermachte. Aber sicher würde er jetzt aufhören und erst mal in aller Ruhe planen.

Aber nein. »Alles klar«, sagte er auf eine Weise, die Gideon unmißverständlich klarmachte, daß er gerade erst angefangen hatte. »Na dann, alles klar.«

Er spuckte Staub aus, beugte sich über die Truhe und schob seinen Arm, so weit er konnte, unter die Steinplatte, zog vor Anstrengung eine Grimasse. Doch weiter als bis zum Ellbogen kam er nicht, und mit einem frustrierten Grunzen riß er ihn wieder heraus. Er stand auf und starrte mißmutig den Deckel an, als hindere ihn dieser aus schierer Verstocktheit daran, den Kodex zu erreichen. Der rauhe Stein hatte zwei hochrote Striemen auf seinem Unterarm hinterlassen, die träge vor sich hin bluteten. Anscheinend hatte er es nicht einmal bemerkt.

»Ihr müßt alle mit anpacken«, sagte er. »Preston, Gideon, Leo, du da . . .«

Gideon gelangte zu dem Schluß, daß sich eine Auseinandersetzung nicht länger vermeiden ließ, ob es ihm gefiel oder nicht. »Howard . . .« Er mußte aufhören, sich mit dem Handrücken den Staub vom Mund zu wischen. Der Schweiß hatte ihn in einen grobkörnigen Schmier verwandelt. »Ich finde, wir sollten jetzt Schluß machen und alle rausschicken. Zuerst muß hier alles wieder richtig abgestützt werden.«

Howard griff ihn sofort an. »Sind Sie verrückt? Den Kodex einfach hier liegenlassen?«

»Der kann warten. Wenn wir noch länger hier bleiben, wird noch jemand ernstlich verletzt.«

Und das war nicht alles. Es ging auch um den Fund selbst.

Howard hatte bereits den prächtigen Deckel beschädigt, und jetzt versuchte er, den Kodex mit all dem Feingefühl eines Grabräubers des neunzehnten Jahrhunderts zu bergen. Man griff nicht einfach mit verschwitzten Fingern hinein und grabschte sich eine solche Kostbarkeit. Bevor der Inhalt der Truhe berührt wurde, mußte alles fein säuberlich inventarisiert, fotografiert und *in situ* gezeichnet werden. Bevor der Kodex herausgenommen und der Luft draußen ausgesetzt wurde, mußte er untersucht werden, um festzustellen, in welchem Erhaltungszustand er sich befand. Das alles wußte Howard auch selbst, dieser verdammte Idiot. Er hatte sich von seiner Aufregung mitreißen lassen.

Einen Moment funkelte der Leiter der Ausgrabung Gideon wütend an. Und dann war er nur noch süßliche, aalglatte Vernunft. »Ich bitte Sie, Gideon, jetzt werden Sie aber nicht melodramatisch. Keinem wird etwas passieren. Meinen Sie, ich wüßte nicht genau, was ich tue?«

Gideon erwiderte nichts.

»Wenn alle anpacken, können wir ihn in fünfzehn Minuten draußen haben.« Howards Stimme wurde schrill. »Wir können ihn unmöglich ungeschützt hier liegenlassen!«

»Wir können Wachen aufstellen«, sagte Gideon.

Während Howards Mund sich zu einer Antwort öffnete, hörten sie über sich das scharfe, platzende Knacken eines Balkens, und sofort regnete Schmutz von der Decke auf die obersten Stufen. Ein paar Steinchen fielen die Treppe bis zu ihnen herunter.

»Äh, ich glaube, Gideon hat recht«, meinte Leo Rose vorsichtig. Leo war früher Bauunternehmer gewesen und kannte sich bei solchen Dingen aus. »Das Ding kann jeden Augenblick einstürzen.« Ein paar andere brummten zustimmend.

»Wachen?« sagte Howard mit einem heiseren Kichern; er versuchte so zu tun, als sei es ein Scherz. »Woher, zum Teufel, sollen wir denn bis heute abend Leute finden, denen wir vertrauen können?«

»Heute abend können wir es selbst bewachen«, sagte Gideon. »Wir können uns abwechseln.« Er hoffte, daß seine Miene unversöhnlich wirkte. Je schneller das hier vorbei war, desto besser. Er wollte einfach nur, daß alle so schnell wie möglich hier rauskamen.

Howard lächelte ihn weiter an, aber auf seiner Wange zuckte ein Muskel. Urplötzlich gab er sich geschlagen.

»Alles klar, okay«, sagte er leutselig, als käme ihm die ganze Angelegenheit wie eine alberne, kleinliche Streiterei vor, über die großmütig hinwegzugehen er sich leisten konnte. »Also, dann gehen wir.«

Als sie draußen waren, stellte er seine Autorität wieder her. »Wir werden uns abwechseln, die ganze Nacht über Wache halten. Vier Schichten, zwei Leute pro Team, nur Männer.«

»Wieso nur Männer?« wollte eine der drei Frauen wissen.

Howard beachtete sie nicht weiter. »Ich übernehme die erste Schicht. Worthy, Sie werden mir Gesellschaft leisten.«

»Ich?« Worthy Partridge war ein steifer Mann mittleren Alters, Verfasser von Kinderbüchern. »Ich fürchte, ich verstehe nur sehr wenig vom Wacheschieben.«

»Was gibt's da zu verstehen? Okay, also . . .« Er sprach nicht weiter, sondern blickte finster und mißtrauisch drein. Avelino Canul, der Maya-Vorarbeiter, drückte sich in der Nähe herum und hörte aufmerksam zu.

»Was willst du, Avelino?« fuhr Howard ihn scharf auf Spanisch an. »Du kannst jetzt nach Hause gehen. Du auch, Nas. Ihr alle.«

Respektvoll erklärte der Vorarbeiter, daß sie auf ihre Bezahlung warteten. Es war Freitag.

Brummend und ungeduldig klopfte Howard die Gesäßtaschen seiner hellbraunen Shorts ab. »Verdammt, das hab' ich ganz vergessen«, brummte er, wechselte zu Englisch. »Ich habe meine Brieftasche im Hotel vergessen.«

»Sollen wir bis Montag warten?« fragte Avelino hoffnungsvoll. Es passierte nicht zum ersten Mal, und Howard hatte es sich zur Gewohnheit gemacht, ihnen für die Umstände etwas extra zu geben. Gemessen am Lohn der Maya war es beträchtlich mehr als nur ein kleiner Bonus.

und sie mir endlich vom Hals schaffen. Dann habe ich die nächsten drei Wochen Zeit für was anderes.«

»Wie zum Beispiel was?«

»Ach, ich weiß nicht. Ein paar Bücherregale fürs Arbeitszimmer bauen . . . Vielleicht all die Tannenzapfen hinter dem Haus zusammenharken . . . Die Garage aufräumen . . .«

»Oh, mein armer Kleiner, du bist ja wirklich down, was? Okay, dann gehen wir einfach irgendwo hier in Port Angeles essen. Wie wär's mit einem Steak im *Bushwacker*?«

Er zuckte mit den Achseln und wuchtete sich hoch. »Ja, gut.«

»Was ist los, Gideon? Ist es vielleicht einfach nur der typische Blues zum Einundvierzigsten?«

Ja, der war's vermutlich. Der und der dunstige, graue Regen, der nun schon seit neun tristen Tagen ununterbrochen fiel und aussah, als würde er bis zum Sommer nicht nachlassen. Gideon war ein erklärter Freund von Regen und Nebel, aber an die trüben, dunklen Winter im Westen des Staates Washington mußte man sich ganz sicher gewöhnen.

Und dann waren seit seiner letzten Ausgrabung schon sage und schreibe anderthalb Jahre vergangen. Anderthalb Jahre ohne den Jungbrunnen der Anthropologie vor Ort, anderthalb Jahre, verbracht in Seminarräumen und Büros. Und meilenweit keine Aussicht auf praktische Arbeit im Feld. Er hatte das Gefühl, erklärte er Julie, als sei seine Karriere festgefahren.

»Wenn ich dich mal vorsichtig erinnern darf«, erwiderte sie kurz, »hast du in diesen anderthalb Jahren an einer neuen Universität angefangen, deine volle Professur erhalten, deinen beachtlichen Ruf als ›Knochendetektiv von Amerika‹ gefestigt . . .«

»Vorsicht, ja, treib's nicht zu weit.«

». . . und du hast drei wissenschaftliche Arbeiten veröffentlicht.«

»Vier. Ja, Julie, ich weiß, das stimmt ja alles. Aber ich glaube, ich muß mal wieder richtig zupacken, nicht immer nur diesen Schreibtischkram machen. Und damit meine ich nicht, zerstükkelte Skelette für das FBI identifizieren.«

Howard nickte knapp und wartete, daß sie gingen. »So, und ihr anderen fahrt jetzt zurück und eßt zu Abend. Gideon, Sie und Leo übernehmen die nächste Schicht. Seid wieder hier um ... Wie spät ist es eigentlich?«

»Kurz nach fünf«, sagte Worthy.

»Okay, seid um neun wieder hier. Worthy und Joe, ihr seid von eins bis vier dran. Danach du und ich, Preston, von vier bis acht.« Er schwieg und schaute Gideon konziliant an. »Na, wie ist das? Findet das Ihre Zustimmung?«

Gideon zögerte. Lieber hätte er selbst die erste Schicht übernommen. Howard hätte es nicht geschadet, sich eine Weile auszuruhen, um wieder ruhiger zu werden. Und Worthy wäre auch nicht seine erste Wahl als Partner gewesen. Aber er hatte die wichtigste Schlacht bereits gewonnen, und ihm stand nicht der Sinn nach einer weiteren Auseinandersetzung. Abgesehen davon war, um es vorsichtig auszudrücken, die Wahrscheinlichkeit verschwindend gering, daß innerhalb der nächsten vier Stunden schon Tempelräuber auftauchten, um den Kodex zu stehlen, der vor nicht mal zwei Stunden entdeckt worden war.

»Okay«, sagte er. »Wir sehen uns dann um neun.«

»Hier stimmt was nicht«, platzte Leo heraus, normalerweise nicht gerade einer der intuitivsten Menschen.

Es war zehn vor neun. Unter einem schwülen, dunkel werdenden Himmel waren sie zur Ausgrabungsstätte zurückgekehrt, wo sie den Arbeitsschuppen leer vorfanden. Weit und breit keine Spur von Howard und Worthy. Auf dem Arbeitstisch lag das leere, rissige Lederholster des alten .32er Revolvers, den Howard hier als Schutz vor *bandidos* aufbewahrte. Die Lichter brannten, der Generator summte. Auf dem Boden neben einem Stuhl stand eine geöffnete, aber nicht angerührte Flasche Coca-Cola.

»Wahrscheinlich machen sie nur gerade einen Rundgang«, sagte Gideon. »Das ist alles.«

»Ja, klar, kann schon sein.«

Trotzdem wechselten sie beklommene Blicke und eilten über

den Platz zum Tempel. Sie hatten gerade den Fuß der Pyramide erreicht, als sie über sich scharrende Geräusche hörten. Sie schauten auf in das Halbdunkel und entdeckten Worthy, der sich ungeschickt die Stufen herunterschleppte.

»Gideon!« rief er. »Leo! Mein Gott!«

Um ein Haar wäre er auf den ungleichmäßigen Steinen ausgerutscht, richtete sich jedoch wieder auf, nachdem er unbeholfen mit seinen langen Armen in der Luft gerudert hatte, und setzte seinen Weg vorsichtiger fort. »Mein Gott«, hörte Gideon ihn wieder flüstern. »Oh, mein Gott.«

Oh, oh, dachte Gideon, mir schwant nichts Gutes.

Als er das Fußende erreichte, warf Worthy den beiden anderen ängstliche Blicke zu. »Wo ist Howard? Habt ihr ihn gesehen?«

Nein, ganz und gar nichts Gutes.

»Was meinen Sie damit, ob *wir* ihn gesehen haben?« fragte Leo. »Wo ist er?«

Worthy umklammerte Gideons Arm, völlig untypisch für ihn. »Es ist schrecklich . . . da oben . . . es ist . . . es ist . . .«

Gideon rannte bereits los, nahm zwei Stufen der Pyramide auf einmal. Worthy wimmerte leise und kletterte ihm nach, versuchte mitzuhalten, zu Atem zu kommen und zu erklären, alles gleichzeitig.

»Er hat gesagt – Howard hat gesagt – er hätte etwas gehört . . . Vor ungefähr einer Stunde. Dann hat er die verdammte Kanone genommen, und ein Brecheisen, und ist losgegangen, weil er nachsehen wollte . . .«

»Sie sind nicht mit ihm gegangen?« rief Gideon über die Schulter zurück, ohne sein Tempo zu verlangsamen.

»Er hat gesagt, ich sollte nicht. Er hat gesagt, er würde . . . er würde allein eine Runde machen. Sie wissen ja, wie der Mann ist . . .«

Das wußte Gideon allerdings. Er erreichte die obere Plattform und rannte über die von Unkraut überwucherte, mit Steinen übersäte Terrasse zum Tempel. Der dichte tropische Regenwald erstreckte sich in alle Himmelsrichtungen bis an den fernen Horizont: ein trostloses Stahlgrau im verblassenden Tageslicht.

Im Inneren des fensterlosen Tempels war es pechschwarz. Er knipste die Taschenlampe an.

Worthy hatte ihn eingeholt. »Er ist so lange weggewesen ... da habe ich angefangen, mir Sorgen zu machen. Ich wollte nachsehen. Und als ich hier angekommen bin, da hab ich festgestellt ... hab ich festgestellt ...«

Er mußte nicht erst sagen, was er festgestellt hatte. Gideon stand wie angewurzelt da, fassungslos, hatte den Strahl der Taschenlampe direkt auf die quadratische Öffnung im Steinboden gerichtet.

Darunter befand sich kein Treppenabsatz. Kein Durchgang. Keine Stufen mehr, oder besser, keine Stufen nach den obersten zwei oder drei. Es gab nichts als ein quadratisches Loch voller Geröll und wild durcheinandergewürfelter, behauener Steinblöcke.

Hinter ihnen kam Leo schwerfällig durch den Eingang getrampelt. »Oh, Scheiße«, sagte er. »Das ganze gottverdammte Ding ist eingestürzt. Ich wußte es.«

Es stimmte. Der geheime Zugang, den die Maya in das Innere der mit Schutt aufgefüllten Pyramide gegraben hatten – und anschließend mit mehr Schutt wieder verschlossen hatten, um ihn zu verstecken –, war eingestürzt. Die jahrelange Arbeit von *Horizon,* die Treppe freizulegen, war innerhalb weniger Sekunden zunichte gemacht worden. Alles war wieder zugeschüttet, so wie die Maya es ursprünglich gewollt hatten.

Worthy starrte Gideon an. Seine Lippen bebten. »Wo ist Howard?« sagte er. »Wo ist der Kodex?«

5

»Und das ist die ganze Geschichte«, sagte Gideon. »Good bye, Howard, good bye, Kodex.« Sie waren bei ihrer dritten Tasse Kaffee. »Seitdem sind sie von keinem Menschen mehr gesehen worden. Falls er es wirklich geschafft hat, ihn zu verkaufen, lebt er heute wahrscheinlich wie ein Millionär in Rio. Halt, Korrektur: wenn er ihn verkauft hat, *ist* er Millionär.«

»Aber woher *weißt* du, daß er ihn gestohlen hat?« fragte Julie. »Vielleicht ist die Treppe einfach über dem Kodex eingestürzt. Es war doch sowieso schon ziemlich wacklig, oder? Vielleicht liegt der Kodex immer noch dort, unter all dem Schutt. Vielleicht liegt auch *Howard* noch dort . . .«

»Nein, wir haben den Schacht wieder freigegraben, oder besser gesagt: die Polizei hat. Den ganzen Zugang bis zum Treppenabsatz. Zwei Tage haben sie dazu gebraucht«, erinnerte sich Gideon. »Die Polizei gräbt schneller als Archäologen.«

»Und als sie unten angekommen waren, haben sie nichts gefunden?«

»Also, die Truhe war noch da. Er hat die Deckplatte zerschlagen, um an den Kodex heranzukommen. Das allein schon war ein Verbrechen. Es war ein verdammt großartiges Kunstwerk.«

»Vielleicht ist die Platte auch beim Einsturz zertrümmert worden.«

»Nein, mit einem Vorschlaghammer. Den hat er oben im Tempel liegenlassen, zusammen mit ein paar anderen Werkzeugen. Die Polizei hat einige der Risse auf dem Deckel mit dem Hammerkopf in Übereinstimmung bringen können.« Er schüttelte den Kopf, der ihn bei der Erinnerung sofort wieder schmerzte. »Das wunder-, wunderschöne Relief.«

Julie drückte ihr Mitgefühl schweigend aus und streichelte seinen Handrücken.

»Die Ohrringe und Teller und alles andere waren noch da«, fuhr er fort. »Zertrümmert durch den Einsturz – oder vielleicht auch durch den Hammer, wer weiß –, aber der Kodex war fort.«

»Und Howard ist einfach im Dschungel verschwunden?«

»Er ist mit der *Aeromexico* davongeschwebt. Während wir alle dastanden und den Einsturz anglotzten, muß er wie der Blitz zum Hotel zurückgekehrt sein. Die Polizei hat das Brecheisen neben dem Weg gefunden. Jedenfalls hat er verschiedene Sachen aus seinem Zimmer geholt, auf dem Parkplatz einen Lieferwagen geklaut und ist verschwunden. Den Wagen hat man einige Tage später auf dem Flughafen von Mérida wiedergefunden.«

»Was ist mit der Kanone?«

»Die blieb verschwunden.«

»Und jetzt glaubst du wirklich, daß er irgendwo das süße Leben genießt?«

»In dem Punkt bin ich nicht ganz so sicher. Wir haben ein Komitee aus Anthropologen Lateinamerikas und der Staaten zusammengestellt – ich glaube, ich habe am meisten darauf gedrängt –, um zu verhindern, daß er den Kodex verkaufen konnte. Es ist das *Komitee zur Erforschung der Maya.*«

Julie lachte leise. »Tut mir leid. Ich wollte wirklich nicht lachen, aber was könnte ein Komitee schon großartig ausrichten?«

Eine ganze Menge. Sie hatten es sich zur Aufgabe gemacht, dafür zu sorgen, daß jeder potentielle Käufer des Kodex, der ihnen einfiel – jedes Museum, jede Bibliothek, jedes Auktionshaus und jede Galerie, ja sogar jeder private Sammler –, davon unterrichtet wurde, wie Howard in seinen Besitz gelangt war. Sie hatten sich mit mehr als viertausend Institutionen und Einzelpersonen in Verbindung gesetzt und Artikel in allen relevanten Journalen und Magazinen veröffentlicht.

»Und wir haben noch erheblich mehr getan. Wir haben unmißverständlich klargestellt, daß jeder, der den Kodex als Gesamtheit oder in Teilen erwirbt, mit Strafverfolgung zu rechnen hat – was vielleicht etwas übertrieben war, da es kein internationales Gesetz gegen den Kauf gestohlener archäologischer Fundstücke gibt.«

»Und, hattet ihr Erfolg? Konnte er ihn wirklich nicht verkaufen?«

»Soweit wir wissen, nicht. Es war nicht sonderlich schwer, potentielle Käufer abzuschrecken, weißt du, da dies der erste und einzige Kodex der Maya gewesen wäre, der auf dem freien Markt – oder jedem anderen Markt – erhältlich war. Daher mußte jeder, der *irgendeinen* Kodex der Maya kaufte, wissen, daß er genau *diesen* erwarb. Niemand konnte Unwissenheit vorschützen.«

»Ich wette, Howard hat sich bestimmt ein bißchen geärgert.«

»Das will ich, gottverdammt noch mal, auch hoffen. Sieh mal, die Wolkendecke ist aufgerissen.«

Das Flugzeug hatte inzwischen mit dem Landeanflug begonnen, glitt über den gewaltigen grünen Buckel Yucatáns. Es gab nicht viel zu sehen. Eine Welt, buchstäblich ohne sonstige Charakteristika, sauber in zwei Hälften geteilt: klarer, leuchtend blauer Himmel oben, hügeliger, grüner Dschungel unten. Weit und breit kein Gebäude, keine Straßen oder Strommasten. Nicht einmal Flüsse, denn im Norden der Halbinsel Yucatán, so üppig die Vegetation auch ist, gibt es keine. Das ganze Wasser befindet sich unter der Erde, in gewaltigen Kavernen, die sich unter der Kalksteinkruste ausdehnen. Die einzige Abwechslung im Grün war hier und da das flache, kreisförmige Schimmern in Olivbraun, wie von einer in eine Reliefkarte gesteckten Plastikscheibe als Symbol für einen Teich. Genaugenommen *waren* dies die Teiche von Yucatán, die berühmten *cenotes*. Senken, wo der brüchige Kalkstein eingebrochen war und so den darunterliegenden Grundwasserspiegel freigab.

»Das mit dem Einsturz ist mir immer noch nicht ganz klar«, sagte Julie. »War das ein Unfall oder was? Wieso ist Howard nicht selbst davon erwischt worden?«

»Er ist nicht verschüttet worden, weil es kein Unfall war. Er hat die Stützbalken absichtlich fortgeschlagen, um den Zugang zu verschütten, und zwar in der Hoffnung, daß wir dachten, er läge irgendwo dort unten begraben, und daß wir dann ein oder zwei Tage damit verschwendeten, nach ihm zu graben, statt ihn sofort zu verfolgen. Was wir auch getan haben.«

»Aber wie kannst du nur so sicher sein?«

»Er hat es uns gesagt.«

»Er hat was . . .?«

»Es uns gesagt. Bevor er das Land verlassen hat, hat er uns noch aus Mérida einen Brief geschickt. Zwei Seiten, ganz sachlich und locker. Er behauptete, er hätte die Deckplatte wirklich nur äußerst ungern zerschlagen, aber welche Wahl hätte er denn gehabt, und er hat sich auch entschuldigt, jemandem den Lieferwagen gestohlen zu haben, aber er hätte ja wohl kaum ein Taxi rufen können, oder? Und der Lieferwagen stehe unbeschädigt auf Parkplatz Nummer Soundso auf dem Flughafen. Und natürlich würde er alles in seiner Macht Stehende tun, um jemanden zu finden, der den Kodex als Ganzes kauft, damit etwas so Wunderbares nicht in kleine Einzelteile zerlegt werden müßte. Ich glaube, er hat ›in klitzekleine Stückchen‹ geschrieben.«

»Gideon, er klingt ein bißchen wahnsinnig.«

»Würde mich nicht weiter wundern. Nicht, daß dieser Bastard seinen Kopf aus der Schlinge ziehen könnte, nur weil er wahnsinnig ist.«

»Diese Laus«, stimmte Julie zu.

Die üblichen Sprüche vor der Landung hatten begonnen, gedämpft vom tiefen Dröhnen der Triebwerke. »Wir bitten, jetzt das Rauchen einzustellen und die Sitzgurte anzuschnallen, und klappen Sie die Tischchen vor sich zurück . . .«

Gehorsam befestigte Gideon den Tisch an der Rückenlehne des Vordersitzes. »Willst du sonst noch was wissen?« Inzwischen war er froh, ihr die ganze Geschichte erzählt zu haben. Sie hatte recht, er hätte es schon längst tun sollen.

»Also, ja, ich hab noch eine Frage, aber du hältst sie bestimmt für ziemlich dumm.« Sie grinste ihn an. »Ich hab so das Gefühl, daß ich während der nächsten zwei Wochen noch eine Menge dummer Fragen habe.«

Gideon erwiderte das Lächeln. Er liebte ihre dummen Fragen. »Deine Fragen sind nie dumm. Bloß ignorant.«

»Oh, vielen Dank, da fällt mir aber ein Stein vom Herzen. Okay, also, was genau *ist* ein Kodex? Ein Manuskript? Ein Buch?«

»Richtig. Es kommt von dem lateinischen Wort *caudex,* was abgespaltete Holzscheibe bedeutet, eine Art Schindel, ein Holztäfelchen, das die Römer mit Wachs überzogen und dann beschrieben haben.«

Sie sah ihn fragend an. »Du weißt die seltsamsten Sachen.«

»Ich«, sagte er voller Würde, »bin ordentlicher Professor. Mein Kopf ist voller gelehrter Arkana, von denen manche, das kann ich unbesorgt sagen, noch erheblich nutzloser sind als das hier.«

»Ich weiß. Das macht unser ganzes Privatleben kaputt. Kein Mensch will mehr mit uns *Trivial Pursuit* spielen.«

Er lachte. »Jedenfalls wurde der Ausdruck allgemein gebräuchlich für alles, was Seiten hatte, im Gegensatz zu einer durchgehenden Schriftrolle. Ein Kodex der Maya ist einem heutigen Buch in vielem sehr ähnlich, nur, daß er aus einem einzigen langen Papierstreifen besteht – vielmehr aus gehämmerter Rinde –, der wie ein Akkordeon gefaltet ist. Man kann ihn wie eine Falttür auseinanderziehen.«

»Interessant«, sagte sie. »Und die sind wirklich so wertvoll?«

»Sie sind sogar so wertvoll, daß niemand genau sagen kann, was sie wirklich wert sind. Es gibt nur drei weitere, und keiner davon ist in Privatbesitz. Über eine Million Dollar wert, würde ich schätzen, selbst auf dem Schwarzmarkt. Vielleicht das Vierfache, wenn man ihn aufschneidet und die Seiten einzeln verkauft.« Er verzog das Gesicht. »Gott bewahre!«

Die Zollformalitäten auf dem *Mérida International Airport* erschöpften sich darin, von einer mürrischen Frau in einer tristen olivfarbenen Uniform durchgewinkt zu werden, die eine Dose *Dr. Pepper* trank und aussah, als wäre sie am liebsten sonstwo. Als sie durch die gläserne Tür in den Wartebereich und die feuchte Hitze Yucatáns traten, sagte Julie: »Gideon, da ist ein Mann, der uns ganz komisch anstiert. Kennst du ihn?«

Gideon folgte ihrem Blick zu einer Auslage riesiger *Kahlua*-Flaschen im Schaufenster des Duty-free-Shops. Davor stand ein Mann mit einem leicht gequälten Ausdruck um die Augen, einem gestutzten, aber dennoch fransigen Spitzbart und zusammengekniffenen, unfreundlichen Lippen. Er starrte zu ihnen herüber, eine Hand erhoben, den Zeigefinger geziert und sachdienlich ausgestreckt, ansonsten völlig bewegungslos. Der rotblonde Spitzbart war neu, der Rest vertraut. Gideon lächelte und winkte.

»Das«, sagte er, »ist Worthy Partridge, und er stiert uns nicht komisch an. Er guckt immer so.«

»Heißt er wirklich so?« fragte sie, während sie zu ihm hinübergingen.

»Ich glaube, sein vollständiger Name ist Kenneth Worthy Partridge, aber er benutzt immer nur die beiden letzten. Er schreibt Kinderbücher, und er findet, es macht sich gut auf den Umschlägen. Du weißt schon, Mother Goose, Peter Rabbit, Worthy Partridge.«

»Kinderbuchautor?« fragte Julie ungläubig. »Er sieht aber nicht direkt wie ein Mann aus, der Kinder liebt.«

Er liebte keine Kinder, und auch von Erwachsenen war er nicht übermäßig angetan. Obwohl sich Worthy in der Nacht, als Howard mit dem Kodex verschwunden war, hilflos und wie im Tran verhalten hatte, erinnerte sich Gideon an ihn als einen extrem kritischen Mann, der zu Krittelei und Pauschalurteilen neigte. »Die Maya waren Trottel.« »Alle Anwälte sind Verbrecher.« »Kinder werden nur von zwei Motivationen getrieben: Egoismus und Habgier.«

Trotz dieser manchmal bestürzenden Äußerungen hatte Gideon ihn durchaus gemocht, oder doch zumindest seine Anwesenheit genossen. Er schien einer der Menschen zu sein, die sich früh in ihrem Leben für eine Rolle entschieden und dann festgestellt haben, daß sie davon nicht loskommen und unfähig sind, sich zu ändern. Aber gelegentlich schimmerte eine schlagfertige, bewegliche Intelligenz durch, und von Zeit zu Zeit kam völlig unerwartet sogar eine trockene, ironische Sorte von Humor zutage.

An diesem Nachmittag war ihm nicht nach Humor. Als er Julie vorgestellt wurde, nickte er ohne die Spur eines Lächelns, und als Gideon sich erkundigte, wie die Ausgrabung vorankam, war seine Antwort mürrisch und einsilbig.

»Die Ausgrabung«, sagte er, »steht unter einem Fluch.«

Fast hätte Gideon gelacht, doch es gelang ihm, diskret zu husten. Es würde eine Weile dauern, bis er sich wieder an Worthy Partridge gewöhnt hatte.

6

Aber diesmal war es keine Übertreibung. Die Ausgrabung in Tlaloc war verflucht worden, buchstäblich und ausdrücklich. Im sechzehnten Jahrhundert. Von den Maya.

Und sollte daran ein Zweifel bestehen, hatten sie eine schriftliche Kopie des Fluches hinterlassen. Worthy berichtete ihnen die Einzelheiten, als er den hellbraunen VW-Bus anließ, der bei der Ausgrabung als allgemeines Transportmittel diente.

»Wir haben sie gefunden, als wir angefangen haben, das Haus des Priesters freizuräumen. Im Eingang war eine Nische, direkt neben dem neuen Skelett, und dort haben wir eine kleine, in Baumrinde eingewickelte Schrift gefunden. Ein Fluch«, sagte er mit einer Grimasse, als sei sie als persönlicher Affront gegen Worthy Partridge dort hingelegt worden.

»Hmmm«, machte Gideon, schaute dabei verträumt aus dem Fenster.

Als er diese scheußlichen Erinnerungen wieder ans Licht gezerrt hatte, hatte er sich eine Weile lang gefragt, ob es vielleicht ein Fehler gewesen war zurückzukehren. Doch jetzt, als er sah, wie die gepflegten, weißen, ordentlich aufgereihten Vororte von Mérida allmählich übergingen in den prächtigen Dschungel und die riesigen Agaven-Anpflanzungen auf den aus der Kolonialzeit stammenden, einst prachtvollen, aber heute romantisch verfallenden Haziendas, fand er ganz und gar nicht mehr, daß es eine schlechte Idee war. Nach den gedämpften Grüntönen des pazifischen Nordwestens leuchteten hier die Farben erstaunlich hell und unterschiedlich unter der messingfarbenen mexikanischen Sonne, und selbst die Wärme – schwül, allerdings nichts im Vergleich zu der den Verstand raubenden Hitze des Juni – war nur ein kleineres Ärgernis.

»Eine Schrift?« fragte Julie. »Sie meinen, ein Kodex?«

»Nein, meine ich nicht«, erwiderte Worthy unsicher. »Dr. Goldstein sagt, sie wäre eher wie die Bücher von Chim Bom Bom oder irgendwem. Sis Buum Bah, Rin Tin Tin, irgend so ein völlig absurder Name.«

»Die Bücher von Chilam Balam«, sagte Gideon. »Bücher aus der Zeit nach der spanischen Eroberung, geschrieben von Maya auf spanischem Papier. Die Konquistadoren lehrten die eingeborenen Schriftgelehrten, wie sie mit Hilfe der europäischen Schrift die Sprache der Maya niederschreiben konnten. Der Hintergedanke dabei war, ihnen leichter die christliche Lehre beibringen zu können, aber natürlich ergriffen die Maya sofort die Gelegenheit beim Schopf, alles mögliche aufzuschreiben.«

»Moment mal«, sagte Julie. »Ich spüre, wie eine ignorante Frage ihr Haupt erhebt. Konnten sie denn nicht längst schreiben? Was ist mit diesem Kodex? Was ist mit den Kalendern, die sie in Stein gemeißelt haben?«

»Das sind nur Hieroglyphen«, erklärte Gideon. »Eigentlich Bilder oder extrem vereinfachte Symbole – ein Punkt steht für *eins*, zwei Punkte stehen für *zwei*. Das Bild eines Hauses bedeutet *Haus*. Sie sind erheblich primitiver als die gesprochene Sprache – eine Art Kurzschrift –, und eine Menge Dinge konnten sie damit nicht ausdrücken. Außerdem sind die Schriftzeichen für uns erheblich schwerer zu verstehen; den größten Teil können wir heute noch nicht entziffern. Aber die anderen Bücher kann jeder übersetzen, der die alte Sprache der Maya beherrscht. Es ist wirklich faszinierend . . .«

Er bremste sich und sprach nicht weiter. Unaufgefordert Vorträge zu halten, war eine der mit der Tätigkeit eines Professors verbundenen Gefahren, der er leicht zum Opfer fiel. »Um was für eine Art Fluch handelt es sich denn?« fragte er Worthy. »Wie genau lautet er?«

»Ach, der typische Feld-Wald-und-Wiesen-Fluch eben«, meinte Worthy achselzuckend. »Sie wissen schon, ›Wer den heiligen Tempel entweiht, wird eines schrecklichen Todes sterben.‹ Diese Professorin Garrison aus Tulane hat an der Übersetzung gearbeitet, und mehr will sie keinem sagen, bis sie ganz fertig ist. Wissenschaftler«, schloß er, »sind Primadonnen.«

Wie üblich hatte es ein Worthy-Partridge-Diktum so an sich, eine Unterhaltung schlagartig zu beenden, und Julie und Gideon lehnten sich zurück, um die an ihnen vorbeigleitende Landschaft zu genießen. Inzwischen waren sie tief im Land der Maya: dichter, buschiger Dschungel und winzige Dörfer am Straßenrand mit Namen wie Xlokzodozonot, Xlacab und Tsukmuk – Ansammlungen von zwanzig oder dreißig primitiven, strohgedeckten Häusern mit Wänden aus Ried oder Stuck. Keine Toiletten, kein fließendes Wasser. Die meisten besaßen keine Türen, so daß die drei in ihrem vollklimatisierten Kastenwagen im Vorbeifahren hineinschauen und einen Lehmboden, ein paar Möbel, eine Hängematte, das eine oder andre nackte Kind sehen konnten. Schweine, Hühner und magere Hunde streiften ziellos über die Landstraße und erwiesen dem Verkehr nichts als Verachtung.

Worthy persönlich nahm das Gespräch wieder auf, aber viel besser war das auch nicht. »Sie ist mit der Übersetzung schon fertig, aber wir mußten rumsitzen und Däumchen drehen, um auf *Sie* zu warten, nur weil Dr. Goldstein Sie unbedingt dabeihaben wollte.«

Paaf!

Gideon versuchte, das Gespräch am Laufen zu halten. »Was macht die Schriftstellerei, Worthy? Arbeiten Sie immer noch an dieser Serie über das kleine Mädchen aus Finnland und ihren Fisch?«

»Es war Island. Nein, ich spiele mit dem Gedanken an eine neue Abenteuerserie mit den Helden Paco und Pablo – zwei kleine Jungs aus der Zeit der alten Maya. Was halten Sie davon?«

»Äh . . . ich will ja keine Haarspalterei betreiben, aber ich weiß, daß Sie immer gern genau sein wollen, und Paco und Pablo sind keine alten Maya-Namen. Das sind spanische Namen.«

Worthy bedachte ihn mit einem kurzen, ätzenden Blick. »Was würden Sie denn vorschlagen? ›Zactecauh und Yxcal Chac gehen auf die Fiesta‹? ›Ahpop Achih und Gucumatz finden einen Freund‹?«

Gideon seufzte und konzentrierte sich wieder auf die Landschaft.

Bei einem Schild mit der Aufschrift »*Chichén-Itzá, Zona Arqueológica*« wich Worthy einem Truthahn aus, der gemächlich an irgend etwas in einem Schlammloch pickte, und bog nach links ab.

»Chichén-Itzá?« sagte Julie. »Fahren wir nach Chichén-Itzá?«

»Nein«, erklärte Gideon. »Wir fahren zum *Hotel Mayaland,* das unmittelbar am Nebeneingang von Chichén-Itzá liegt. Dort wohnen wir alle. Tlaloc ist weniger als eine Meile entfernt, Richtung Norden.«

Fünf Minuten später hielten sie vor dem länglichen gelben Hauptgebäude des Hotels. Gideon verband angenehme Erinnerungen damit: eine willkommene Oase der Sauberkeit und Zivilisation in einem der unterentwickeltsten Gebiete Mexikos. Durch den großen Eingangsbogen und die elegante offene Lobby konnten sie auf eine lange Veranda blicken, die mit glänzenden Fliesen ausgelegt und von Säulen gesäumt war. Unter den großen, vom Dach der Veranda hängenden Laternen saßen Hotelgäste an niedrigen Glastischen und nippten an Cocktails.

»Na, gefällt's dir?« fragte er, als sie aus dem Wagen stiegen.

Julie schaute sich weiter um. Kleine, dunkelhäutige Kellner in weißen Jacken flitzten zwischen den Tischen umher, schlängelten sich zwischen üppigen Topfpflanzen hindurch. An der Freiluft-Rezeption checkte gerade eine ausgelassene Gruppe deutscher Touristen ein.

»Aaah«, sagte sie schließlich, »der Dschungel. Dieses rauhe, brütende, primitive Gefühl der Abgeschiedenheit . . .«

Auf der Kommode in ihrem Zimmer erwarteten sie ein Weidenkorb voll gelber Dahlien, ein Eiskübel mit braunen Flaschen *Montejo,* dem leicht bitteren einheimischen Bier, ein weiterer Eiskübel mit Gläsern und eine kurze Nachricht von Abe: »Willkommen in Yucatán. Wieso habt ihr so lange gebraucht? Ruht euch aus, wascht euch, setzt euch auf den Balkon, trinkt ein paar Bier. Und laßt mir auch eins übrig. Ich komme um fünf vorbei.«

Sie gehorchten seinen Anweisungen aufs Wort, und um Viertel vor fünf saßen sie auf schmiedeeisernen Schaukelstühlen auf dem geräumigen, schattigen Balkon vor ihrem Zimmer, neben sich ihr zweites Bier. Sie hatten geduscht und sich umgezogen, und jetzt wippten sie zufrieden vor und zurück, atmeten in tiefen

Zügen die dicke, duftende Luft und lauschten dem Kichern unbekannter Vögel in den Bäumen.

Ihr Zimmer lag im ersten Stock und bot einen Blick auf die üppige Vegetation des prächtigen alten Hotels – ein Dschungel, aber ein für ein verwöhntes Publikum gezähmter, geordneter Dschungel. Steinwege schlängelten sich von dem gelben, maurisch wirkenden Hauptgebäude zu den umliegenden Bungalows, durch dichte Wäldchen von Tzapotl-Bäumen, Akazien und Königspalmen, von denen manche dreißig Meter hoch und deren Wedel und Äste mit Kletterpflanzen und Blüten überzogen waren. Hier und da, versteckt hinter Gruppen von Bougainvilleen und Frangipani, lagen stille Springbrunnen. Auf Höhe des Balkons breiteten sich vor ihnen die mächtigen Äste eines Ceiba-Baumes aus, in dessen feuchten Gabelungen und Vertiefungen sich überall Pflanzen festgesetzt hatten: stachlige, blühende Gewächse, Orchideen, die ihre eigenen kleinen Stämme hatten, Miniatur-Bananenstauden. Bäume, die aus Bäumen wuchsen.

Dazu passend wehten von der Veranda leise Gitarrenakkorde einer Serenade für die Hotelgäste zu ihnen herauf. Selbst die gelegentlich zu hörenden, gedämpften Gesprächsfetzen beim Cocktail, hauptsächlich in Deutsch oder Englisch, vermittelten ein Gefühl zivilisierter Muße, die ihnen nach einer schmuddeligen, anstrengenden Reise, die um fünf Uhr morgens begonnen hatte, mehr als willkommen war. Natürlich war das *Mayaland* in den dreißiger Jahren für unerschrockene, reiche Besucher des nahegelegenen Chichén-Itzá erbaut worden. Es war ein reiner Glücksfall, daß es so nahe an dem lange versteckten Tlaloc lag und der Expedition als Basis dienen konnte.

Julie lehnte sich in ihrem Schaukelstuhl zurück und legte die Füße auf den niedrigen Glastisch.

»Aaah«, sagte sie, »das wahre Yucatán. Der Dschungel, der wilde, primitive, elementare . . .«

Gideon lachte. »Sei doch kein Langweiler. Irgendwo muß man schließlich leben, weißt du, sogar bei einer Ausgrabung, und weil das *Mayaland* nun mal so günstig liegt und es hier für gewöhnlich immer ein paar freie Zimmer gibt . . .«

»Ja, aber bevor ich dich kennengelernt habe, war ich so naiv, daß ich allen Ernstes geglaubt habe, echte Anthropologen kampierten in Zelten und lebten von dem, was das Land zu bieten hat – von Schlangen und Kröten. Meine Güte, ich hatte ja keine Ahnung, daß sie statt dessen in internationalen Luxus-Ferienanlagen absteigen.«

»Tja, also, natürlich würden Abe und ich, da wir ja nun mal echte Anthropologen sind, lieber in einem schlammigen *cenote* baden und Leguane verspeisen, aber natürlich müssen wir auch an unsere Amateure denken, die möglicherweise nicht so wie wir an das primitive Leben gewöhnt sind.«

»Klar«, meinte Julie. »Genau.« Sie tastete nach ihrem Glas. Gideon nahm es und drückte es ihr in die Hand, und so saßen sie in friedlichem Schweigen beieinander, bis Abe genau um fünf an die Lamellentür des Zimmers klopfte.

Er war so dünn und lebhaft wie immer. Vielleicht ein wenig lebhafter, so als hätte das zweiwöchige Stöbern in den durcheinandergewürfelten Steinhaufen Tlalocs unter der Sonne Yucatáns seiner Arthritis gutgetan, was zweifellos auch der Fall war. Seine wäßrig blauen Augen funkelten klug und humorvoll über der rechteckigen Brille; in letzter Zeit hatte er sich angewöhnt, sie zu tragen – die meiste Zeit auf der Nasenspitze und die restliche Zeit an einer schwarzen Kordel um den Hals. Letzteres, nachdem er seine Lesebrille ein Vierteljahrhundert in der Tasche bei sich gehabt und nach ihr gewühlt hatte, wenn er sie brauchte. Das war eine der sehr wenigen Konzessionen an das Alter, die er Gideons Wissen nach machte.

»Also«, sagte er nach der einleitenden Begrüßung und nachdem Gideon ihm ein Glas Bier eingeschenkt hatte und sie es sich wieder auf dem Balkon bequem gemacht hatten, »was hältst du von unserem Fluch?« Im Sonnenlicht wirkte seine prächtige graue Mähne wie ein Heiligenschein.

»Ich kann die blöden Witze kaum erwarten«, erwiderte Gideon. »Wann immer jemand einen Bleistift zerbricht oder eine Kelle verlegt, ist es der Fluch von Tlaloc gewesen. Wann wird Garrison ihre Übersetzung präsentieren?«

»Nach dem Abendessen. Um acht.« Er beugte sich vor, hielt das Glas in beiden Händen. »Stell dir vor! Das Institut hat seine Meinung geändert. Wir dürfen wieder unter dem Tempel graben. Ich schätze, ich habe sie am Ende doch noch überzeugt.«

»Ist ja toll! Meine Glückwünsche!«

Als das *Instituto Nacional de Antropología e Historia* der *Horizon* erlaubt hatte, die Ausgrabungen in Tlaloc wieder aufzunehmen, war der Tempel der Eulen, wo der Kodex gefunden (und prompt wieder verloren) worden war, ausdrücklich ausgeklammert worden. Er sollte verschlossen und tabu bleiben, eine Art Schrein der Missetat. Gideon wußte, daß Abe all seinen Einfluß geltend gemacht hatte, um das zu ändern. Er war mehrere Tage in Mexico City gewesen und hatte ein überzeugendes Argument vorgebracht: irgendwo war ihm ein fast unbekanntes Werk des französischen Künstlers und Forschers Jean Frédéric de Waldeck in die Hände gefallen, in dem eine zerfallene, geplünderte Tempelpyramide der Maya skizziert war, auf die er im Hochland Guatemalas gestoßen war. Das Gebäude war nahezu identisch mit dem Tempel der Eulen – Treppenschacht über zwei Etagen, versiegelter Raum auf dem Absatz.

Mehr noch, de Waldeck hatte am Fußende der Treppe eine *zweite* versiegelte Kammer gefunden, bedauerlicherweise ebenfalls aufgebrochen und ausgeräumt. Bedeutete dies, daß es eventuell auch in Tlaloc noch eine zweite versiegelte Kammer gab, unter dieser ersten und nun durch den Schutt des Einsturzes unzugänglich? Wenn dem so war, was mochte sie in Anbetracht des phantastischen Fundes in der darüber liegenden Kammer nicht erst enthalten? Natürlich kannte niemand die Antwort (und Graf de Waldeck war dafür bekannt gewesen, daß sein romantischer Enthusiasmus in der Regel seine Liebe zu den Fakten überflügelte), aber Gideon war überzeugt, daß den Leuten des Instituts bei Abes Darlegungen der Mund wäßrig geworden sein mußte.

»Das ist ja wunderbar, Abe«, sagte Julie. »Vielleicht gelingt es *Horizon* ja doch noch, Pluspunkte zu sammeln.«

Mit auf die Seite gelegtem Kopf schien Abe diese harmlosen

Worte abzuwägen. »Vielleicht«, sagte er finster, »vielleicht auch nicht.« Er leerte sein Bier. »Falls ihr nach eurer Reise nicht zu müde seid, wie wär's mit einem kleinen Spaziergang zur Ausgrabungsstelle? Wenn wir sofort losgehen, sind wir noch vor Einbruch der Dunkelheit zurück.«

»Wahnsinnig gern!« sagte Julie.

»Gut. Gideon, ich möchte, daß du dir etwas anschaust.«

Gideon runzelte die Stirn. »Stimmt irgendwas nicht, Abe?«

»Das«, sagte Abe, »wüßte ich gern von dir.«

Wie viele Ruinen in Yucatán war es nichts Großartiges, absolut nicht vergleichbar mit Coba oder Chichén-Itzá oder Uxmal. Ein quadratischer zeremonieller Platz mit einer Seitenlänge von etwa neunzig Metern und sechs mehr oder weniger intakten Gebäuden. Auf dem größten standen sie jetzt, der Pyramide der Eulen, doch für Maya-Verhältnisse war es kaum imposant: eine gedrungene, abgeflachte Pyramide von gerade mal zwölf Metern Höhe, deren breite, zerfallende Treppe aus steinernen Stufen einen bequemen Neigungswinkel von fünfundvierzig Grad aufwies, statt der üblichen schwindelerregenden, beinahe senkrechten Steigung.

Als sie die Plattform der Pyramide erklommen hatten, drehten sie sich um und betrachteten das unter ihnen liegende Panorama des Ortes. Nach fünfeinhalb Jahren hatte sich nicht viel verändert. Nur der zweieinhalb Meter hohe Maschendrahtzaun, der alles einfaßte, war neu. Wenige Monate nach Schließung der Ausgrabung war er von der Regierung errichtet worden.

Sie schauten nach Westen in einen frühen Abendhimmel, dessen Farbe gerade von Blaßblau zu einem satten, rotgestreiften Mauve wechselte. Unter ihnen lagen die Ruinen der Gebäude, warfen lange Schatten und waren anscheinend willkürlich an den Seiten des grasbewachsenen Platzes verteilt: der dicht überwucherte Würfel des Priesterhauses, in dem das frisch entdeckte Skelett lag; die zwei Begrenzungsmauern des bescheidenen Ballspielplatzes, auf den sich ein großer Teil der aktuellen Arbeit konzentrierte; die Gruppe der drei kleinen, eingestürzten Gebäude, heute kaum mehr als Fundamente, von Howard Bennett phantasielos »Westgruppe« getauft.

Die kleinen, sanften Hügel entlang der Nordgrenze des Platzes unmittelbar vor dem Zaun waren früher ebenfalls irgendwelche Gebäude gewesen, doch schon vor langer Zeit hatte der Dschungel sie zerstört und verschlungen. Für den oberflächlichen Betrachter waren sie nicht mehr als ungleichmäßige Höcker aus Dreck und Schutt, bedeckt mit Erde und wildwucherndem Unkraut und Gebüsch. Niemand würde auch nur Vermutungen darüber anstellen können, was sie einmal gewesen waren, bis sie irgendwann in den nächsten Jahren freigeräumt und ausgegraben wurden.

Und das war's auch schon, abgesehen von dem Schuppen der Archäologen aus verputztem Kalkstein, dessen riedgedecktes Dach unter den schräg einfallenden Sonnenstrahlen lachsrot aufloderte. Unmittelbar hinter dem quadratischen Platz schob sich von allen Seiten unbarmherzig der Regenwald vor, ein buschiges, welliges Dickicht, endlos und undurchdringlich.

So schien es wenigstens. Unter dem grünen Dach war der Pfad, den sie gekommen waren, nicht zu sehen. Jetzt war er heruntergekommen, eingebrochen und von Zeit und Wurzeln auseinandergerissen, aber früher einmal Teil des komplexen Systems erhöht angelegter »Straßen« der Maya, das die großen Zentren miteinander verbunden hatte. Er verlief über einen Kilometer schnurgerade durch den Dschungel nach Chichén-Itzá weiter und führte dabei praktischerweise keine fünfzig Meter am *Mayaland* vorbei.

Aber von hier aus hätte das *Mayaland* genausogut auf einem anderen Kontinent liegen können. Nichts war hinter dieser stillen, tausendjährigen Geisterstadt zu sehen außer Dschungel, nichts zu hören außer dem lauter werdenden Summen der Insekten mit Einbruch des Abends. Daran zu denken, daß sie erst vor zwanzig Minuten eisgekühltes Bier in einem noblen Hotel getrunken hatten, war schon merkwürdig. Selbst die Luft war urzeitlich, geschwängert mit dem stechenden Geruch Yucatáns nach verbranntem Stroh. Hier wurden die Getreidefelder für die

Aussaat des nächsten Jahres immer noch feuergerodet, genau wie damals, als in Tlaloc noch geschäftiges Leben geherrscht hatte.

»Kommt«, sagte Abe. »Ich möchte, daß du mal einen Blick in den Tempel wirfst.«

Die Eingänge zu Maya-Tempeln besitzen normalerweise keine Türen, doch dieser hier war von der Regierung mit dicken Sperrholzplatten verschlossen worden. Jetzt waren sie verzogen und aufgeweicht. Eine plumpe Konstruktion aus Metallstangen und einem wuchtigen Vorhängeschloß hielt alles zusammen.

Abe ergriff das Vorhängeschloß. »Als ich gestern den Schlüssel erhalten habe, bin ich sofort rausgekommen, um mich umzusehen. Und *das* hier«, sagte er dramatisch, »habe ich gefunden.« Als er das Schloß hob, glitt es in seiner Hand auseinander.

»Es war schon offen?« sagte Julie.

Nicht nur einfach offen, sondern sauber durchgesägt.

»Plünderer?« sinnierte Gideon laut.

»Das sollst du mir sagen«, meinte Abe. »Gehen wir rein.«

Nachdem sie die Holzplatte zur Seite gewuchtet hatten, fanden sie dahinter ein Wirrwarr aus Steinen und Erde, an manchen Stellen gut einen Meter hoch. Der eingestürzte Treppenschacht in der Mitte, 1982 von der Polizei bis zum Treppenabsatz wieder freigeräumt, war weitere sechs oder sieben Stufen ausgegraben worden. Eine schmutzige Spitzhacke lag am Boden des Schachtes. In einer Ecke lehnte ein Spaten an der Wand, und auf einem Dreckhaufen lag ein gelber Plastikeimer.

Abe drehte sich zu Gideon. »Ist das 1982 so zurückgelassen worden?«

»Nein, natürlich nicht. Die Polizei hat aufgeräumt, nachdem sie fertig war, und ich war hier, als die Regierung das Gebäude versiegelt hat. Hier sind *allerdings* Plünderer gewesen.«

»Was ich mir gedacht habe«, sagte Abe mit einem tiefen Seufzer. Dann schickte er leise nach: *»Vay is mir.«*

»Mir ist weh«, übersetzte Gideon geistesabwesend für Julie. Er hatte schon genug Krisen mit Abe durchgemacht, um den Ausdruck zu kennen. Er kniete sich hin, musterte den Spaten im

Licht seiner Taschenlampe, löste mit den Fingern ein paar Erdklumpen, die daran kleben geblieben waren.

»Aber meint ihr, die mexikanische Regierung hätte das Gelände gar nicht bewacht?« fragte Julie. »Das kann doch jeder sehen, wie verlockend es für Plünderer ist. Wo ein Kodex lag, dachten sie vielleicht, kann auch noch ein zweiter liegen.«

»Unwahrscheinlich«, sagte Gideon. »Extrem unwahrscheinlich.«

»Klar, du weißt das, aber wissen die es auch?«

»Das Gelände *wurde* bewacht«, sagte Abe. »Einer der Wächter aus Chichén-Itzá ist zweimal am Tag rübergekommen und hat sich umgesehen.«

»Zweimal am Tag? Aber jeder . . .«

»Julie, gewisse Dinge müssen Sie begreifen. Wissen Sie, wieviele archäologische Ausgrabungsstätten es in Yucatán gibt?«

Julie schüttelte den Kopf.

»Da geht's Ihnen wie allen anderen auch«, sagte Abe. »Niemand weiß es. Ganz sicher sind es tausend, wahrscheinlich zweitausend. Und bei jeder einzelnen gibt es Dinge, die zu stehlen sich lohnt, aber es sind verdammt viele Orte, die vierundzwanzig Stunden am Tag bewacht werden müßten.«

»Trotzdem . . .«

»Sie haben einen Zaun aufgestellt«, sagte er lächelnd, »was schon erheblich mehr ist als bei den meisten anderen Ausgrabungsstätten. Aber welcher Räuber läßt sich schon von einem Zaun aufhalten?«

»Na, wenigstens haben sie uns etwas Arbeit erspart«, sagte Gideon, wischte sich den Schmutz von den Knien und stand auf. »Wir hätten diese Stufen andernfalls ja doch selbst freilegen müssen.«

»Genau darum geht's«, sagte Abe ruhig.

»Ich verstehe euch nicht!« rief Julie empört. »Wie könnt ihr hier so ruhig rumstehen? *Plünderer* sind hier gewesen! Wer weiß, was sie schon alles fortgeschafft haben?«

»Gar nichts haben sie fortgeschafft«, sagte Gideon. »Wenigstens wüßte ich nicht, wie. Sie haben keine neuen Ausgrabungen gemacht. Sie haben nichts anderes getan, als ein paar Stufen freigelegt, die wir vor dem Einsturz bereits ausgegraben hatten. Wir waren dreizehn Stufen unter dem Treppenabsatz, wenn ich mich recht entsinne.«

»Zwölf, laut Ausgrabungsbericht«, sagte Abe. »Alles in allem von hier oben vierundzwanzig.« Er sah Julie an. »Also haben sie letzten Endes nichts anderes gemacht, als etwas mehr von dem Geröll wegzuräumen, das heruntergekommen ist, als Howard, der Dreckskerl, den Schacht zum Einsturz gebracht hat.«

»Oh.« Julie beruhigte sich, sah aber nicht sehr überzeugt aus und blickte in den schummerigen Schacht hinab. »Habt ihr da die Truhe gefunden? Auf diesem Absatz?«

Gideon knipste seine Taschenlampe wieder an, und dann gingen sie hinunter. »Hier ist sie.«

Die schwere Truhe stand immer noch in der kleinen Kammer, vier massive Kalksteinplatten, die hochkant um eine fünfte Platte aufgerichtet waren, die als Sockel diente. Alles von einer feinen Staubschicht überzogen und schrecklich leer. Der ruinierte und wieder zusammengeflickte Deckel befand sich heute im *Museo Nacional de Antropología* in der Hauptstadt.

Gideon ließ den Lichtstrahl über die Wände der einst versiegelten Kammer gleiten. Das Märchenland hier unten war dahin; kein unberührter gläserner Palast im Berg mehr. Die Stalaktiten und Stalagmiten waren noch da, aber sie hatten ein schmutziges Grau angenommen und waren dick überzogen mit Flechten und breiigem Pilz. Nach einem Jahrtausend perfekter Konservierung hatten fünf Jahre an der fruchtbaren Luft Yucatáns genügt, um das, was einmal wie glitzernde Eiskaskaden ausgesehen hatte, in ekelhafte Wucherungen zu verwandeln. Hier und da wuchsen sogar ein paar blasse, erschreckt aussehende Pflanzen in Ritzen und Spalten, kauerten tief im Inneren einer Pyramide, drei Meter unter der Oberfläche eines verschlossenen, fensterlosen Gebäudes ohne Licht.

»Wonach haben sie also gesucht?« sagte Abe, mindestens ebensosehr zu sich selbst wie zu den anderen, während sie nach oben zurückkehrten. »Bei tausend Orten, an denen man nach

Schätzen jagen kann: was ist an Tlaloc so Besonderes? Und wieso unter einem Tempel suchen, wo bereits einmal gegraben worden ist?«

»Könnten sie vielleicht irgendwo gehört haben, daß am Fuß der Treppe womöglich ein weiterer versiegelter Raum ist?« fragte Gideon.

»Nein, nein, das bezweifle ich stark. De Waldecks Buch ist nie aus dem Französischen übersetzt worden, und soweit ich weiß, existieren nur zwei Exemplare. Das eine, das ich in Dumbarton Oaks eingesehen habe, und ein anderes in Paris. Es wird nirgendwo in der Literatur erwähnt. Ich selbst bin nur aus purem Zufall darüber gestolpert. Außerdem, ein zweiter versiegelter Raum ist nichts als eine gewagte Vermutung, mehr nicht. Und selbst wenn es ihn gibt, wer sagt, daß etwas darin ist, das zu stehlen sich lohnt? Nein, wenn ich Plünderer wäre, wüßte ich was erheblich Besseres mit meiner Zeit anzufangen.«

»Ihr zwei geht immer davon aus, daß sie genau gewußt haben, was sie tun«, sagte Julie, »aber wahrscheinlich haben sie nur ein paar Geschichten über den Kodex gehört, der hier gefunden worden ist, und daraufhin beschlossen, auf eigene Faust ein bißchen nachzuforschen.«

»Ja, vielleicht«, sagte Abe. »Auf jeden Fall haben sie Gott sei Dank aufgegeben, bevor sie besonders weit gekommen sind.«

Julie deutete auf die zurückgelassenen Werkzeuge. »Ich frage mich, ob Sie sie wohl verscheucht haben, als Sie letzte Woche die Ausgrabungen wieder aufgenommen haben.«

»Das klingt wie eine vernünftige Erklärung«, stimmte Abe zu.

Nicht für Gideon. Ihm fielen zwei vernünftige Erklärungen ein, und keine paßte zu dem, was Julie vorgebracht hatte. Bei der Untersuchung des Spatens hatte er festgestellt, daß die Erdklumpen daran auch genau das waren: Klumpen aus Erde. Ohne Pilze, ohne schwabbelige Büschel Schimmel. Daher war es sehr unwahrscheinlich, daß der Spaten bereits längere Zeit unangetastet in diesem dunklen, feuchten Verlies von Raum herumlag. Selbst die Erd- und Geröllhaufen sahen frisch aus, auch wenn manche von ihnen hier und da bereits ein flauschiges Grau annahmen.

Wenn er von der Annahme ausging, daß diese schimmeligen Haufen die ältesten waren, mußten die Arbeiten hier vor etwa einer Woche begonnen – und nicht aufgehört – haben, vielleicht sogar noch später. Und alles deutete darauf hin, daß die Ausgrabung noch voll im Gange war.

Was hieß, teilte er den anderen mit, daß jemand hier munter gebuddelt hatte, *seit* die offizielle Ausgrabung wieder aufgenommen worden war. Also war es entweder einigen sehr vorsichtigen Plünderern gelungen, Abe, der Crew und den Wachen zu entgehen, oder aber . . .

Oder aber ein Mitglied der Crew war voreilig gewesen und machte im Tempel seine eigenen Ausgrabungen.

»Oder ihre eigenen«, korrigierte Julie.

»Oder ihre eigenen, Plural«, meinte Abe. »Aber wir wollen nicht auch noch voreilig sein. Warum die Crew? Bleiben wir fürs erste bei Außenstehenden. Vielleicht haben sie nachts gearbeitet, wenn niemand in der Nähe war. Was ist daran so unmöglich?«

»Aber wo sind dann ihre Lampen?« fragte Julie. »Wenn sie schon ihre Werkzeuge zurückgelassen haben, wieso dann nicht auch ihre Lampen?«

»Weil sie sie gebraucht haben, um dorthin zurückzukehren, wohin auch immer sie verschwunden sind, wenn sie tatsächlich nachts gekommen und gegangen sind.« Abe verschränkte die Arme und musterte den ausgehobenen Treppenschacht, kniff sich mit Daumen und Zeigefinger in die Unterlippe. »Wenn das alles ist, was sie an Werkzeug hatten, dann dürften sie etwa . . . sagen wir, zehn, zwölf Stunden hier gegraben haben. Acht, wenn es zwei Personen statt einer waren. Gideon, stimmst du mir da zu?«

Gideon stimmte zu.

»Also, was heißt das dann? Höchstens zwei Nächte Arbeit? Kein Problem für Räuber zu warten, bis wir Feierabend gemacht haben, dann reinzukommen und ein paar Nächte ihre schmutzige Arbeit zu verrichten.«

»Ich stimme zu, daß sie es wahrscheinlich nachts gemacht haben«, sagte Gideon, »aber ich glaube immer noch nicht, daß es Außenstehende waren. Außenstehende hatten seit 1982 eine völlig verlassene Ausgrabungsstätte und jede Menge Zeit und Ruhe zum Buddeln. Warum warten, bis es von Leuten wimmelt? Nein, wenn das hier wirklich während der vergangenen Woche passiert ist, und darauf gehe ich jede Wette ein, dann wette ich ebenfalls, daß jemand von der Crew dahintersteckt.«

»Aber das ergibt doch einfach keinen Sinn«, sagte Julie. »Wenn überhaupt jemand wußte, daß diese Stufen schon einmal freigelegt worden waren, dann doch wohl die Crew. Sie war hier.«

»Stimmt«, räumte Gideon ein. »Es ergibt keinen Sinn, von welcher Seite man es auch betrachtet.«

Plötzlich lachte Abe vergnügt. »Ein Rätsel«, sagte er. »Kommt, Zeit fürs Abendessen, und dann müssen wir uns anhören, was es mit unserem Fluch auf sich hat.« Mit der Schuhspitze trat er gegen einen Haufen Geröll. »Darüber können wir auch später noch reden.«

7

Bernadette Rose Garrison, Professorin für präkolumbische Sprachen am *Middle-American Research Institute* in Tulane, entsprach ganz und gar nicht der Vorstellung des Laien von einem führenden Experten der alten Maya-Sprache. Auch Gideons nicht. Eine strenge, schwarze Frau in den Fünfzigern ohne jeden Schick, die Haare zu einem Knoten zurückgekämmt. Sie trug das einzige Pincenez, das Gideon je bei einem lebenden Menschen gesehen hatte. Sie hätte eine perfekte Bürovorsteherin abgegeben, fleißig und sittsam, oder vielleicht auch eine leitende Sozialarbeiterin, oder eine strenge und kompromißlose Kreditsachbearbeiterin. Sie hatte eine zwanglose Art – »nennen Sie mich Bernie«, sagte sie, als sie sich beim Abendessen vorgestellt wurden –, war aber gleichzeitig auch wieder so beeindruckend, daß nur die Selbstbewußtesten (zum Beispiel Abe) sie beim Wort genommen hatten. Gideon, leichter einzuschüchtern, blieb bei »Dr. Garrison«, was sie auch völlig angemessen zu finden schien.

Vor ihren ordentlich getippten Notizen saß sie am Kopfende eines riesigen, trostlosen Tisches im spanischen Stil des sechzehnten Jahrhunderts. Um den Tisch standen zehn wuchtige, mit dunklem, steifem Leder gepolsterte Mahagonistühle, die vermutlich ebenfalls die spanische Vergangenheit heraufbeschwören sollten, aber im Grunde eher an elektrische Stühle aus den dreißiger Jahren erinnerten. Jeder Platz war besetzt, einer von Dr. Garrison, acht von den Angehörigen der Ausgrabungscrew in Tlaloc und einer von dem respekteinflößenden Dr. Armando Villanueva, dem stellvertretenden Direktor des *Instituto Nacional de Antropología e Historia*, der erst zwei Stunden zuvor unangemeldet aus Mexico City eingetroffen war, um bei Dr. Garrisons Übersetzung anwesend zu sein. Deshalb, und um das Vorrecht des Institutes auf eine strenge, nochmalige Überprüfung geltend zu machen.

Letztere Aufgabe war von dem beleibten Dr. Villanueva, der kein Blatt vor den Mund nahm, höchstpersönlich beim Abendessen klargestellt worden. Er war am Kopfende des Tisches aufgestanden und hatte freiheraus erklärt, daß sich *Horizon* seiner persönlichen Meinung nach im Jahre 1982 auf Dauer kompromittiert habe, daß er davon überzeugt sei, die Genehmigung zur Wiederaufnahme der Ausgrabungen hätte nicht erteilt werden dürfen, und daß er diese Ansichten auch mit allem gebotenen Nachdruck vertreten habe, leider jedoch überstimmt worden sei. Dennoch sei er keineswegs nachtragend, sehe sich allerdings verpflichtet, dafür zu sorgen, daß die strengsten Maßstäbe eingehalten würden. Sie könnten deshalb davon ausgehen, daß er sie bei den kleinsten Anzeichen von Unregelmäßigkeiten einer strengen Prüfung unterziehen würde.

Nach dem Essen hatte er sich im Gespräch mit Abe und Gideon bemüht, aufrichtig freundlich zu sein. »Tja«, sagte er,

»wie läuft es denn so in Tlaloc? Gibt es irgend etwas Interessantes zu berichten?«

Abe und Gideon wechselten einen kurzen einvernehmlichen Blick: jetzt war nicht der beste Moment, die heimlichen Grabungen unter dem Tempel der Eulen zu erwähnen.

»Sehen Sie nicht mich an«, hatte Gideon geantwortet. »Ich bin gerade erst angekommen.«

»Etwas Interessantes?« hatte Abe konziliant gemeint. »Nein, nein, nichts Interessantes. Alles reine Routine.«

Jetzt hatten sich alle zum Kaffee und Dessert im Konferenzzimmer des *Mayaland* eingefunden, Dr. Garrison verzehrte den Rest ihres Bananen-Split, musterte scharf ihr aufgeregt plapperndes Publikum und wartete auf dessen ungeteilte Aufmerksamkeit.

Gideon nutzte die Gelegenheit, ebenfalls alle zu mustern. Einer von ihnen, dessen war er fast sicher, war nachts aktiv gewesen und hatte unter dem Tempel der Eulen gegraben, auf der Suche nach . . . was? Und warum?

Ihm direkt gegenüber saß Leo Rose, zerknautscht und vergnügt wie eh und je. Ein paar feuchte Vierfarbbroschüren lugten wie gewöhnlich aus einer Tasche und warteten darauf, jederzeit verteilt zu werden. Leo leitete eine Landerschließungsfirma, die sich auf etwas merkwürdige Unternehmungen zu spezialisieren schien. Momentan verkauften sie Grundstücke am trostlosen Rand des Salton Sea. (»Flexivillas am Wüstenstrand!« hieß es pompös in der Broschüre, die er Gideon bereits freundlich angedreht hatte. »Prunkvolle Time-sharing Haziendas an der kalifornischen Riviera!«) Das letzte Mal, erinnerte sich Gideon, war es ein Luxus-Golf-Urlaubsort am Stadtrand von Tijuana gewesen.

Leo merkte, daß Gideon ihn anschaute, und hob seine Tasse. *»Bueno-bueno«,* formte er mit den Lippen. Das war ein Scherz von der früheren Ausgrabung. Leo hatte ein fabelhaftes Geschick an den Tag gelegt, allein mit einem beherzten *bueno-bueno,* einem reichen Arsenal lebhafter Gesten und einem umwerfenden, brüllenden Lachen, das die winzigen Yucateken zuerst erschreckt und dann begeistert hatte, in Mexiko zurechtzukommen.

Zwischen Leo und Gideon, am anderen Kopfende des Tisches, Dr. Garrison gegenüber, saß Harvey Feiffer, Gideons ehemaliger Student, der nur wenige Monate nach Ende der ersten Ausgrabung die Anthropologie aufgegeben und ein Ingenieurstudium der »Kommunikationssystemtechnologie« begonnen hatte. So verwirrend und völlig unverständlich dieses Fachgebiet für Gideon war, für Harvey war es genau der richtige Schritt gewesen. Endlich hatte er seine Nische gefunden.

Das hatte er zumindest im Verlauf eines Schwätzchens vor dem Essen erklärt und dabei verständlicherweise vor seinem Ex-Professor ein wenig geprahlt, und Gideon sah keinerlei Veranlassung, das anzuzweifeln. Inzwischen Toupetträger und Fett ansetzend, war der einunddreißigjährige Harvey anscheinend bereitwillig und ein wenig zu früh in ein mittleres Lebensalter gesprungen. Er war verheiratet, hatte ein Kind, und ein zweites war unterwegs; erst kürzlich hatte er ein Haus in einem Vorort gekauft, dessen Bewohner aus der »oberen mittleren Managementebene« kamen; er kümmerte sich bei dem in Atlanta beheimateten Unternehmen »ums Marketing« und würde schon bald zum Abteilungsleiter befördert. Aber das war noch nicht alles, schnaufte Harvey glücklich. In vierzehn Monaten hätte er fünf Jahre für *CompuServe* gearbeitet und sich damit einen Rentenanspruch erworben. Seine Optionsschein-Käufe würde er kontinuierlich anpassen, Dollar für Dollar, was alles in allem einen verflucht netten Notgroschen abgab, wenn er sich 2017 zur Ruhe setzte.

Aber sein stressiger neuer Lebensstil hatte auch seinen Preis, gestand er Gideon. Vor ein paar Monaten war er mit chronischen Magenschmerzen zu seinem Hausarzt gegangen. Der hatte zwei Magengeschwüre im Anfangsstadium diagnostiziert und angeordnet, daß er mal abschalten, ein paar Wochen Urlaub vom Arbeits- und Familienstreß nehmen solle. Glücklicherweise hatte sich die Gelegenheit, an der Ausgrabung teilzunehmen, genau zur richtigen Zeit ergeben.

Links von Leo saßen Preston und Emma Byers. Preston Byers war ein außergewöhnlich gutaussehender Mann mit klaren blauen Augen und einem Profil, das genauso fein geschnitten und attraktiv war wie das von Paul Newman. Natürlich hatte Gideon sofort eine Abneigung gegen ihn gefaßt, aber die aufrecht zu erhalten war schwer gewesen. Preston war ein extrem zurückhaltender Mensch, sanft, ausgeglichen und freundlich, ständig einen leicht verdutzten Ausdruck auf seinem klassisch geschnittenen Gesicht; ein eher oberflächlicher, liebenswürdig langweiliger Mann, der nur selten etwas sagte, wenn er nicht direkt angesprochen wurde.

Obwohl er mittlerweile fünfzig war, hatte er sich nur wenig verändert. Sein reizvoll ergrauendes Haar war an den Schläfen zwar leicht zurückgewichen, aber er ließ es zum Ausgleich im Nacken etwas länger wachsen; natürlich nicht unordentlich, sondern es fiel gepflegt über den Kragen. Früher war er Handelsreisender für Großkücheneinrichtungen gewesen, hatte jedoch vor vielen Jahren auf eine Machen-Sie-sich-selbständig-Anzeige in einem Wirtschaftsmagazin geantwortet und es mit einer Fast-Food-Kette im Mittleren Westen zu einem bescheidenen Vermögen gebracht. (Burger Bopper? Wiener Beaner? Gideon konnte es sich einfach nicht merken.)

Gideon war überzeugt, daß der eher lasche Preston seinen Geschäftserfolg der energischen Frau an seiner Seite zu verdanken hatte. Worthy hatte von ihnen einmal als einer umgekehrten Die-Schöne-und-das-Biest-Ehe gesprochen, und das mit gutem Grund: Emma war so hausbacken, wie Preston gut aussah. Muskulös, struppiges Haar, rotes Gesicht und unansehnlich, benutzte sie weder Makeup noch Schmuck. Doch den Mangel an körperlicher Anmut machte sie mit topmodischen Modellkleidern wett. Heute trug sie eine buttergelbe, weite Hose und eine locker geschnittene gleichfarbige Bluse, die auf dem Rücken geknöpft wurde, einen roten Ledergürtel um die Hüfte.

Der beabsichtigte Effekt allerdings wollte sich nicht einstellen. Emma und ihr Outfit schienen nie zusammenzupassen. Es lag immer einen Tick daneben, wirkte auf eine unbestimmte Art falsch, ja sogar ein wenig beunruhigend – wie ein Cowboy mit Brille.

Und rechts zwischen Julie und Abe saß schließlich Worthy Partridge. Alle tranken Kaffee, nur er Tee. Im Augenblick beschäftigte er sich damit, behutsam einen Teebeutel aus seiner Tasse zu heben, das Bändchen darumzuwickeln und auch noch den letzten Tropfen Flüssigkeit herauszuquetschen. Den Beutel legte er schließlich in einen kleinen Behälter mit Klappdeckel, den er allein aus diesem Grund immer bei sich trug. Die zu dem Tee gehörende Untertasse mit Limonenscheiben wurde voller Verachtung ignoriert.

Worthy behauptete Tee zu trinken, weil der helfe, seine chronische Verstopfung zu lindern. Er war der einzige Amerikaner, den Gideon kannte – der einzige, von dem er je gehört hatte –, der es schaffte, in Mexiko seine Verstopfung zu behalten.

Leo, Harvey, Preston, Emma, Worthy. Wer von ihnen war nachts aufgeblieben und hatte die Treppe weiter freigelegt? Realistisch gesehen, konnte er es sich bei keinem von ihnen vorstellen. Welchen denkbaren Grund konnten sie haben? Sie hatten bereits einmal geholfen, sie mit eigenen Händen auszugraben. Natürlich wußten alle von Abes Idee, daß es dort unten möglicherweise noch einen weiteren versteckten Raum gab, aber ganz sicher war ihnen auch klar, daß dies eher Wunschdenken als eine reale Möglichkeit war, daß die Wahrscheinlichkeit sehr gering und die Chance auf einen weiteren Schatz noch geringer war. Oder nicht? Und selbst wenn sie das alles wußten, konnte es nicht sein, daß sie meinten, selbst eine noch so geringe Chance auf einen Schatz im Wert von mehreren Millionen Dollar sei durchaus ein paar Nächte verlorenen Schlafs wert?

Wie dem auch sei, es spielte keine große Rolle mehr. Abe hatte Wachen engagiert, die jetzt nachts das Gelände im Auge behielten, und die offizielle Ausgrabung der Treppe begann in Kürze. Es würde kein weiteres heimliches Graben mehr geben. Dennoch, liebend gern hätte Gideon gewußt, was hier los gewesen war.

Er drehte sich nach rechts und richtete seine Aufmerksamkeit auf Dr. Garrison, die sich gerade vielsagend geräuspert hatte.

»In Kürze werden Sie alle eine Kopie erhalten«, sagte sie,

»aber ich denke, wir sollten ohne weitere Verzögerung beginnen. Dr. Villanueva und ich müssen in weniger als einer Stunde nach Mexico City aufbrechen. Für morgen früh ist eine Pressekonferenz anberaumt.«

Sie rückte ihr Pincenez zurecht und faltete die Hände vor sich auf dem Tisch. »Ich habe das vorliegende Material so exakt und wörtlich wie möglich übertragen, die Interpretation überlasse ich anderen«, erläuterte sie. »Das polysynthetische Charakteristikum der Maya-Sprache des sich Verlassens auf Verbalsubstantive mußte notgedrungen an unsere eigene Grammatik angepaßt werden. Davon abgesehen habe ich versucht, mich an die Konventionen zu halten, die bei früheren Arbeiten Anwendung gefunden haben. Ich kann Ihnen versichern«, fügte sie unnötigerweise hinzu, »daß ich mir keinerlei dichterischen Freiheiten herausgenommen habe.«

Mit ihrem samtigen Akzent aus Georgia, der in merkwürdiger Disharmonie zu ihrer präzisen Diktion stand, begann sie vorzulesen.

»›Der Tag Katun Dreizehn Ahau‹«, intonierte sie. »›Itzamná, Itzamtzab ist sein Antlitz während seiner Herrschaft.‹«

Julie beugte sich zu Gideon und flüsterte: »Soll das eine Übersetzung sein?«

Gideon spreizte die Hände, sagte aber nichts. Es war schon schwierig genug, das Datierungssystem der Maya zu erklären, wenn ihm mehrere Stunden zur Verfügung standen. Der Versuch, es nebenbei zu tun, war absolut sinnlos.

Dr. Garrison fuhr fort. »›Die in diese Stadt namens Tlaloc kommen, um den Frieden unserer Gebeine zu stören und den Staub auf unseren Körpern, sie sollen wissen, daß viele Strafen über sie kommen werden. Und dies sind die Strafen, die über sie kommen werden.

Erstens, der blutsaugende Kinkajou wird ungehindert über sie kommen.

Zweitens, Dunkelheit wird gebrochen und in Licht verwandelt, und die schrecklichen Stimmen der Götter werden erklingen in der Luft, und es wird ein mächtiges Trommeln auf die

Seele erfolgen, so daß der Geist dahinwelkt und verblaßt. Ihre Schätze werden verloren sein, und ihre *batabobs* und *ahlelobs* werden sie verlassen . . .‹«

Das Pincenez wurde abgenommen. »Ich fürchte, ich kann Ihnen in diesem Kontext keine völlig eindeutigen Denotate für *batabobs* und *ahlelobs* anbieten.«

»Der *batabob* war der Gouverneur des Gebietes, der große Häuptling«, meldete sich prompt Abe zu Wort. »Der *ahlelob* war, glaube ich, der stellvertretende Häuptling.«

Sie sah ihn an. Gideon ebenfalls, für den es eine echte Überraschung war, daß Abe etwas von der Sprache der Maya verstand. Nein, eigentlich auch wieder keine Überraschung, eher vielleicht interessant. Die Bandbreite seines Wissens hatte Gideon schon zu oft in Erstaunen versetzt – überraschen konnte ihn da nichts mehr.

Unter Dr. Garrisons unerbittlichem Blick lächelte Abe und zuckte bescheiden mit den Schultern. »Ich hab's wohl irgendwo gelesen.«

»Vielen Dank.« Sie legte den Zeigefinger auf die Stelle, an der sie unterbrochen worden war.

»Vielleicht können wir *ihn* überreden, mit uns *Trivial Pursuit* zu spielen«, flüsterte Julie Gideon ins Ohr.

»Ohne mich«, brummte Gideon zurück.

»›Drittens, der namens Tucumbalam wird ihre Eingeweide in Feuer und blutigen Ausfluß verwandeln.‹«

Das veranlaßte Worthy, das Gesicht zu verziehen und den Rest seines Desserts angewidert von sich zu schieben.

»›Viertens, der namens Xecotcavach wird ihre Schädel durchbohren, so daß ihre Hirne sich auf die Erde ergießen.‹«

»Iiieh, das ist ja ekelhaft«, verkündete Leo, während er sich munter weiter Eiscreme in den Mund schaufelte.

Emma beugte sich steif und mit ernstem Gesicht zu ihm hinüber. »Pssst!« zischte sie scharf. »Das ist kein Witz!«

Gideon runzelte die Stirn. Vage Erinnerungen regten sich. Hatte nicht Emma einer verschrobenen Gruppe angehört, die sich mit Leib und Seele den weltfremden Theorien von Dänikens oder Velikovskys oder etwas in der Richtung verschrieben hatte? Ja, das stimmte, erinnerte er sich. Einmal hatte sie ihm eine lange, hirnrissige Diskussion darüber aufgedrängt, wie es kam, daß eine geschnitzte, fünftausend Jahre alte japanische Dogu-Figur etwas trug, das nichts anderes sein konnte als ein Astronautenhelm mit Schutzbrille. (»Und, wie Sie wissen sollten, Dr. Oliver, Schutzbrillen waren in der Steinzeit noch nicht erfunden!«) Einen Großteil der folgenden Zeit in Yucatán hatte er mit dem Versuch verbracht, ihr aus dem Weg zu gehen, ohne sie zu kränken.

Leo machte eine gutmütig entschuldigende Geste und schwieg.

Dr. Garrison hatte bei der Unterbrechung kühl geschwiegen. Jetzt fuhr sie mit der Litanei der Katastrophen fort.

»›Fünftens, das Ungeheuer, das Menschen zu Stein verwandelt, wird aus der Unterwelt zu ihnen kommen.

Und all das wird nur der Anfang ihrer Heimsuchung durch den Teufel sein, denn die Götter von Xibalba werden kommen und ihnen die Augen ausstechen, und ihnen die Köpfe abschneiden, und ihnen Nerven und Knochen zermalmen und aufreiben, und sie quälen, bis sie sterben und nicht mehr sind.

Nur so wird Vucub-Camé besänftigt sein, und Holom-Tucur, der einen Kopf hat, aber keinen Körper, und Balam-Quitzé, und der Gott Hun-Hunahpu, und Gekaquch, und die Götter Zibakihay und Ahquehay, und die Götter . . .‹«

»Meinst du, das geht noch lange so weiter?« flüsterte Julie.

»Ich glaube nicht«, erwiderte Gideon. »Es ist nur eine Seite.«

»›. . . Balam-Acab und Mahucatah und selbst Ah Puch, der nie ermüdet.‹«

»Der Gott des Todes bei den Maya«, murmelte Gideon kenntnisreich, beeindruckte Julie mit einem weiteren Arkanum, das er, weiß der Teufel, woher, zauberte.

»›Und wenn dies alles getan ist und das Licht für alle Zeiten sich in Dunkelheit verwandelt, wird sich ein fürchterliches Wehklagen erheben . . .‹«

Dr. Garrison unterbrach sich und ließ die düsteren Worte in

der Luft schweben. Ihr satter, gedehnter Georgia-Akzent erschien inzwischen höchst angemessen.

»›Denn dies wird sein‹«, schloß sie sanft, den Blick auf dem Publikum und nicht auf dem Blatt, »›das Ende der Zigarre.‹«

»Das Ende der Zigarre«, wiederholte sie, unterband sofort jedes eventuell aufkeimende Glucksen, »ist eine Metapher der Maya für den Abschluß, für das Ende des Lebens.«

Sie nahm ihr Pincenez ab und massierte mit Daumen und Zeigefinger langsam die Abdrücke auf ihrem Nasenrücken. »Für das Ende«, sagte sie, »von allem.«

8

Gideon summte leise vor sich hin, schnippelte hier und da mit der Gartenschere, zupfte behutsam an der kräftigen braunen Wurzel und setzte sich auf seine Hacken zurück, um die Lage zu beurteilen. Allmählich hatte er sich innerlich entspannt und genoß sogar, wie der Schweiß sich auf seinem Kreuz sammelte.

Es war gut, wieder mit den Händen zu arbeiten, gut, ein neues Skelett ganz für sich allein zu haben. (Er war – schuldbewußt – erleichtert gewesen, als Harvey etwas betreten verkündet hatte, daß er dieses Mal lieber nicht mit Skeletten arbeiten wollte.) Er schnippelte weiter, zupfte wieder, zog mit einem zufriedenen »Aaah« ein zehn Zentimeter langes Wurzelstück weg und warf es durch die Tür hinter sich. Er legte die Schere neben die Machete.

Macheten und Gartenscheren gehörten kaum zu seinem üblichen Handwerkszeug, aber in den buschigen, widerspenstigen Dschungeln Yucatáns kam man ohne sie nicht sonderlich weit. Schlingpflanzen und Wurzeln blühten und gediehen in jeder noch so kleinen Ritze, und keinem Archäologen der Maya-Kultur blieb die frustrierende Erfahrung erspart, daß er tagelang arbeitete, um etwas freizulegen, sich dann eine oder zwei Wochen mit etwas anderem beschäftigen mußte und schließlich bei der Rückkehr zu der ursprünglichen Stele oder Skulptur diese dann noch dichter überwuchert vorfand als zuvor. Auf sämtlichen größeren Ausgrabungsstellen gab es daher Gruppen Macheten schwingender Arbeiter, die ständig damit beschäftigt waren, den unaufhörlich und unglaublich schnell vordringenden Dschungel zurückzuhacken. Ohne sie wären die lange verlorenen Städte innerhalb weniger Jahreszeiten wieder verschlungen – was tatsächlich auch bei vielen der Fall war.

Aber das mit Flechten überzogene Skelett im Eingang des Priesterhauses lag erheblich länger dort als nur ein oder zwei Jahreszeiten; länger als ein oder zwei Jahrhunderte. Die tote graue Farbe des Knochens, die trockenen, bröseligen Kanten, das Fehlen selbst ausgetrockneter Fetzen von Sehnen oder Ligamenten deuteten eher auf drei- bis vierhundert Jahre hin. Auch die Art der Vegetation lieferte einen Anhaltspunkt für das Alter. So erbarmungslos sie von allem Besitz ergriff, drei Jahrhunderte mußte es mindestens schon gedauert haben, um die Eingangshalle so zu erdrosseln. Vom Dach hingen schwammige graue Pflanzen – dort, wo man es überhaupt sehen konnte –, breiige Moose wucherten aus dem Mörtel der Steinmauern, dicht an dicht sprossen Stämme und Wurzeln und Kletterpflanzen aus der vier, fünf Zentimeter dicken Schicht schwarzer Erde und den verfaulenden organischen Stoffen, die über die Jahrhunderte hereingeweht worden waren, immer nur ein oder zwei Körnchen auf einmal, die sich festgesetzt hatten, wo es nur ging.

Und das Skelett war ganz sicher länger als die Pflanzen dort. Das ging eindeutig daraus hervor, wie sich die Wurzeln einiger der ältesten Gewächse, hölzerne, knorrige, knotige Ungeheuer mit gewellten, schwarz gewordenen Blättern um und durch die Knochen rankten. An manchen Stellen wucherten sie sogar *aus* den Knochen. Wurmartige Ranken krochen aus den Nasen- und Augenhöhlen, aus den Schultergelenken und den Foramina vertebrale, den Wirbellöchern; selbst aus der Schädelgrube und in einem dicken, häßlichen Knoten aus dem Foramen magnum, dem Großen Hinterhauptloch an der Schädelbasis, durch das die Wirbelsäule mit dem Gehirn verbunden ist. Die sanft zugreifende Gewalt hatte mit der Zeit viele Knochen zersplittert und das

Skelett als ganzes zu grotesken Verrenkungen verdreht. Das Becken war gebrochen und nach hinten gekippt, der Schädel lag praktisch verkehrt herum.

Mit der Machete hatte er sich etwas Ellbogenfreiheit verschafft, die letzten zweieinhalb Stunden aber mit Schere, Messer und einer Zahnarztsonde vorsichtiger gearbeitet. Obwohl immer noch viel zu tun blieb, hatte er jetzt genug weggeschnitten, um das Skelett zum ersten Mal genauer untersuchen zu können.

Es lag in fötaler Haltung auf seiner linken Seite. Das war die Bestattungsstellung, der man in der Archäologie am häufigsten begegnete – es erforderte das kleinste Loch –, aber dieser Körper war nicht bestattet worden. Er lag auf dem Steinboden unmittelbar hinter der Eingangstür und blockierte den direkten Zugang. Unter dem Gerippe konnte er ein paar vereinzelte Jadeperlen sehen, und neben einem Unterarm lag ein schmaler, eingedrückter Armreif. Die Kleidung war schon vor langer Zeit vermodert.

Diesmal war es ein Mann; ganz sicher hätte Harvey auf den vorspringenden Augenbrauenwulst hingewiesen, die soliden Processus mastoideus – die Warzenfortsätze – und die kantigen Orbita – Augenhöhlen – des Schädels. Und durch ein Netz strohfarbener Wurzelranken war ein Großteil des Beckens sichtbar. Auch das war unverkennbar männlich. Gideon mußte nicht erst die – im wahrsten Sinne des Wortes – Daumenregel der Anthropologen auf das größere Ischiasloch anwenden (steck deinen Daumen rein; ist genug Platz, um damit zu wackeln, dann ist es eine Frau, wenn nicht, ein Mann), um zu erkennen, daß dort kaum Platz genug für einen kleinen Finger, geschweige denn für einen Daumen war. Abgesehen davon schimmerte eine Obsidianscheibe dunkel in dem finsteren Gewirr unterhalb des Schädels, und dazu hatte doch der strenge Bischof Diego de Landa selbst mißbilligend bemerkt, daß »die Männer und nicht die Frauen Spiegel in den Haaren tragen«.

Es schien sich um einen Mann mittleren Alters zu handeln. Auch wenn es noch ein wenig zu früh für präzise Angaben war: die Schädelnähte waren jedenfalls bis auf ein paar Stellen der

Sutura lambdoidea – der Lambdanaht – unkenntlich, also war er wahrscheinlich älter als vierzig Jahre. Eine Schätzung, die von den kariösen, dunkelbraunen, abgenutzten Zähnen gestützt wurde. (Die Maya hatten sich hauptsächlich von steingemahlenem Getreide ernährt – was bedeutete, daß sie ebenfalls eine Menge getreidegemahlenen Stein verzehrten –, und das Ergebnis waren Molare, die nicht selten zu kleinen Stümpfen verkommen waren, wenn sie etwa dreißig wurden. Jeder, der glaubte, Löcher in den Zähnen seien erst mit dem raffinierten Zucker aufgekommen, hatte noch nie den Schädel eines frühen amerikanischen Indianers gesehen.)

Er schoß ein halbes Dutzend Blitzlichtaufnahmen mit seiner Minolta-Spiegelreflexkamera und fertigte eine grobe Skizze an. Als er den Schädel drehte, um das Gesicht besser sehen zu können, zuckte er beim Anblick der schlangenartigen, frisch durchtrennten Wurzeln leicht zusammen. Sie ragten aus den Augenhöhlen wie bei einem erbaulichen Relief auf einem mittelalterlichen Sarg. Mit großer Mühe hatten sie zunächst die Knochen in und um die Augenhöhlen auseinandergehebelt und sie dann fest umklammert, wo sie waren, so daß sich die Proportionen in dem Gesicht des Schädels mehr oder weniger verschoben hatten.

Er lockerte die Schraube an dem Lampenstativ, damit er die Glühbirne so tief wie möglich halten und so drehen konnte, daß ihr Licht seitlich auf den Schädel fiel. Sämtliche kleinen Unebenheiten und Rinnen erschienen plötzlich scharf und reliefartig, und er beugte sich dichter herab, um zu sehen, was zu sehen war. Überrascht blinzelte er, benutzte dann seine sensiblen Fingerspitzen zur weiteren Erkundung, besonders der Gegend um die Augenhöhlen. Merkwürdig, die einzelnen Knochen der Orbita hatten sich über all die Jahre überhaupt nicht voneinander fortbewegt. Sie waren zerschmettert worden. Und die meisten der gebrochenen Splitter waren nach *innen* getrieben worden, nicht nach außen, wie man es ganz und gar nicht bei Wurzeln erwarten würde, die aus der Hirnschale nach außen stießen.

Es war beinahe, als ob . . .

Stirnrunzelnd setzte er sich wieder auf die Hacken zurück. Es war mit Sicherheit beinahe so, als ob . . .

». . . mit Sicherheit beinahe so, als ob die Augen ausgestochen worden wären«, sagte Gideon und schaute von Abe zu den anderen. »Genaugenommen«, fügte er hinzu, »können wir das ›beinahe‹ getrost streichen.«

Die Crew hatte sich im Schatten einiger dösender Akazien eingefunden, saß zwischen den Mauerblöcken der Westgruppe. Es war die einzige größere schattige Stelle auf dem zentralen Platz; der Rest war stoppeliges Gras, der Sonne preisgegeben. Folglich war es ein bevorzugter Ort für Mittagspause und Nachmittagsschläfchen. In den Mittagspausen wurde meist, heute auch, entspannt erzählt und Gefundenes vorgezeigt; die Mitarbeiter plauderten über die Fortschritte des Morgens.

Alle außer Emma und Preston Byers hatten Sandwichpakete aus dem Hotel. Die Byers, schon lange Vegetarier, bereiteten sich ein bescheidenes Mahl aus in Plastikfolie eingeschweißten Sojakuchen, Mungo-Bohnensprossen, die sie angeblich selbst auf der Fensterbank ihres Zimmers gezogen hatten, und Bananen.

Wie es schien, hatten sie ihr Fast-Food-Imperium verkauft und besaßen nun *Wellbeing*, ein Versandhaus für alles, was das Herz des New-Age-Anhängers begehrte. Wie Leo hatten sie einen reichlichen Vorrat an Broschüren mitgebracht, von denen Gideon ein Exemplar nicht hatte ausschlagen können.

»Der holistisch-makrobiotische Feinschmecker-Supermarkt des Mittleren Westens«, stand dort. »Biodynamisches Vollkorn-Getreide, Reis-Koji, Masa Delight, Bienenpollen-Kautabletten (ein bewährtes Mittel zur Verjüngung der Haut), Löwenzahn-Donner, Tofu-Sahnekäse, 30 verschiedene Seetangarten (unübertroffen zur Reinigung des Dickdarmes), Nori, Braunalgenspitzen, 120 Sorten natürliches Nußmus. Literatur über therapeutisches Trommeln, Tibetanische Streßreduktion, sowie weitere lebensverbessernde Studien. Große Auswahl energiebalancierender Kristalle.«

Bei Gideons Worten hatte Emma Preston einen vielsagenden Blick zugeworfen. Er kaute aber ungerührt weiter und lächelte sie gedankenverloren an. Worthy Partridge hörte auf, sein Truthahn-Sandwich zu mampfen, und schaute beklommen auf, als könnten es auf keinen Fall gute Nachrichten sein, ganz egal, was es bedeutete. Doch das war seine Standardreaktion auf alles Neue.

Leo Rose reagierte ebenfalls auf die für ihn typische Art mit einem wiehernden Lachen. »Der Fluch von Tlaloc *lebt*«, flüsterte er.

Was Worthy überhaupt nicht komisch fand. »Ich wüßte nicht, was daran witzig sein soll. Könnte da irgendwas dran sein, Gideon?«

»Hee-hee-hee-heee«, krächzte Leo. »Hoo-hoo-h-«

Worthy brachte ihn mit einem strafenden, finsteren Blick zum Schweigen. »Ich meine nicht, ob an dem *Fluch* was dran sein könnte«, sagte er scharf. »Ich meine vielmehr, glauben Sie, es – er – wäre dort zurückgelassen worden als eine, Sie wissen schon, Warnung, diese Stätte nicht zu stören?«

»Genau das denke ich«, sagte Gideon. »Ich erinnere mich nicht mehr genau an den Wortlaut des Fluches, aber irgendwo hieß es doch . . .«

»Ich schon«, sagte Emma Byers. »Vergangene Nacht habe ich bei meinem Amethyst-Meditationsintervall meinen interpolaren Fluß darauf konzentriert.« Sie errötete und sah die anderen abwehrend an, weil sie schon damit rechnete, angegriffen zu werden. »Ich habe es jetzt multidimensional verinnerlicht«, verkündete sie.

»Ich glaube, das soll wohl heißen«, brummte Worthy zu niemand besonderem, »daß sie den Fluch auswendig gelernt hat. Gott bewahre.«

Gideon machte der Gedanke ebenfalls nicht besonders glücklich. »Also, allzu wichtig ist es wahrscheinlich nicht . . .«

Emma schloß ihre Augen, ignorierte beide. »›Die Götter von Xibalba werden kommen und ihnen die Augen ausstechen‹«, intonierte sie in einer mittelprächtigen Imitation von Dr. Garrison, allerdings ohne den Akzent.

»Genau«, sagte Gideon. »Aber . . .«

»›. . . und ihnen die Köpfe abschneiden‹«, leierte Emma weiter, wobei ihre Augen immer noch fest zusammengekniffen waren, »›und ihre Nerven und Knochen zermalmen und aufreiben, und sie quälen, bis sie sterben und nicht mehr sind. Nur so . . .‹«

»Danke, Emma«, unterbrach Gideon. »Das reicht. Tja, sieht ganz so aus, als hätte das alles jemand mit dem armen Burschen im Eingang gemacht.«

»Häh?« sagte Harvey. »Woher wollen Sie denn wissen, ob seine Nerven zermalmt worden sind? Ich meine, wenn Sie doch nichts anderes haben als Knochen . . .«

Gideon senkte den Kopf, um ein Lächeln zu verbergen. Manche Dinge änderten sich nie. Harvey mußte natürlich ein gewisses prosaisches Element in die Sache bringen.

»Sie haben vollkommen recht, Harvey. Das war etwas übertrieben. Über die Nerven kann ich nichts sagen. Aber alles andere paßt. Der Kopf wurde abgeschnitten – oder besser gesagt, abgesägt – mit irgendeiner Klinge, die nicht sonderlich scharf war. Wahrscheinlich einem Messer aus Feuerstein. Und viele der Knochen wurden mit einem schweren Gegenstand zerschmettert. Die Hand- und Fußknochen wurden buchstäblich zu Brei geschlagen, so als wären Hände und Füße auf einen flachen Stein gelegt worden und . . .«

»Gideon, es reicht, du mußt uns keine Skizze machen«, unterbrach ihn Abe und verzog das Gesicht.

»Äußerst lustig«, schaltete sich jetzt Julie ein. »Ich genieße todsicher mein Mittagessen.«

Gideon beruhigte sich. Er dachte auch nicht besonders gern darüber nach.

Ein paar Augenblicke lang waren das Rascheln und Hicksen der Vögel im schattigen Wald ein paar Meter entfernt die einzigen Laute; die Menschen aßen ihre Sandwiches oder schälten ihr Obst in nachdenklichem Schweigen.

»Dr. Oliver«, sagte Emma Byers unvermittelt, »hatten Sie schon Gelegenheit, die Winter-Ausgabe von *Holy Anthro* zu lesen?«

»Äh . . . *Holy Anthro?*« Was zum Teufel war *Holy Anthro?* Wollte er das wirklich wissen?

Sie sah ihn überrascht an. »Das *Journal of Holistic Anthropology and Shamanistic Enlightenment*«, erklärte sie. »Da gab es einen Artikel, der sehr deutlich zu uns spricht.«

»Äh, nein, muß ich wohl übersehen haben«, erwiderte er feige.

»Was ist mit Ihnen, Dr. Goldstein? Ich bin sicher, *Sie* haben es gelesen.«

»Nein, leider, leider, nicht«, erwiderte Abe mit einem honigsüßen Lächeln. »Bedauerlicherweise bin ich nach Yucatán abgereist, bevor mein Exemplar mit der Post kam.«

Gideon beäugte ihn skeptisch. Bei Abe konnte man nie wissen.

Emma blinzelte, drückte anscheinend so die ihr eigene phlegmatische Art des Erstaunens über die Schlampigkeit zweier angeblicher Profis der Anthropologie aus. »Es war ein Artikel über die Prophezeiungen der alten Maya.«

»Oh, mein Gott.« Worthy biß mit düsterer Miene in eine Orangenscheibe und verdrehte die Augen zum Himmel.

Emma Byers war eine unattraktive Frau, die leicht errötete und manchmal mit den Worten herausplatzte und dann wieder stockte. Aber so leicht ließ sie sich nicht von etwas abbringen. »Es handelte sich um eine kontrollierte wissenschaftliche Untersuchung«, behauptete sie, die Augen auf den Boden gerichtet, »durch das Institut für Transformatives Bewußtsein . . .«

»Aaah«, meinte Abe.

»Heilige Scheiße«, sagte Worthy.

». . . die zweifelsfrei beweist, daß alle zwölf großen Veränderungen im Dow-Jones-Index in der ersten Hälfte des vergangenen Jahres bis auf zwei Punkte genau im *Popol Vuh* vorausgesagt worden sind – und das *Popol Vuh* ist von den Quiché Maya im Jahre 1550 verfaßt worden.« Sie errötete und biß energisch in ihren Sojakuchen.

Die einzige Reaktion kam von Leo. »Wenn ich was über den Dow-Jones des kommenden Jahres erfahren könnte, wäre ich vielleicht interessiert.«

»Preston«, sagte Emma, »du erinnerst dich doch, oder?«

»Was?« Ihr erschreckter Ehegatte ließ beinahe seine Banane fallen. Er schaute sich hilfesuchend um. Nicht zum ersten Mal fragte sich Gideon, wie groß sein Anteil an der Entscheidung der Byers gewesen war, ihr Hamburger-Imperium gegen die fleisch- und fettlosen Herrlichkeiten des New Age einzutauschen.

Aber natürlich war Preston Wachs in ihren Händen und stets mit allem einverstanden. »Also, ja«, meinte er schließlich. »Ja, ich denke schon. Ich glaube, es wurde darauf hingewiesen, daß tausend Dollar, die entsprechend dem, äh, *Popol Vuh* investiert und reinvestiert wurden, am Ende, äh, fünftausend Dollar gebracht hätten.« Er sah sie hoffnungsvoll an. »Meinst du den Artikel?«

»Fünf*undzwanzig*tausend Dollar«, korrigierte ihn Emma. »Und jetzt hört euch *das* an!« Wieder schloß sie die Augen, legte die Stirn in tiefe Falten. »Das ist aus dem Fluch. Ich habe viel darüber nachgedacht. ›Ihre Schätze werden verloren sein, und ihre *batabobs* und *ahlelobs* werden sie verlassen . . .‹«

»He, ich kenn das Lied«, sagte Leo und lachte. »›*Oh,* batabobs *and* ahlelobs *and little lambs eat ivy* . . .‹«

»Oh, verdammt, Leo!« sagte Emma überraschend hitzig. »Begreift denn keiner, was das bedeutet?« Sie öffnete die Augen und schaute sie ernst an.

Tatsächlich begriff es keiner; nicht einmal Preston, der sich die größte Mühe gab, nach der Bedeutung zu suchen, die klassische Stirn gerunzelt.

Gideon glaubte eine Ahnung zu haben, behielt es aber für sich.

»Es sagt exakt voraus, was hier passiert ist«, verkündete Emma. »Der Fluch erfüllt sich. Damals wußten wir es noch nicht, aber es war auch 1982 schon so.«

»Der Fluch . . . von Tlaloc«, intonierte Leo mit einem metallisch hohlen Klang in seine leere Coca-Cola-Dose, zuckte dann unter Emmas stechendem Blick zusammen. »Ich glaube, ich halte jetzt wohl besser den Mund.«

»Wollt ihr wirklich sagen, ihr seht es nicht?« sagte Emma und wandte sich an alle. Die roten Flecken auf ihrem Gesicht breiteten sich aus und verdunkelten sich noch mehr, vermutlich aus Schmerz, es mit einem Haufen engstirniger Dummköpfe zu tun zu haben. »Howard Bennett war unser *batabob*, unser Führer, und er hat uns verlassen. Was könnte klarer sein?«

Genau, was Gideon befürchtet hatte. Das hier war gar nicht gut. Das wenige, was er von Flüchen bei archäologischen Expeditionen wußte, hatte er aus Filmen im Kino, und für gewöhnlich wurde dort betont, daß es ein Fehler war, anzufangen, sie zu ernst zu nehmen.

»Das ist doch vollkommen lächerlich«, platzte Worthy unverblümt heraus. Er tupfte seinen kleinen Bart mißmutig mit einer Papierserviette ab. »Ich glaub das einfach nicht. Wir leben in den achtziger Jahren. Das hier ist eine wissenschaftliche Expedition. Wie kommen wir dazu, dieses New-Age-Geschwätz auch nur zu diskutieren?« Er sprach New Age als ein Wort aus, wie »newage«, das damit fast wie »sewage« – Abwasser – klang.

»Außerdem«, sagte Harvey ganz sachlich, »bringen Sie ein bißchen was durcheinander. *Batabobs* und *ahlelobs*, das war doch Teil *zwei* des Fluches, oder? Tja, wir hatten ja noch nicht mal unseren Teil *eins*.«

»Völlig richtig«, sagte Worthy verächtlich. »Oder hat irgendwer schon einen blutsaugenden Kinkajou gesehen?«

Leo stimmte ihnen nicht zu. »Aber wißt ihr, es stimmt schon, was Emma sagt«, meinte er, scheinbar angetan von der Idee. Oder vielleicht fand er auch nur, daß es mehr Spaß machte, zur Abwechslung mal die Seiten zu wechseln. »Howard hat uns im Stich gelassen, oder etwa nicht? Und der Kodex, das war unser Schatz, und der ist ja wohl definitiv weg, richtig?« Er war mit seinem Mittagessen fertig und hatte sich wie ein nasser Sack gegen die steinerne Plattform eines der zerfallenen Gebäude zurückgelehnt und die Hände zufrieden auf seinem üppigen Bauch gefaltet. »Vielleicht müssen die Dinge in dem Fluch sich nicht der Reihe nach erfüllen.«

Emma warf ihm einen zwar hoffnungsvollen, aber auch mißtrauischen Blick zu. Schwer zu sagen, ob er es ernst meinte. Falls er überhaupt je irgend etwas ernst meinte. Leo lächelte sie an. Wie ein Buddha. Sie waren fast gleich gekleidet, bemerkte Gideon gedankenverloren: schicke, ungefärbte Leinenhemden und knielange beigefarbene Shorts, die modisch zerknittert und viel zu groß waren. Emma allerdings brachte es fertig, wie eine Reklame für *Banana Republic* auszusehen, solange man nicht zu genau hinschaute; Leo sah einfach nur wie jemand aus, der in seinen Kleidern geschlafen hatte.

»Leo hat recht«, sagte Emma. »Wer sind wir denn, anderen kulturellen Konzepten unsere westliche Vorstellung von der Zeit als einem linearen Kontinuum aufzuzwingen?«

Worthy gab einen gereizten Laut von sich und sprach zum Himmel. »Wollt ihr wissen, was das hier beweist? Das entsetzliche Versagen unseres Schulsystems. Jeder, der leichtgläubig genug ist, auf das unaufhörliche New-Age-Geschwafel reinzufallen . . .«

»Ach, ja? Ist das so?« sagte Emma mit rauher Stimme. Sie war beleidigt. »Und Sie meinen, *Sie* wären in der Lage, beurteilen zu können, was dreitausend Jahre . . .«

»Kinderchen, Kinderchen«, schaltete Abe sich ein, »wir wollen's doch nicht übertreiben. Ich bin sicher, niemand behauptet allen Ernstes . . .«

Aber Worthy fühlte sich angesprochen und unterbrach ihn. »Das ist doch absurd! Wenn wir kein besseres Gesprächsthema finden können, sollten wir besser gleich den Mund halten.«

»Also, ja, ganz meine Meinung«, sagte Preston, fügte dann gütlich hinzu: »Es gibt gewisse Dinge, die wir besser nicht wissen.« Er hatte Glück, etwa einen halben Meter vor Emma zu sitzen; ihre wütenden Blicke prallten von dem sich attraktiv kräuselnden grauen Haar über seinem Kragen ab, ohne Schaden anzurichten.

»Das«, sagte Worthy frostig, »habe ich mitnichten gemeint.«

Als Abe noch Professor gewesen war, erinnerte sich Gideon, hatte er sich normalerweise aus Seminardiskussionen herausgehalten und Gideon und seine anderen Studenten die Dinge unter sich ausfechten lassen. Normalerweise. Aber manchmal kam ein Punkt, an dem der demokratischen Herangehensweise zugunsten einer entschiedenen, väterlichen, nicht anzufechtenden Expertenmeinung ein Riegel vorgeschoben werden mußte. Dieser Punkt war jetzt erreicht.

»Ich bin mit Worthy hundertprozent einer Meinung«, sagte Abe, ließ seinen Blick ernst von einem Mitglied der Crew zum anderen wandern. »Der Fluch, das Skelett im Eingang, das alles ist äußerst interessant. Es lohnt sich bestimmt, darüber in archäologischen Kategorien zu diskutieren.« Er hob einen spinnenhaften Finger. »Aber ganz und gar nicht als übernatürliche Ereignisse.« Er richtete seinen Blick auf Emma, freundlich, aber sehr entschieden. »Um ehrlich zu sein: ich bin schon ein wenig überrascht, daß das hier überhaupt jemand ernst nimmt.«

Emmas verquollenes Gesicht spannte sich an. Sie errötete zwar wieder, sagte jedoch nichts.

»Ach, ich weiß nicht«, meinte Leo, durchaus nicht respektlos. »Sie müssen doch zugeben, daß es schon einen Gedanken wert ist.«

»Hören Sie«, sagte Julie freundlich, »ich war 1982 nicht hier, daher weiß ich im Grunde nicht, wovon ich rede, aber ich habe den Eindruck, daß wir hier verschiedene Dinge durcheinanderbringen. Zunächst einmal ist der Kodex nie *unser* Schatz gewesen. Und er wurde auch nicht *verloren*. Dr. Bennett hat ihn gestohlen. Und natürlich ist er anschließend weggelaufen. Man braucht keinen Fluch, um diese Dinge erklären zu können.«

»Völlig richtig«, sagte Abe herzlich. »Kurz gesagt: das Gesetz der Habgier. Also, reden wir nicht mehr von dem Fluch. Der Fall ist erledigt. Ende der Zigarre. Zeit, an die Arbeit zurückzukehren.«

Er stand auf, ein wenig eingerostet, nachdem er so lange auf dem Boden gesessen hatte, und klopfte sich Staub von der Hose. »Andererseits«, sagte er mit seinem allerfeinsten Lächeln, »falls jemand irgendwelchen blutsaugenden Kinkajous begegnen sollte . . . lassen Sie es mich doch bitte wissen.«

9

Lange mußte er nicht warten. Am nächsten Tag, an einem feuchten Morgen unter einem düster grauen Himmel, schlug der Fluch von Tlaloc wieder zu. In dem angeblich verlassenen Arbeitsschuppen lauerte ein blutsaugendes Kinkajou.

Oder doch beinahe.

Julie, Gideon und Abe waren nach einem frühen Frühstück im *Mayaland* mit der Absicht zur Ausgrabungsstätte gegangen, vor Ankunft der Crew eine Stunde Verschiedenes zu organisieren und zu klären. Gideon hatte die Tür aufgeschlossen und geöffnet und dann schnell den Arm ausgestreckt, um die anderen zurückzuhalten, weil ihm ein übler, animalischer Gestank aus dem stickigen Inneren entgegenschlug.

»Was ist denn?« fragte Julie. Dann roch sie es ebenfalls, blieb sehr starr und steif stehen und linste an ihm vorbei in das Halbdunkel des Schuppens.

Irgend etwas in der Dunkelheit grunzte tief, wie ein wühlendes Schwein, und es gab ein scharrendes Geräusch, als kämen Füße mit Klauen über den Kalksteinmörtelboden auf sie zugelaufen. Gideon sträubten sich die Nackenhaare. Instinktiv traten alle drei einen Schritt von der Schwelle zurück.

Aus den Schatten tauchte langsam ein pelziges braunes Tier auf, verharrte und wich dann zurück. Es war etwa so groß wie ein Waschbär und hatte einen quergestreiften Schwanz, den es anmutig über sich balancierte. Sein Gesicht hatte etwas von einem Fuchs und etwas von einem alten Basketballschuh. Argwöhnisch schaute es zu ihnen auf.

»Guten Morgen«, stand auf dem ordentlich beschrifteten Schild, das um seinen Hals hing. »Ich bin ein blutsaugendes Kinkajou.«

»Gleichfalls guten Morgen«, sagte Abe trocken. »Ich bin ein ausgemergelter alter Professor.«

Julie lachte. »Das ist ein Coati, ein Coatimundi. Und es saugt kein Blut, es ernährt sich von Obst und Beeren.«

Sie kniete sich, um es mit einer Feige aus ihrem Lunchpaket

anzulocken, und nach einem Augenblick der Unentschlossenheit näherte sich das Tier mit schnüffelnder Nase. Doch kaum sah es seine Chance, da flitzte es auch schon zwischen ihr und Abe durch und stürmte in einem schaukelnden, plattfüßigen Gang auf den Zaun zu. Zwei Sekunden später war es durch die Öffnung, und eine weitere Sekunde später durchbrach es die grüne Wand des Dschungels und war verschwunden.

Die Ansichten über den Übeltäter variierten. Julie war überzeugt, daß Leo es gewesen war, Gideon glaubte, es könnte ein sarkastischer Kommentar von Worthy sein, und Abe fragte sich ironisch, ob nicht vielleicht Dr. Gideon Oliver dahintersteckte.

Julie trat für ihn ein. »Seit wir gestern Feierabend gemacht haben, war er keine Sekunde aus meinen Augen«, verkündete sie treu.

»Ach ja, und was war, als Sie geduscht haben?« wollte Abe wissen.

»Wir haben zusammen geduscht«, sagte Gideon. »Abe, bei meiner Ehre als ernster und verantwortungsbewußter Wissenschaftler: ich war's nicht.«

»Hah«, machte Abe, aber dann fiel seine Wahl auf Leo.

Als die anderen um halb neun eintrafen und von dem Zwischenfall hörten, war Leo auch sofort der Lieblingsverdächtige aller anderen und wurde ohne Umschweife angeklagt, aber er schwor mit der Hand auf dem Herzen, daß er nichts damit zu tun hätte.

»Das war das Werk der Götter«, brummte er finster. »Ein Omen.« Er senkte seine Stimme zu einem melodramatischen Flüstern und zuckte mit den Augenbrauen in Prestons Richtung. »Es gibt Dinge, die wir besser nicht wissen sollten.«

»Absolut«, sagte Preston, dessen Lebensmotto es zu sein schien.

* * *

»Ein Coatimundi, oh, ich liebe es. Verschwunden!« Vergnügt kichernd schrieb Stan Ard etwas in ein Notizbuch. »Ein Coatimundi, was ist das überhaupt, so 'ne Art Eidechse?«

Voller Bedauern, es überhaupt erwähnt zu haben, erzählte Gideon von dem waschbärartigen Säugetier. Es war fünf Uhr nachmittags, und sie saßen in Korbsesseln auf der schattigen, gefliesten Veranda des Hotels, wo Gideon Ard ein einstündiges Interview versprochen hatte. Während der Mittagspause hatte Abe der Crew von der Ankunft dieses freischaffenden Journalisten erzählt. Er hatte vorgeschlagen, zwar mit ihm zusammenzuarbeiten, aber bei den Fakten zu bleiben und zu versuchen, nichts Sensationelles zu sagen; der allzeit wachsame Dr. Villanueva lag zweifellos auf der Lauer nach Geschmacksverirrungen, die womöglich veröffentlicht wurden.

Unter vier Augen hatte Abe Gideon anvertraut, daß er sich Sorgen machte. Nach einem kurzen Gespräch mit Ard hatte er sich gefragt, was vom objektiven Urteilsvermögen des Reporters zu halten sei. Und der Mann war stur allen Fragen ausgewichen, wer seinen Artikel bringen würde. Abe hatte in Erwägung gezogen, die Crew zu bitten, jedes Gespräch mit ihm abzulehnen. Doch bei genauerem Nachdenken war er zu dem Schluß gelangt, daß Ard der Typ Journalist war, der nie lockerließ und, wenn nötig, sich sogar eine Story aus den Fingern saugen würde – was die beunruhigendste Möglichkeit war.

Nach fünf Minuten Unterhaltung war Gideons Eindruck von dem Reporter gleichermaßen negativ. Stan Ard war ein ungehobelter, schlampiger Mann, der filterlose Zigaretten verschlang, als wolle er sich partout auf dem schnellstmöglichen Weg ins Grab bringen, und hustete, als sei er schon auf dem besten Weg dorthin. Die ersten paar Minuten des Interviews hatte er mit Husten, Sich-auf-die-Brust-Klopfen und Über-sich-selbst-Reden verbracht und dabei mit dem Zaunpfahl auf eine im Halbdunkel liegende Vergangenheit voller vager, nicht aufdeckbarer Verbindungen zur CIA und zum *Soldier of Fortune* angespielt.

Er wirkte auf Gideon weder sonderlich intelligent noch besonders subtil und auch nicht, als sei er ein Mann mit Prinzipien. Aber seine Schulaufgaben hatte er gemacht. Er besaß eine Kopie des Fluches sowie eine Mappe voll alter Zeitungsartikel über den Diebstahl des Kodex.

»Sehen Sie, Stan«, sagte Gideon beklommen, während Ard weiter die Seite mit seiner runden, methodischen Schrift füllte, »die Sache mit dem Coati war nur ein Insider-Scherz, nichts, das in die Presse kommen sollte. Wenn es Ihnen daher nichts ausmacht . . .«

Ard hörte auf zu schreiben und hob ergeben eine Hand. »He, kein Problem. Fein, toll, vergessen wir die Sache einfach.« Um zu beweisen, daß er es ernst meinte, riß er die Seite heraus, knüllte sie zusammen und warf sie in den Aschenbecher. »Okay, Gid, reden wir Tacheles. Lassen Sie mich Ihnen verraten, was ich hier mache.« Er richtete zwei dicke Finger und die Zigarette dazwischen auf Gideon. »Ich glaube, das wird Ihnen gefallen.«

Woran lag es, fragte Gideon sich nebenbei, daß er sich noch nie viel aus Leuten gemacht hatte, die ihn »Gid« nannten?

»Was ich hier mache, ist folgendes: ich schreibe für den *Flak* einen Dreiteiler über den Fluch, die Ausgrabung, den ganzen Schmu eben. Bessere Publicity kriegen Sie nie.«

»Für den *Flak*?« wiederholte Gideon skeptisch, schob seine Zweifel bezüglich der Notwendigkeit besserer Publicity beiseite. »Ist das nicht eine dieser Zeitungen, die im Supermarkt immer an der Kasse ausliegen? ›Junge heiratet eigene Mutter um es Dad wegen Streit ums Taschengeld heimzuzahlen‹? ›Priester zerfällt bei Predigt vor versammelter Gemeinde in vier Teile‹?«

»Sie haben's erfaßt, Mann.«

Kein Wunder, daß Abe Ard ausgewichen war. »Oh, mein Gott«, sagte Gideon, »ich kann's schon deutlich sehen. ›Grausiger Todesfluch auf Dschungelausgrabung.‹«

Ard blinzelte nachdenklich. »He, nicht schlecht.« Anscheinend meinte er es wirklich, denn er notierte sich die Schlagzeile auf einem neuen Blatt. »Noch irgendwelche anderen Ideen?«

Gideon lachte. »Ich nehme nicht an, daß Sie ›Textanalyse einer postklassischen Inkunabel der Maya‹ besonders gut finden?«

»Da haben Sie verdammt recht, und die Schmöcke an den Supermarktkassen auch nicht.« Sein bedächtiges Gackern verwandelte sich in ein gurgelndes Husten und erstarb. »Okay, passen Sie auf. Ich habe den Originalbericht gelesen, den Sie 82 geschrieben haben, und ich muß noch das eine oder andere mit Ihnen abklären. Um sicherzugehen, daß ich alles richtig verstanden habe.« Er blätterte ein paar Seiten in seinem Notizbuch zurück.

Auf dem Glastisch vor ihnen standen ein *Tecate*-Bier für Gideon – das er eigentlich gar nicht wollte, aber Ard hatte darauf bestanden, ihm irgendwas zu bestellen – und ein doppelter Scotch on the rocks für den Reporter. In der Nähe plauderten und tranken andere Gäste, genossen die relative Kühle der Stunde vor dem Abendessen. Hinter Ard, ein paar Tische entfernt, wurde Leo von Emma mit kosmischem Bewußtsein drangsaliert. Leo redete ihr auf seine gewohnte Art aufmunternd zu. Oder vielleicht bekehrte sie ihn auch. Wer konnte das bei Leo schon sagen?

»Okay.« Ard stürzte seinen Scotch runter. »Ich will die menschliche Seite der Sache, nicht einfach nur die Fakten.« Das Gesicht, das er dabei machte, verriet nur zu deutlich, was er von Fakten hielt. »Ich möchte Sie gern folgendes fragen.« Während er nach Worten suchte, wühlte er mit einem Finger in den Lokken unter seinem Hals, spielte mit den dünnen Goldkettchen, die sich dort eingenistet hatten. »Beschreiben Sie mir, wie Sie sich in den . . . in den dunklen, feuchten Tiefen dieses Treppenschachtes gefühlt haben, als Ihre Augen den verloren geglaubten Tlaloc-Kodex erblickten.« Er dachte einen Moment nach, dann schrieb er auch dies auf, sichtlich von sich beeindruckt.

Gideon beschloß, doch noch einen Schluck Bier zu trinken. Eine Stunde mit Stan Ard würde verdammt lang werden. Er hatte immer noch fünfzig Minuten vor sich. »Ich weiß nicht, Stan. Schwer, sich daran zu erinnern. Es ist schon so lange her.«

»Ja, aber irgendwas müssen Sie doch gedacht haben«, sagte Ard. Er entschied sich, die Frage deutlicher zu stellen. »Ich meine, Sie müssen doch *irgendwas* gedacht haben.«

»Also, als ich es zum ersten Mal sah, wußte ich nicht, daß es ein Kodex war«, sagte Gideon und war sich sehr wohl bewußt, daß er keine besonders gute Geschichte lieferte. »Ich dachte, es wären nur ein paar Stoffbündel.«

Ard runzelte die Stirn und schüttelte den Kopf. »Nee, nee, das taugt nichts«, sagte er tadelnd. »Was machen Sie, wollen Sie mich auf den Arm nehmen, oder was?« Er kippte einen weiteren Schluck Scotch, zog eine schmerzerfüllte Grimasse, rülpste, saugte an seiner Zigarette und gab sich wieder dem Husten hin, wobei er sich mit der flachen Hand auf die Brust hämmerte.

»Okay, fangen wir mit ganz einfachen, konkreten Fakten an«, sagte er, als er wieder sprechen konnte. »Die fünf W: wer, warum, was . . . äh, welches . . . Sie wissen schon. Vielleicht finden wir so was, das wir verwenden können. So, nach allem, was ich gelesen habe, sah der Tunnel ganz danach aus, als würde er einstürzen, unmittelbar nachdem Sie den Kodex gefunden haben, als ihr Jungs alle noch da unten wart, richtig?«

»Richtig.«

»Um 16 Uhr 12.«

Gideon nickte.

»Super«, sagte Ard wenig begeistert. »Wieviel konkreter als das können Sie noch werden?« Mit zusammengekniffenen Augen schlug er nach dem Zigarettenqualm. »Und wieso wußten Sie überhaupt so genau die Uhrzeit?«

Gideon zuckte mit den Achseln. »Ich vermute, ich werde wohl auf die Uhr gesehen haben . . .« Er zögerte, sah einen unerwarteten Hoffnungsschimmer auftauchen. »Nein, warten Sie, es war *seine* Uhr.« Er deutete in Leos Richtung. »Als der Stützpfeiler brach und ein Stück der Decke herunterkam, ist seine Uhr zu Bruch gegangen. Sie ist genau auf 16 Uhr 12 stehengeblieben. Das ist uns erst später aufgefallen, als wir schon wieder auf dem Weg nach oben waren.«

»Seine Uhr ist kaputtgegangen? Wurde er verletzt oder so was?« fragte Ard hoffnungsvoll.

Gideon sah seine große Chance. »Wissen Sie, Stan«, sagte er, »Leo Rose ist der Bursche, mit dem Sie eigentlich reden sollten. Meine Version der Geschichte haben Sie ja schon in diesen Zeitungsausschnitten. Aber Leo war mit mir dort, oben auf dieser . . . dieser dunklen, einsamen Pyramide, als es passierte. Er könnte Ihnen eine frische Perspektive geben.«

Dieser Trick war nicht so gemein, wie es aussah. Inzwischen welkte sogar der widerstandsfähige, unverwüstliche Leo unter Emmas erbarmungslosem, schrillem Bombardement (». . . denn für welche Wirklichkeitsebene man sich auch immer entscheidet, spielt eigentlich keine Rolle«, sagte sie gerade. »Genau darum geht es bei der Regression in frühere Lebensphasen. Wenn man, basierend auf der Jungschen Synchronizität, darüber nachdenkt . . .«). Schon mehrere Minuten hatte Leo Gideons und Ards Unterhaltung mehr Aufmerksamkeit gewidmet als seiner eigenen. Auf der Suche nach einer Fluchtmöglichkeit schielte er leidend in ihre Richtung.

Und gleichgültig, was der unerschütterliche Leo sagte, es gab nichts, über das sich Abe Sorgen machen mußte. Kein Akademiker würde einen Artikel im *Flak* lesen; zumindest würde es keiner zugeben. Und selbst Dr. Villanueva konnte nicht behaupten, daß die Gefahr bestand, jemand könnte so etwas ernst nehmen.

»Ach, ja?« sagte Ard interessiert. Er griff nach der Zigarette, die er während eines weiteren krampfartigen Hustenanfalls aus der Hand gelegt hatte, warf einen erwartungsvollen Blick über die Schulter auf Leo und winkte ihn mit einer einladenden Geste herüber. Leo packte die Gelegenheit beim Schopf. Wie der Blitz war er aus dem Sessel, ließ eine schmollende Emma zurück, der es überhaupt nicht gefiel, daß die Erweiterung von Leos Geist unterbrochen wurde. Mit vier schnellen Schritten war Leo an ihrem Tisch.

»Hi«, sagte er vergnügt. Er blies seine Wangen auf, verdrehte die Augen und grinste Gideon an.

»Leo hier ist gerade noch mit dem Leben davongekommen, als die Decke nachgab«, sagte Gideon. »Bei dem Einsturz ist nicht nur seine Uhr auf 16 Uhr 12 stehengeblieben, beinahe hätte es ihm auch noch den Arm abgerissen. Überall war Blut.« Es war nur eine kleine Übertreibung um eines größeren Wohles willen. Leo hatte eine Schramme auf dem Handgelenk davongetragen, wenn Gideon sich richtig erinnerte.

Leo war mehr als glücklich mitzumachen. »Und ob«, sagte er. »Überall Blut.«

Was Ard ganz offensichtlich gefiel, und Gideon machte weiter. »Leo, Stan schreibt für den *Flak* eine Story über Tlaloc. Er fand, es wäre vielleicht eine gute Idee, mit Ihnen zu reden.«

»Für den *Flak*!« Leo war ganz klar beeindruckt. »Sie arbeiten für den *Flak*?«

»Nein, ich bin freier Journalist. Ich lebe und arbeite in L.A.«

»L.A.!« Was Leo noch mehr beeindruckte. »L.A. ist eine tolle Stadt zum Wohnen. Wunderbar. Dann sind Sie bloß hundertfünfzig Meilen vom Salton Sea entfernt, wußten Sie das?« Er zog sich einen Sessel neben Ard. »Stan«, sagte er, setzte sich ernst neben ihm in Positur, »haben Sie schon mal über die Vorteile des Time-sharing-Besitzes einer direkt am Wasser gelegenen Hazienda in der Wüste nachgedacht?«

Er griff gerade nach einer verschwitzten Broschüre, als Gideon einen dezenten Abgang machte, und das letzte, was er die Treppe hinauf von ihnen hörte, war ein gewiehertes *»bueno-bueno«*. Leo bestellte noch eine Runde.

10

Etwas später an diesem Abend saßen Gideon und Julie auf ihrem Balkon, so entspannt und locker, wie man nur sein kann, wenn man nicht schläft. Nach Gideons kurzem Interview hatten sie geduscht und sich umgezogen und waren anschließend allein zum Abendessen gegangen. Sie hatten sich für Seebarsch mit Pesto entschieden und dazu eine Flasche mehr als anständigen Frascati getrunken. Später hatten sie in ihrem kühlen, abgedunkelten Zimmer ein äußerst befriedigendes Intermezzo eingeschoben, das lediglich dadurch getrübt wurde, daß sie am Ende wieder schweißgebadet waren. Zum dritten Mal an diesem Tag hatten sie geduscht, und jetzt saßen sie auf den schmiedeeisernen Schaukelstühlen. Neben ihnen standen Cognac-Schwenker. Über ihnen waren die Wipfel der Bäume in der Nacht verschwunden, aber der Park mit seinen Wegen lag im sanften, bernsteinfarbenen Schein der prunkvollen, hinter Farnen verborgenen Laternen.

»Aaah . . .«, machte Julie.

»Ich weiß«, sagte Gideon. »Der wilde, primitive . . .

»Nein«, sagte sie lächelnd, »einfach nur *aaah*. Es ist schön hier.«

»Hmmm.«

»Gideon, ich hab noch ein bißchen darüber nachgedacht, wer in dem Tempel gegraben haben könnte.«

Sie hatten noch mehrere Male mit Abe darüber gesprochen, waren aber zu keinem brauchbaren Ergebnis gekommen. Jetzt wurde das Ausgrabungsgelände nachts bewacht, aber von den heimlichen Gräbern war nichts zu sehen gewesen, und Abe hatte beschlossen, mit der rechtmäßigen Ausgrabung, oder Wieder-Ausgrabung, der Treppe am nächsten Tag fortzufahren. Vier Maya-Arbeiter waren für die schwere körperliche Arbeit eingestellt worden, und Abe hatte Leo als das einzige Crew-Mitglied, das etwas vom Abstützen verstand, gebeten, sie zu beaufsichtigen, wenigstens für den Anfang. Ein weiteres Mitglied der Crew würde in täglichem Wechsel am Fuß der Pyramide postiert, um den Schutt und das Geröll zu sieben, das mit Hilfe einer Vorrichtung aus Wäscheleinen in Eimern heruntergeschafft würde. Anschließend sollte es mit Lastwagen fortgefahren werden.

Die Crew hatte sich zwar überrascht gezeigt, als sie von der heimlichen Ausgrabung erfuhr, war jedoch nicht weiter interessiert. Vielmehr meckerten sie darüber, daß sie den Schutt sieben mußten, wo die Treppe doch bereits einmal ausgegraben worden war. Wie immer war die Arbeit am Siebtisch der unbeliebteste Job bei einer Ausgrabung. Aber Abe blieb eisern, das mußte auch so sein. Kein Schutt oder Geröll würde Tlaloc verlassen, ohne zuvor gründlich gesiebt worden zu sein.

»Was ich mich gefragt habe«, fuhr Julie fort, »war, ob der Kodex nicht vielleicht immer noch dort unten liegen könnte.«

Gideon sah sie überrascht an. »Das ist unmöglich. Howard versucht schon seit Jahren, ihn zu verkaufen. Genau das war doch Sinn und Zweck des Komitees.«

»Hat er wirklich? Hast du den Kodex je wirklich gesehen? Nach diesem ersten Blick, meine ich?«

»Nein, aber es gab Berichte aus allen Ecken und Enden der Welt . . .«

»Zuverlässige Berichte?«

»Also . . .«

»Für die du dich verbürgen kannst?«

»Also, nein, nicht persönlich . . .«

»Hat irgendwer mal Fotos vorgelegt? Oder detaillierte Beschreibungen, die man auf Genauigkeit hin überprüfen könnte?«

»Also . . . nein, nicht daß ich wüßte, aber . . .«

»Gideon, es gibt aus allen Teilen der Welt auch Berichte über fliegende Untertassen und über Adolf Hitler und . . . tja, über alle möglichen Sachen. Ja sogar Fotos. Was aber noch lange nicht beweist, daß es sie auch wirklich irgendwo dort draußen gibt.«

»Nein, natürlich nicht, aber aus welchem Grund sollte Howard ihn zurückgelassen haben? Und willst du vielleicht behaupten, er hätte den Kodex aus der Truhe genommen, ihn dann die Stufen hinuntergeworfen, den Tunnel darüber zum Einsturz gebracht und wäre dann einfach so ohne ihn fortgegangen? Wo sollte da der Sinn liegen? Was könnte . . .«

»Ich weiß nicht, ich weiß nicht«, sagte sie lachend und gleichzeitig verzweifelt. »Ich versuche, kreativ zu sein. Sieh mal, vielleicht hat Howard die Treppe *nicht* einstürzen lassen. Soll heißen, nicht absichtlich. Vielleicht war's ja ein Unfall. Vielleicht hat er – warte, laß mich ausreden – du hast doch gesagt, daß einer der Stützbalken sowieso schon versehentlich umgerissen worden war, richtig? Tja, vielleicht ist die Abstützung noch ein wenig unsicherer geworden, als er den Deckel der Truhe zertrümmert hat, um an den Kodex heranzukommen, und vielleicht ist dann alles ganz von allein eingestürzt. Wäre das nicht möglich? Vielleicht . . . vielleicht hat er ihn die Treppe hinunter fallen lassen, und dann ist die Wand darüber eingestürzt, und er mußte ihn dort unten liegenlassen, weil er gar keine andere Wahl hatte.«

»Und warum dann nicht bleiben und behaupten, er hätte nichts damit zu tun? Wieso weglaufen?«

»Tja ... hmmm. Muß ich noch weiter drüber nachdenken.«

»Sicher, es ist ein kreativer Gedanke. Das muß ich dir lassen.« Gideon hob den Schwenker unter die Nase, atmete den Duft tief ein und dachte nach. »Wenn man die Prämissen akzeptiert, hat es schon eine gewisse bizarre Logik.«

Sie lachte. »Ich liebe es, wenn du dich in eine Sache hineinsteigerst.«

»Nein«, sagte er und lächelte ebenfalls, »ich finde schon, an dem, was du sagst, ist was dran. Nur ...«

»Ich wußte es.«

»... warum sollte Howard einen Brief an *Horizon* schreiben, in dem er damit prahlt, daß er den Kodex gestohlen hat, wenn er ihn doch gar nicht hat?«

»Weil ...« Sie schwieg, suchte nach einer Antwort. »... Weil er wollte, daß ihr alle denkt, der Kodex wäre fort.« Ihr Gesicht hellte sich auf. Die Idee gefiel ihr. »Er wollte nicht, daß jemand danach sucht und ihn womöglich findet, bevor er zurückkommen und ihn selbst ausgraben kann. Was ja auch niemand getan hat«, beendete sie ihren Gedanken triumphierend. »Oder?«

Gideon stellte sein Glas wieder auf den Tisch und schaute sie an. »Nein, niemand, Julie«, sagte er bedächtig. »Und daher glaubst du, Howard selbst wäre es gewesen, der dort gegraben und versucht hat, an den Kodex heranzukommen, bevor es uns gelingt?«

»Tja, er ist jedenfalls der einzige, der wüßte, daß er immer noch dort ist ... falls er noch dort ist. Klingt doch vernünftig, oder?«

Einen Moment lang glaubte Gideon es beinahe auch. Dann ließ er sich wieder in den Sessel zurücksinken. »Nein, ich glaube eigentlich nicht. Abgesehen von allem anderen, stimmt das Timing einfach nicht. Wieso sollte er ausgerechnet bis jetzt warten, bis zum absolut ungünstigsten Zeitpunkt, um zu versuchen, das Ding zu bergen? Er hätte ein paar Jahre warten können, bis sich alles einigermaßen beruhigt hat, dann zurückkommen und ihn ausgraben, solange niemand in der Nähe ist, und wäre inzwischen längst über alle Berge.«

»Stimmt«, räumte Julie nach ein paar Sekunden ein. Auch sie lehnte sich jetzt zurück und begann wieder zu schaukeln. »Also alles noch mal ganz neu überdenken. Oder, wenn ich's mir recht überlege . . . ich finde, ich überlasse dir die Lösung dieses Problems.«

»Ach, komm. Sich selbst irgendwas einfallen zu lassen, macht doch keinen Spaß. Lieber kritisiere ich deine Ideen.«

Mittlerweile hatte sich dem Gitarristen auf der Veranda ein Tenor zugesellt; eine nette, leise Version von »El Venadito« trieb zu ihnen herauf. Sie hielten Händchen, schaukelten langsam und lauschten dem alten Volkslied.

Soy un pobre venadito que habita en la serrani-i-i-a.
Como no soy tan mansito . . .

Gideon seufzte, reckte sich ausgiebig und schläfrig und stand dann auf. »Bereit fürs Bett?«

»Puuuh, schon wieder? Die Tropen bekommen dir anscheinend gut, was?«

»Ich dachte eigentlich«, sagte er, »eher an Schlaf.« Er bot ihr die Hand an, um ihr aus dem Sessel zu helfen, zog sie dann in seine Arme. Sie rieb die Stirn an seiner Wange und ließ die Hände langsam seinen Rücken auf und ab gleiten.

»Andererseits«, sagte er, »könnte ich mich vielleicht überreden lassen.«

Julie lächelte ihn an. »Warum trinken wir nicht erst unseren Cognac und sehen dann, wonach uns der Sinn steht? Falls du dann noch wach bist.«

»Guter Gedanke.«

In ihrem Zimmer zogen sie die mit Jalousien versehenen Balkontüren hinter sich zu, und Gideon ging zur Tür, um das Licht anzuknipsen und den gemächlich kreisenden Deckenventilator einzuschalten, den sie gern laufen ließen, wenn sie schliefen. Nicht wegen der Brise, die praktisch gleich Null war, sondern vielmehr wegen des trägen tropischen Ambiente.

»Hast du das fallen lassen?« fragte Julie, während sie auf seine Füße zeigte.

Er schaute nach unten und sah auf dem rotgefliesten Boden ein weißes, zweimal zusammengefaltetes Blatt Papier. »Nein, jemand muß es unter der Tür durchgeschoben haben.«

Die kurze Mitteilung stand exakt in der Mitte der Seite.

Gideon Oliver, verlaß Yucatán, oder du wirst sterben.
Das ist kein Scherz.

DIE GÖTTER VON TLALOC

Nachdem er mehrere Sekunden auf das Blatt gestarrt hatte, nahm Julie es ihm aus der Hand und las. »Ich weiß nicht . . . Soll das hier komisch sein?«

»Keine Ahnung. Ich persönlich dachte eigentlich, der blutsaugende Coatimundi hätte mehr auf Lager.«

»Glaubst du, das ist eine echte Drohung? Eine *Mord*drohung?«

Langsam schüttelte Gideon den Kopf. »Ich dachte nur . . . Himmel, was denke ich überhaupt!« Er riß die Tür auf und sprang auf den Korridor hinaus.

Aber natürlich war dort niemand. Der geflieste Korridor schimmerte sie friedlich, freundlich und leer an, und die Topfpflanzen waren nicht groß genug, als daß sich jemand dahinter verstecken konnte. Als er ins Zimmer zurückkehrte, machte Julie ein besorgtes Gesicht.

»He«, sagte er leise, nahm sie wieder in die Arme und zog sie an sich, wiegte sie langsam vor und zurück. »He, kein Grund zur Sorge, glaub mir. Wirklich nicht.«

Sie hob den Kopf von seiner Schulter, um ihm einen stummen, skeptischen Blick zuzuwerfen.

»Nein, ehrlich«, sagte er. »Drohbriefe sind nichts als leeres Geschrei. Kein Mensch nimmt sie ernst. Ich ganz bestimmt nicht, und bei all der gerichtsmedizinischen Arbeit, die ich mache, bekomme ich sowieso eine Menge von diesen Dingern.«

Wieder sah sie ihn an, diesmal mit Überraschung in den Augen. »Wirklich?«

»Klar, die ganze Zeit.«

Also, eigentlich nur zweimal. Einmal war er vorgeladen worden, um zu bezeugen, daß das Skelett eines Mitgliedes der Mafia, das im Lake Michigan gefunden worden war, Zeichen von Erdrosselung zeigte. Das andere Mal, als er eine Aussage über die Identität eines Gangsters aus der Drogenszene machen sollte, dessen Gesicht und Fingerabdrücke unkenntlich gemacht worden waren, bevor man ihn in der Nähe von Las Vegas in die Wüste geworfen hatte. Beide Male hatte er anonyme Briefe erhalten, in denen in allen abscheulichen Einzelheiten beschrieben wurde, was ihm zustoßen würde, sollte er vor Gericht erscheinen.

»Und immer ohne irgendwelche Konsequenzen?« fragte Julie, wobei sie nicht sonderlich überzeugt aussah.

»Nee, ist nie was passiert.«

Also, einmal schon. In der Nacht nach seiner Zeugenaussage im Zusammenhang mit dem Mafia-Mord hatte jemand zwei Schüsse durch die Tür seines Zimmers im Holiday Inn gejagt, aber zu diesem Zeitpunkt war er gar nicht dagewesen. Es war erst Gideons zweiter Fall für das FBI, und er war damals völlig aus dem Häuschen gewesen.

»Was ist mit diesem einen Mal, als dir jemand eine Briefbombe geschickt hat?« hakte Julie nach. »Was ist mit dem anderen Mal, als dir jemand diesen Hund auf den Hals gehetzt hat? Oder besser gesagt, uns. Was ist mit . . .«

»Wir sprachen doch von Drohbriefen«, meinte er ganz vernünftig. »Leute, die Drohbriefe schreiben, ziehen die Sache nicht bis zum Ende durch. Nie.« Oder trug er vielleicht ein bißchen zu dick auf? »Also, fast nie.«

Sie musterte ihn skeptisch.

»Es ist eine allgemein anerkannte Tatsache«, sagte er ihr. »Gar keine Frage.«

Es war nicht einmal so, daß er sich besonders mutig vorkam, aber wie konnte sich jemand ernsthaft über diesen albernen Brief aufregen? Die beiden anderen, die er früher schon erhalten hatte, waren giftig gewesen; deutlich genug, um allein schon beim Lesen einen Schweißausbruch zu bekommen. Der hier war so ... kurios, so kindisch. *Das ist kein Scherz. Die Götter von Tlaloc.* Unter Garantie war das ein Scherz, hinter dem wahrscheinlich die gleiche Person steckte, die auch den Coati in den Arbeitsschuppen gesperrt hatte.

Außerdem hatte er Julie die Wahrheit gesagt. Leute, die einen umbringen wollten, brachten einen um. Sie kündigten ihre Absichten nicht erst großartig durch Briefe an.

Er lächelte sie breit an. »Komm, Julie. Würde ich dich anlügen?«

Sie war nicht beruhigt. »Wieso«, fragte sie laut ein Fenster über seiner Schulter, »passieren immer ausgerechnet ihm solche Sachen? Anderen Leuten passiert so was nie. So was passiert immer nur, wenn er in der Nähe ist. Flüche, Morddrohungen ...«

»Früher ist mir so was nicht passiert. Ich mach's doch nicht absichtlich.«

»Ich weiß«, sagte sie und brachte ein trockenes Lächeln zustande. »Ist so was wie eine Gabe. Meine Theorie lautet, daß du so was wie ein elektrisches Feld besitzen mußt, das die seltsamsten Dinge anzieht. Ach, Gideon ...«

Sie drückte ihn fest an sich, trat dann einen Schritt zurück. »Was sollen wir jetzt machen?«

»Keine Ahnung. Ich denke, die Polizei sollte informiert werden. Ich mach das morgen sofort.«

»Morgen?« Sie starrte ihn ungläubig an.

»Julie, wir sind hier mitten im Nirgendwo. Die nächsten Cops, die wissen, was sie tun, ist die Staatspolizei in Mérida. Außerdem, es gibt keinen Grund zur Eile. In dem Brief steht, ich solle Yucatán verlassen, andernfalls würde ich sterben, richtig? Offensichtlich kann das ja wohl nicht heißen, daß ich sofort abreisen soll, jetzt, in diesem Augenblick. Wie sollte ich auch? Ich bin sicher, ich habe ein paar Tage. Das ist doch nur logisch.«

»Ja, aber ich glaube, du kannst nicht davon ausgehen, daß derjenige, der das geschrieben hat, auch logisch denkt.«

In diesem Punkt gab er ihr recht. »Ich sag dir was. Warten wir auf jeden Fall erst mal bis morgen. Wir sprechen beim Frühstück mit Abe darüber und sehen dann weiter.«

Sie wollte schon widersprechen, nickte dann aber und zog ihre Armbanduhr aus. »Okay, du hast recht. Wahrscheinlich mache ich nur aus einer Mücke einen Elefanten.«

»Ein Brief?« sagte Abe, wobei sich seine Augenbrauen hoben.

Über seinen Frühstücksteller mit *frutas frescas* – in Scheiben geschnittene Papaya, Ananas und Wassermelone, neben einer nicht geschälten kleinen Banane und natürlich ein paar Limonenstücken, streckte er seine Hand danach aus. Erst klopfte er die eine, dann die andere Brusttasche seines Hemdes ab, anschließend die Gesäßtaschen der Hose.

»Sie hängt um deinen Hals«, äußerte Gideon vorsichtig.

»Ich weiß, ich weiß.« Er setzte die Lesebrille auf seine Nasenspitze. »Natürlich hängt sie um meinen Hals. Wo sollte sie auch sonst sein?«

Er studierte das Blatt sehr lange. »Das gefällt mir nicht«, sagte er schließlich.

»Ich bin auch nicht gerade begeistert«, meinte Gideon.

Abe machte sich daran, die Banane zu schälen. »Ich sag dir was. Ich muß heute nachmittag sowieso nach Mérida, in die Universitätsbibliothek. Ich springe kurz bei der Staatspolizei rein und gebe ihnen das hier. Wir werden sehen, was die dazu sagen.«

Was Gideon recht war, denn nun konnte er sich in aller Ruhe dem Rührei mit Schinken widmen.

Julie, die sich noch nicht an die matschig braunen Eier Yucatáns gewöhnt hatte (»Es liegt daran, was sie hier an Hühner verfüttern«, hatte Worthy ihr finster anvertraut), spielte mit ihrem Toast und der Tasse Kaffee. »Abe, es muß doch jemand von der Crew sein, oder?«

»Ich bedaure sehr, daß ich das sagen muß, aber es sieht ganz danach aus. Wer sonst weiß, daß Gideon hier ist? Wer sonst weiß etwas von dem Fluch?«

»Es stand in den Zeitungen«, warf Gideon ein. »Garrison war auf dem Weg zu einer Pressekonferenz nach Mexico City, du erinnerst dich?«

»Gestern morgen. Du glaubst, jemand hätte es in der Zeitung

gelesen und wäre dann noch am gleichen Tag wie ein geölter Blitz nach Yucatán gekommen, um einen Zettel unter deine Tür zu schieben? Nein, ich fürchte, Julie hat recht.«

Gideon seufzte und schob seinen Teller fort. »Ja, vermutlich.« Er warf einen Blick zu einem Tisch auf der anderen Seite des Raumes, an dem einige Mitglieder der Gruppe saßen. Harvey winkte ihnen fröhlich zu. Preston lächelte und nickte kurz mit seinem hohlen Kopf mit der Löwenmähne. »Was mich allerdings nicht übermäßig glücklich macht. Aber ich glaube immer noch, daß es nur ein weiterer dummer Scherz ist. Wie das Coati.«

»Und die heimliche Ausgrabung? War das deiner Meinung nach auch nur ein Scherz?«

Gideon schüttelte den Kopf. Er wußte es nicht.

»Was denken Sie, Abe?« fragte Julie.

»Hmm«, machte Abe. Wieder sah er sich den Brief aufmerksam an. »›Gideon Oliver, verlaß Yucatán, oder du wirst sterben‹«, las er langsam und laut. »›Das ist kein Scherz. Die Götter von Tlaloc.‹« Er blickte scharf auf. »Kommt das außer mir noch einem bekannt vor?«

»Nein, mir nicht«, sagte Julie.

Aber Gideon zögerte. Als er den Brief das erste Mal gelesen hatte, hatte er einen winzigen Augenblick lang gemeint, etwas wiederzuerkennen, das Gefühl gehabt, ihn schon mal gesehen zu haben. Er hatte es sofort als zufällige Assoziation abgetan; es war nicht gerade die originellste Morddrohung der Welt.

»Nein, ich glaube nicht, Abe«, sagte er schließlich.

»Ja«, meinte Abe, nachdem er noch eine Weile darauf gestarrt hatte. »Wahrscheinlich bilde ich es mir nur ein.« Er legte eine Hand auf Gideons Unterarm. »Hör zu, Gideon, ich bin sicher, du hast recht, es ist nur ein Scherz, aber trotzdem paß auf dich auf, ja? Wieso es unnötig drauf ankommen lassen?«

»Ich paß auf, Abe.«

Abe nickte und wischte sich mit einer Serviette den Mund ab. »Gut.« Er warf einen langen, letzten Blick auf den Brief, hielt dabei den Bügel seiner Brille auf Höhe der Schläfen fest.

»Und du bist ganz sicher, daß er dir nicht bekannt vorkommt?«

11

Das *Hotel Mayaland* liegt in der Nähe eines kleinen Nebeneinganges zu Chichén-Itzá. Eine außer von Hotelgästen kaum benutzte und eine Viertelmeile lange Nebenstraße führt zu den Ruinen. An den meisten Abenden kurz vor halb neun schlendern dreißig oder vierzig Gäste aus dem Hotel diesen angenehmen Weg nach Chichén-Itzá, um sich dort die englischsprachige Ton-Licht-Show anzusehen.

Julie und Gideon hatten beschlossen, sich die Show auch anzusehen. Abe würde nicht vor zehn Uhr aus Mérida zurück sein. Sie hatten sich dann zum Kaffee verabredet. Der Eingang auf das Gelände war nicht mehr als eine schmale Öffnung im Maschendrahtzaun, der quer über die Straße errichtet worden war und von einem mißmutigen, einbeinigen Kartenkontrolleur im Rollstuhl bewacht wurde. Der Zaun selbst war mit Souvenirs behängt: größtenteils T-Shirts mit nachgemachten Maya-Motiven. Davor kauerten unauffällig die echten Maya-Händler – drei dunkelhäutige, rundliche Frauen in an Nachthemden erinnernden *huipiles*. Im schummerigen Licht einer Lampenkette, die durch den Zaun gewickelt war, spielten ein paar magere Kinder von acht, neun Jahren mit einem Miniatur-Ball ausgelassen Fußball; auf maya und spanisch feuerten sie sich gegenseitig an.

Zwei unwesentlich ältere Jungs mit kleinen Körben aus Palmblättern kümmerten sich um die hereinkommende Menge, legten ein erstaunliches englisches Vokabular an den Tag.

»Hallo, Mister, Sie wollen kaufen Schlange? Welche Sie wollen? Ich eine fangen nur für Sie. Mit Stock.«

»Wer will schon eine Schlange?« fragte ein pummeliger amerikanischer Junge von zehn Jahren die gestreßte Frau an seiner Seite. Eine vernünftige Frage, fand Gideon.

»Sie fangen sie für eine Schlangenfarm, Jared«, klärte die Frau den Jungen auf. »Sie sollen sie eigentlich nicht an Touristen verkaufen, tun's aber trotzdem.«

»So was wie eine Schlangenfarm gibt's doch gar nicht«, erwiderte der Junge voll wissender Verachtung.

»Nicht so eine Farm, wie du meinst. Sie gewinnen das Gift, um es als Serum gegen Schlangenbisse verwenden zu können. Ist das nicht interessant?«

»Du redest Unsinn«, meinte Jared abfällig.

Es gab keine Kunden für die Schlangen, und es schien auch niemand T-Shirts haben zu wollen. Die träge auf niedrigen Hokkern sitzenden Maya-Frauen blickten kaum vom Boden auf.

»Komm, kaufen wir zwei«, schlug Julie vor. »T-Shirts, meine ich natürlich.«

Gideon nickte. »Okay.«

Eines mit der Reproduktion eines Wandgemäldes hatte es Julie besonders angetan. Gideon machte sie darauf aufmerksam, daß es – entfernt – auf einem Wandgemälde aus Teotihuacán, nicht Chichén-Itzá, basierte, doch sie blieb bei ihrer Wahl.

»Und was ist mit dir?« fragte sie. »Wie wär's mit dem von diesem Mann, der ganz in Federn gekleidet ist?«

»Quetzalcoatl? Nein, danke, aber, weißt du, das hier gefällt mir irgendwie, das mit dem nackten Mädchen, das alle viere von sich gestreckt auf dem Altar liegt, bereit, jeden Augenblick das Herz herausgeschnitten zu bekommen. Sehr kunstvoll.«

»Du machst Witze, oder? Will ich wenigstens hoffen.«

»Nein, ich finde, es ist sehr anschaulich. Aber, okay, dann nehme ich eben das mit dem Bild von El Castillo.«

Vom Tor war es ein gemächlicher, fünfminütiger Spaziergang zur archäologischen Stätte. Alle zehn, fünfzehn Meter hing eine Glühbirne an einem Baum; gerade genug, um sie davon abzuhalten, vom Weg in den Busch zu stolpern, aber auch wieder nicht so hell, daß sie die Sterne nicht mehr sehen konnten.

Sie waren diesen Weg schon einige Tage zuvor gegangen, aber das war nachmittags gewesen, und die Ruinen waren nach und nach durch die Blätter und Äste aufgetaucht. Jetzt allerdings öffnete sich vor ihnen am Ende des Weges der zentrale Platz von Chichén-Itzá mit atemberaubender Plötzlichkeit kalkweiß, riesig und still im Sternenlicht. El Castillo, die große Hauptpyramide mit dem Tempel auf der Plattform, ragte rechts von ihnen auf, unendlich viel überwältigender als bei Tage: ein phantastischer, trostlos schimmernder Turm aus grauem Eis. Dahinter, verdeckt von feinem Nachtnebel, lag der blutgetränkte Tempel der Krieger mit seinen »Tausend Säulen«. Direkt vor ihnen befand sich der gewaltige Ballspielplatz, und überall um sie herum, unsichtbar, aber dennoch zu spüren, der Dschungel, der nur den rechten Augenblick abwartete, darauf lauerte, alles wieder zu verschlingen, wenn der Zyklus der Zeit es befahl.

Es reichte aus, um Julie abrupt zum Stehenbleiben zu veranlassen. »Oh, mein Gott«, sagte sie leise. »Sieh dir das nur an!«

Gideon drückte ihre Hand. Auch er ließ sich noch von Gefühlen überwältigen.

Zu ihrer Linken besaß alles freundlichere, menschlichere Proportionen. In zwei langen Reihen standen dort ramponierte, metallene Klappstühle auf dem Gras, die grell, aber nicht sonderlich effektiv von einer einzelnen Lampe dahinter beleuchtet wurden. An einem Ende der Stuhlreihen stand ein Wagen, an dem Soft-Drinks und Süßigkeiten verkauft wurden. Die meisten Stühle waren bereits von Leuten besetzt, die extra wegen der Show mit Bussen aus Mérida herangekarrt wurden, und der Boden war übersät mit Papier und Plastikbechern, von denen einige vermutlich noch von der spanischsprachigen Vorführung um sieben stammten.

Die einzigen beiden freien Sitzplätze nebeneinander, die Gideon und Julie finden konnten, befanden sich am anderen Ende der zweiten Reihe, direkt neben Jared und der gestreßten Frau.

»Krieg ich denn überhaupt keine Süßigkeiten, oder was?« quengelte der Junge, als sie sich setzten. »Wie wär's mit einem *Mars*?«

Die Frau stöhnte leise, stand aber trotzdem sofort auf.

»Und eine Coke oder so!« brüllte der Junge ihr nach. Dann drehte er sich zu Gideon und Julie. »Das ist meine Mutter«, verkündete er. »Ich wohne in Puerto Vallarta, wenn ich bei ihr bin, aber im Sommer bin ich immer bei meinem Dad in Connecticut. Sie sind geschieden.«

»Zu blöd«, meinte Julie.

»Ist schon okay, macht mir nichts aus«, sagte er großzügig. »Haben Sie die Show schon mal gesehen? Wir haben sie uns erst gestern angeschaut. Echt beeindruckend. Meine Mom hat's total fertiggemacht.«

»Wie nett«, sagte Julie nach kurzem Zögern.

»Besonders die Stelle mit den Opfern. Echt ätzend. Ich sag Ihnen Bescheid, wenn's soweit ist.«

»Ist schon okay«, meinte Gideon. »Brauchst dir keinen abzubrechen.«

»Ach, sowieso nicht. Ich sag Ihnen auch, wann Sie sich die Ohren zuhalten müssen. Die Musik wird ganz schön laut.«

Gideon schaute sich um, hoffte, daß vielleicht doch noch irgendwo zwei Stühle frei waren, die sie übersehen hatten, aber inzwischen waren alle Plätze besetzt.

»Wissen Sie, wie ein Mann in unserem Hotel die Stadt hier nennt?« fragte der Junge und kicherte. *»Chicken Pizza.«* Er zappelte vor Vergnügen.

Die Frau kehrte mit einer Flasche Coca-Cola und einem Schoko-Riegel zurück. Die Flasche wurde kommentarlos angenommen, nicht aber der Riegel.

»Snickers?« sagte der Junge voll fassungsloser Empörung. »Du hast mir ein *Snickers* mitgebracht?«

»Jared«, sagte sie müde, »wir sind hier in Mexiko. Hier gibt's nicht die gleichen Süßigkeiten wie bei uns. Was stimmt denn nicht mit einem Snickers? Snickers sind gut. Ich mag Snickers.«

»Ich auch«, mischte Gideon sich ein – der große Rächer der Enterbten.

Die einzelne Lampe hinter ihnen verlosch. Aus einem Lautsprecher begann eine Trompete eine unheimliche, einsame Melodie zu jammern. Die Zuschauer verstummten bis auf Jared, der mit seiner Mutter noch nicht fertig war.

»Du weißt genau, daß ich Snickers nicht ausstehen kann.«

»Das«, flüsterte Gideon Julie ins Ohr, »hat man davon, wenn man ein Kind ›Jared‹ nennt.«

»Jared«, sagte seine Mutter, »es wird von derselben Firma hergestellt, die auch Mars macht. Guck dir die Verpackung an.«

Jared fand diese Art Logik nicht überzeugend. »Ich hasse das Zeug.«

»Jared, wie sollen wir das jetzt klären?«

»Überhaupt nicht«, brummte er.

»Jared . . .«

Gideon packte Julies Hand, und zusammen flohen sie durch die Dunkelheit zu dem etwa dreißig Meter entfernten Ballspielplatz. »Wir können uns auf die Stufen setzen«, flüsterte er. »Der Blick ist von dort sowieso besser.«

Das *tlachtli*-Feld von Chichén-Itzá ist der beeindruckendste Ballspielplatz des alten Mexiko und besteht aus einer riesigen Freifläche von gut 160 Metern Länge (»fast zwei Football-Felder lang«, worauf hinzuweisen amerikanische Reiseführer nicht müde werden) und knapp 70 Metern Breite, umschlossen von zwei massiven, hohen parallelen Wällen, in deren Mitte und quer zur Mauer in 7,25 Meter Höhe über dem Boden ein schwerer Steinring angebracht ist. Hier spielten die Maya ihr kultisches Spiel namens *pok-a-tok*, bei dem die beiden Mannschaften versuchten, einen schweren Hartgummiball durch einen der Ringe zu schleudern. Je nachdem, wem man Glauben schenkte, hatten die Sieger entweder die Möglichkeit, ihre Köpfe zu behalten, oder aber sie verzichteten vergnügt auf selbige und gingen als Helden, um für immer mit den Göttern zu leben.

Am Südende einer dieser Mauern – der den Klappstühlen am nächsten liegenden – gibt es eine Treppenflucht nach oben. Dorthin gingen Julie und Gideon, setzten sich auf die unterste Stufe, als die schwermütige Melodie langsam verhallte.

»Willkommen«, dröhnte eine hallende Stimme mit starkem Akzent, »zur untergegangenen, geheimnisvollen Welt der alten Maya. Heute abend werden Sie etwas über die Frühzeit unserer Väter und Vorväter erfahren, über die Zeit, bevor die Fremden kamen, über die Zeit der heiligen Stätten: von Zubinche und Timozon, von Zizal und Cumcanul, und von der großen Stadt, bekannt als die Stadt am Rande des Brunnens der Itzá . . . CHICHEN-ITZA!«

Die trägen, melodischen Worte glitten auf der feuchten Brise in den Dschungel, und sie blieben in düsterer Stille zurück.

Dann, lauter diesmal, hallte die Stimme wieder. *»Sehet«,* donnerte sie, *»sehet die Wunder unserer Vorfahren!«*

Ein ohrenbetäubender Trommelwirbel, und abrupt sprang ihnen der Castillo wie ein kolossaler, facettierter Kristall entgegen, getaucht in grelles Licht, scheinbar aus sich selbst heraus glühend. Die große Steintreppe war strahlend blau, der massige Rumpf der Pyramide ein helleres Unterwasser-Türkis. Der Tempel des Kukulcán auf der Plattform war papageiengrün, sein Inneres – zu sehen durch das rechteckige Portal – ein kochendes, den Blick fesselndes Purpurrot. Die Sterne, der Dschungel, die restlichen Gebäude verschwanden angesichts dieser Brillanz, als wäre ein gewaltiger Vorhang aus schwarzem Samt gefallen.

Bei diesem Anblick kam von den Zuschauerreihen ein leises, kollektives Luftschnappen, und Julie umklammerte unwillkürlich Gideons Hand.

»Ich bin nicht sicher«, sagte sie, »aber könnte gut sein, daß mich das hier auch total fertigmacht.«

Gideon lachte. Ihm selbst war auch schon wieder langsam ein eiskalter Schauer zwischen den Schulterblättern hochgekrochen und hatte die Haare auf seinem Nacken aufgerichtet. Begleitet wurde dies von einem leichten Schuldgefühl. Professionelle Anthropologen sollten eigentlich keine Gänsehaut kriegen von gefühlsduseligen, überlauten Ausstattungsstücken, bestehend aus unechter Musik, geheuchelter Geschichte und bedeutungslosen bunten Lichtern.

»Ich werde mir den Rest der Show von oben ansehen«, sagte er zu Julie. »Kommst du mit?«

Sie warf einen Blick auf die schmale, geländerlose Steintreppe, die selbst an den Verhältnissen der Maya gemessen recht steil war. »Da rauf? Im Dunkeln? Bist du verrückt?«

»Also, ja, ich glaube, ich gehe rauf. Der Ausblick müßte phantastisch sein.«

»Sei aber vorsichtig, hörst du?«

Das war er auch; er kletterte behutsam auf allen vieren und drückte sich mit der Rechten gegen die Wand, wie es die meisten Besucher selbst am Tage taten. Die Treppe befand sich an der Außenseite der Mauer; zu seiner Linken ging es mörderisch steil nach unten auf eine breite steinerne Plattform. Der Ausblick von oben erfüllte alles, was er sich erhofft hatte, bot ihm einen ungehinderten Blick auf jedes Gebäude auf dem Platz, während die Show weiterging, das Licht von einer Ruine zur nächsten wanderte. Er machte es sich auf der obersten Stufe bequem, stützte sich auf die Ellbogen und lauschte nur mit einem Ohr auf den langatmigen Monolog.

». . . der schreckliche Gott Chac-Mool, der die tropfenden, den rituellen Menschenopfern frisch herausgerissenen Herzen empfing . . .«

Die sonore Stimme bebte und schraubte sich in die Höhe, während die Scheinwerfer das ausdruckslose Gesicht der auf dem Rücken liegenden Chac-Mool-Figur auf dem Tempel der Krieger aus dem Dunkel holten und dann zu der Plattform der Schädel weiter wanderten. ». . . deren Köpfe anschließend hier, auf dem *tzompantli,* zu Ehren der alten Götter aufgespießt wurden.«

Gideon selbst hatte es sich an der Flanke eines der berühmteren Gebäude in Chichén-Itzá bequem gemacht: dem Tempel der Jaguare, den die siegreichen Tolteken als Eroberer über dem bestehenden Wall des alten Ballspielplatzes als eigenes Heiligtum errichtet hatten. Wandbilder im Inneren zeigen die Unterwerfung der Stadt. Der Eingang wird durch einen kleinen Portikus gebildet, dessen Öffnung zum Ballspielplatz und nicht zu den anderen Gebäuden zeigt und dessen schwerer Sturz auf die dramatische Art der Tolteken von zwei Schlangensäulen getragen wird – dicke Steinsäulen in Gestalt gefiederter Schlangen, deren ein Meter hohe Köpfe mit den Giftzähnen als Sockel fungieren, während ihre erhobenen Schwänze das Dach stützen.

Die Show ging weiter, und am Rande seines Blickfeldes konnte Gideon nur wenige Meter entfernt die Lichtreflexe über die phantastischen Köpfe der Schlangen spielen sehen, so daß sie sich zu winden und zu dehnen schienen – ein weiterer netter Stimulus für seine höchst unprofessionelle Gänsehaut. Alles in allem genoß er die Show sehr.

»Und so verabschieden wir uns schließlich von dieser vergangenen Zeit der Größe«, intonierte die Stimme in ihrem bedächtigen Singsang. »Lebewohl den Tolteken und den Maya, Lebewohl Quetzalcoatl und Kukulcán. Lebewohl ... CHICHEN ITZA!«

Der schamlose Lärm der Trompeten und Trommeln schwoll zu einem ohrenbetäubenden Finale, und die gesamte westliche Hälfte des Komplexes wurde abrupt in ein atemberaubendes Relief verwandelt: blau, grün, orange, rot, gold, violett. Ein paar Meter von Gideon entfernt, nur aus den Augenwinkeln heraus gesehen, stürzten sich die gefiederten Schlangen sehr realistisch aus den Schatten.

Er drehte scharf den Kopf. War da noch etwas gewesen? Hinter den Säulen, war da gerade nicht eine Bewegung gewesen, ein ...

Unvermittelt endete die Musik, und die Scheinwerfer verloschen, tauchten alles in tiefe Schwärze und Stille. Er konnte nichts mehr sehen. Aber dort war jemand, stand in dem Portikus. Gideon spannte sich an, spitzte die Ohren.

»Wer ist da?« rief er. *»Quien es?«*

Nichts. Nur die pulsierenden Nachbilder der Lichter, die Echos der Trompeten. Er regte sich nicht und wartete; blind und taub.

Und dann ein äußerst unerquickliches, leise klirrendes Geräusch, Metall gegen Metall – kaum hörbar und unheimlich. Eine Kette? Bewegte da jemand eine schwere Kette in der Hand? Verstohlenes Scharren eines Schuhes auf Pflaster.

Gideon hatte sich noch nicht wieder aufgerichtet, aber jetzt wirbelte er instinktiv von dem Eindringling fort, rollte sich auf die rechte Seite, auf den Rand der Mauer zu. Irgend etwas schlug schwer gegen seine Schulter, doch der Aufschlag wurde durch seine wegrollende Bewegung gedämpft. Ein Fuß – er glaubte, es wäre ein Fuß – erwischte ihn schmerzhaft hinter dem Ohr, trat dann wieder gegen seinen Kopf.

Er drehte sich weiter fort, aber er wußte, daß er sich schrecklich nahe am Ende der Mauer befand. Ohne etwas sehen zu können, klammerte er sich mit der linken Hand an das Pflaster, um Halt zu finden, aber da war nichts; sein Arm griff unerträglich ins Nichts. Er befand sich direkt an der Kante, lag ausgestreckt auf dem Bauch, hing zwölf Meter über einem steinernen Vorsprung. Fieberhaft tasteten seine Finger über die senkrechte Fläche, fanden eine rauhe Erhebung, gegen die er sich abstützen konnte. Seine andere Hand, die rechte, lag unter ihm. Wieder vergrub sich, mit gräßlicher Wucht, ein Fuß in ihn, diesmal oberhalb der Nieren, und dann noch mal, schlug in seine Rippen, schleuderte ihn auf den Bauch, drängte ihn über die Kante und auf die steinerne Terrasse darunter.

Gideon drückte sich mit aller Kraft auf das Mauerwerk, versuchte zu verhindern, daß er herunterfiel. Er stützte sich gegen den Vorsprung ab, riß den rechten Arm unter sich frei und drehte sich blitzschnell auf die linke Seite, zu der Gestalt hin, die er immer noch nicht sehen konnte.

Im gleichen Augenblick hörte er wieder dieses kettenähnliche Geräusch, und ein Schwirren, und dann ein bleiernes *Penggg,* als fünf Zentimeter von seinen Augen etwas auf den Stein krachte, genau dort, wo nur einen Augenblick zuvor sein Kopf gewesen war. Winzige Steinsplitter prasselten ihm gegen die Stirn. Eine Hand packte unbeholfen nach seinem Kragen, drehte den Stoff zusammen. Ohne sehen zu können, schlug Gideon nach oben und erwischte seinen Angreifer mit dem Unterarm quer über die Hüfte. Es war ein verzweifelter Rückhandschlag ohne viel Kraft, aber er verriet ihm, wo die Gestalt stand, und der nächste Schlag zielte auf die Brustmitte, oder doch zumindest dorthin, wo er hoffte, daß sich die Brustmitte befand. Hinter diesem Schlag steckte die ganze Kraft seiner muskulösen Schultern. Er spürte das flexible Brustbein unter seiner Faust nachgeben, hörte den vollen, satten Aufschlag.

»Auh!« Mit dem erschreckten Keuchen schlug Gideon eine warme Weinfahne ins Gesicht. Die klammernde Hand ließ seinen Kragen los, und die Gestalt stolperte zurück – ein paar Schritte, so hörte es sich wenigstens an.

Gideon sprang schnell auf, kauerte sich hin, die Fäuste immer noch geballt, bereit für den nächsten Angriff. Er konnte immer noch nichts sehen, und alles, was er hörte, war das Pochen des

Blutes in seinen Ohren. Ihm war übel, und er fühlte sich wacklig auf den Beinen, war aber nicht sicher, wie weit er von der Kante entfernt war. Er leckte sich über die Lippen. Seine Kehle war ausgetrocknet.

»Gideon!« Es war Julies besorgte Stimme vom Fußende der Stufen. Er registrierte, daß sie bereits das zweite Mal nach ihm gerufen hatte. »Was ist da oben los? Ist mit dir alles in Ordnung?«

Und jetzt hörte er auch, wie sein Angreifer entlang der langen Mauer von ihm fortstolperte, wie sich die Schritte schnell entfernten. Blind begann Gideon die Verfolgung, doch schon bei seinem zweiten Schritt stolperte er über einen der Schlangenköpfe und mußte sich daran festklammern, um nicht auf den Steinvorsprung darunter zu stürzen. Er hielt sich keuchend und mit zunehmender Übelkeit fest. Aber wenigstens kehrte jetzt allmählich sein Sehvermögen zurück. In der Ferne, auf halber Länge der Mauer, konnte er jemanden über die uralten Steine fliehen sehen, tief gebeugt wie ein Affe unter dem verschwommenen, flachen Band der Milchstraße. Gebeugt vor Schmerz, wie er hoffte.

»Ja«, antwortete er Julie. »Alles okay. Bin gleich da.« Aber sie war bereits auf dem Weg nach oben, und als er endlich wieder sicher genug auf den Beinen war, um die Skulptur loszulassen und sich von der Kante fortzuschieben, stand sie neben ihm.

»Gideon . . . mein Gott, was . . .«

»Schon okay, Julie. Mit mir ist alles in Ordnung. Der Kerl hat mir nur eine Scheißangst eingejagt, das ist alles. Jetzt ist er weg.«

Besorgt musterte sie sein Gesicht. »O Gott, geht's wieder?«

Er nickte. »Abgesehen von einer Stelle, wo er mir gegen den Kopf getreten hat, oder wo ich Tritte in die Rippen abbekommen habe und ein paar Schrammen hier und da, doch, ja, mir geht's blendend.« Er grinste, aber es kam ihm selbst nicht besonders überzeugend vor. »Mit anderen Worten: Mir geht's Scheiße.«

»Setz dich«, sagte sie, nahm ihn mit beiden Händen fest am Arm und führte ihn zu einem Sitzplatz auf dem Portikus des Tempels.

»Also«, sagte sie und hielt ihn immer noch am Arm, während sie sich neben ihn setzte, »was ist passiert?«

Er erzählte es ihr.

»Bist du sicher, daß du nicht verletzt bist?«

»Absolut. Nur ein paar Schrammen und blaue Flecke.«

»Gott sei Dank. Hat er deine Brieftasche erwischt?«

»Nein, ich glaub auch nicht, daß er daran interessiert war.«

Sie sah ihn fragend an. »Woran dann?«

»Ich hatte den Eindruck, er hat versucht, mich umzubringen.«

Sie starrte ihn weiter an und beschloß dann, es dabei zu belassen. »Und du hast ihn nicht sehen können?«

»Nein, ich konnte gar nichts sehen. Er hat mich genau in dem Augenblick angesprungen, als die Lichter ausgingen. Es war stockdunkel.« Vorsichtig versuchte er aufzustehen und stellte fest, daß er sich wieder besser fühlte; die Übelkeit verschwand allmählich. »Ich bin wieder okay.«

Sie stand ebenfalls auf. Einen Augenblick lang schauten sie sich an und umarmten sich dann schweigend. Neben ihnen schimmerten die rissigen Säulen im Licht der Sterne.

»Ich hatte Angst«, flüsterte sie in seine Schulter.

»Kein Wunder. Ich stand selbst ein bißchen auf der Kippe.«

Ihre einzige Antwort bestand darin, sich noch ein wenig tiefer an seiner Schulter zu vergraben.

»Das war ein Wortspiel«, betonte er. »Auf der Kippe stehen.«

»Gar nicht komisch.«

»Nein, war's nicht«, sagte er leise. »Tut mir leid.« Er streichelte ihr weiches, duftendes Haar und hielt sie noch eine Weile in den Armen. »Fühlst du dich wieder besser?«

Er spürte ihr Nicken an seiner Brust. »Komm«, sagte er, »machen wir uns auf den Rückweg.«

Julie bestand darauf, daß sie den Zwischenfall dem khakigekleideten Beamten meldeten, der den Sicherheitsdienst und die Aufsehertruppe von Chichén-Itzá in einer Person zu repräsentieren schien. Im Augenblick war er damit beschäftigt, die Stühle aufeinanderzustapeln und ein paar Leute zu verscheuchen, die nach der Vorstellung noch zusammenstanden und rauchten. Von Gideons Standpunkt aus gesehen, war das kurze

Verhör nicht besonders erfolgreich, was zum einen darauf zurückzuführen war, daß sein rudimentäres Spanisch kaum ausreichte, und zum anderen, weil der Beamte andere Prioritäten hatte als er. Die meiste Zeit ging für einen ermahnenden Vortrag darüber drauf, daß er sich die Show von einem nicht genehmigten Platz aus angesehen hatte. Der Beamte notierte sich allerdings ihre Anschrift im *Mayaland* und versprach, einen Bericht bei den zuständigen Behörden einzureichen. Gideon würde mit Sicherheit zu gegebener Zeit von ihnen hören.

»Was den Versuch angeht, dich umzubringen«, sagte Julie auf dem Rückweg zum Hotel, »bist du wirklich sicher, daß er das versucht hat?«

»Nein«, sagte Gideon wahrheitsgemäß. »Aber um ein Haar hätte er mir mit so was wie einer schweren Kette den Schädel eingeschlagen. Und er hat sich gottverdammt viel Mühe gegeben, mich über die Kante zu treten. Wenigstens hat's sich so angefühlt.«

»Aber warum? Welchen Grund könnte er gehabt haben? Du glaubst doch nicht . . .« Sie blieb stehen. »Die Drohung? Die, von der du behauptet hast, sie würde nichts bedeuten, es wäre nichts als leeres Geschwätz?«

Er zuckte mit den Achseln. »Vielleicht habe ich mich getäuscht.«

»Hast du ihn denn überhaupt sehen können? Würdest du ihn wiedererkennen, wenn du ihn noch mal siehst?«

»Nein, ich konnte nichts sehen, ich konnte nichts hören. Die ganze Sache hat mich völlig überrascht, und alles kann auch kaum länger als fünf Sekunden gedauert haben. Von denen ich die meiste Zeit damit verbracht habe, nicht über die Kante zu rollen.«

»Aber irgendwas mußt du doch erkannt haben. War er groß? Klein? Mager? Fett?«

»Ich weiß es einfach nicht. Er kam mir ziemlich stark vor, aber eigentlich gab es keine Möglichkeit, überhaupt irgendwas festzustellen. Ich habe ihn nie in die Finger gekriegt.«

Sie gingen weiter, wollten nicht zu weit hinter die Gruppe zurückfallen, die von dem Wärter vom Gelände gescheucht worden war. Gideons Ohr begann weh zu tun, seine Rippen schmerzhaft zu pochen. Die durch den Adrenalinausstoß bewirkte Betäubung begann nachzulassen.

»Ich weiß, was du jetzt denkst«, sagte sie. »Du denkst, es wäre jemand von der Crew gewesen.«

Genau das dachte er, allerdings.

Julie drehte sich mit einem Ruck zu ihm um. »Gideon, ich kann einfach nicht glauben, daß es einer von denen gewesen ist. Die Drohung – in Ordnung, das vielleicht. Aber dich dann tatsächlich anzugreifen . . . mit einer *Kette* – wie auch immer, woher wußten sie denn überhaupt, daß wir uns diese Show ansehen wollten? Wir haben es doch keinem erzählt.«

»Nein, aber jeder einzelne von ihnen hätte uns problemlos folgen können. Man hätte uns zu der Show folgen können, und dann, als ich die Treppe hinaufging, hätten sie sich leicht zur anderen Seite der Mauer schleichen, heraufklettern und sich während der Vorstellung vorsichtig oben an mich herantasten können. Und die ganze Crew war vergangene Woche bei der Show. Sie wußten genau, in welchem Augenblick ich geblendet war . . .«

Er seufzte. »Würdest du sagen, meiner Argumentation mangelt es an einer gewissen Plausibilität?«

»Nur ein bißchen.« Sie drehte den Kopf und schaute zu ihm auf. »Gideon, werd jetzt bitte nicht gleich wütend, aber klingt das nicht auch für dich ein klitzekleines bißchen paranoid? Du kannst doch nicht mal mit Sicherheit sagen, ob es ein Amerikaner war. Vielleicht war es jemand, dem du noch nie begegnet bist. Irgendein Verrückter oder ein Besoffener oder ein Drogensüchtiger, der die Nacht dort oben verbracht hat.«

Gideon dachte darüber nach. »Ja, so könnte es natürlich auch gewesen sein.«

»Ist das nicht eine viel vernünftigere Erklärung?«

Gideon faßte sie um die Taille. »Ja«, sagte er mit einem Lächeln. »Stimmt.«

»Immerhin hast du selbst gesagt, du hättest eine Weinfahne gerochen, stimmt's?«

»Ja, stimmt.«

»Und wenn's nur ein paar Sekunden gedauert hat, bis du ihn verjagt hast, und es dunkel war und du dich gewehrt hast, woher willst du wissen, daß er nicht doch einfach nur versucht hat, dich auszurauben?«

»Du hast recht, ich weiß es nicht.«

»Und glaubst du das alles wirklich, oder läßt du mir einfach nur meinen Willen?«

»Ich lasse dir nur deinen Willen«, sagte Gideon. »Jemand *hat* versucht, mich umzubringen.«

12

Als Gideon am nächsten Morgen aufwachte, reckte er sich, ohne groß darüber nachzudenken, und stöhnte dann sofort aus tiefstem Herzen.

»Fühlst du dich ein bißchen zerschlagen?« murmelte Julie neben ihm.

»Wenn du die Tatsache, daß ich mich ohne fürchterliche Schmerzen nicht bewegen kann, mit ›ein bißchen zerschlagen‹ umschreibst, doch ja, ich denke, dann könnte man wohl sagen, daß ich mich ein bißchen zerschlagen fühle. Gott, ich fühle mich wie der *Tin Man* nach einem Jahr im Regen.«

Verschlafen küßte ihn Julie irgendwo in der Nähe der linken Augenbraue und rollte sich gähnend aus dem Bett. »Ich hol dir Aspirin.«

»Danke. So ungefähr vierzig müßten reichen.«

Während sie im Kulturbeutel wühlte, der im Bad auf der Fensterbank stand, aber noch nicht ausgeräumt war, blieb Gideon auf dem Rücken liegen, sorgsam darauf bedacht, sich nicht zu bewegen. Obwohl er normalerweise selten wieder einschlief, wenn er einmal wach war, döste er diesmal ein, glitt in einen unruhigen Traum, vielleicht die Fortsetzung des Traumes, den er gehabt hatte, als er aufwachte.

Er war wieder Kind, lag allein in einem riesigen, kalten Raum auf einem Operationstisch. Er hatte Angst, ihm schlug das Herz bis zum Hals. Etwas Schreckliches würde mit ihm passieren. Er hörte ein unheilverkündendes, knirschendes Geräusch, der Rolltisch begann langsam über den Linoleumboden zu rutschen und steigerte sich nach und nach in ein mörderisches Tempo, bis er schließlich in einem weiteren riesigen Raum zum Stehen kam. Dort glitten, wie auf Schlittschuhen, stumme, längliche Gestalten in weißer OP-Kleidung und Mundschutz herum. Der Äthergeruch stach Gideon in der Nase.

Vor Angst wagte er nicht, sich zu bewegen. Er hörte auf zu atmen. Er schloß die Augen.

Aber sie sahen ihn trotzdem. Eine der großen, schlanken Gestalten näherte sich, hielt ein Skalpell in der Hand, die in einem Gummihandschuh steckte. Die Gestalt murmelte etwas. Und während sie sprach, fiel die Maske herunter, und Gideon konnte sehen, daß sich darunter kein menschlicher Mund befand, überhaupt nichts Menschliches, sondern das runde, knochige Maul eines Fisches.

Die Gestalt ragte über ihm auf. Das Skalpell hatte sich in ein Messer aus Feuerstein verwandelt. Die Gestalt legte die Spitze an Gideons Schlüsselbein und drückte zu. Schreiend trat er nach ihr.

»Auh!« kreischte das Monster.

Auh?

Seine Augen sprangen auf. Julie saß auf der Bettkante, berührte behutsam mit einer Hand seine Schulter, die Fingerspitzen auf seinem Schlüsselbein. »Bist du okay? Ich glaube, du hast geträumt. Hier ist dein Aspirin.«

Er nahm die beiden Tabletten, trank ein paar Schlucke Wasser, ließ sich auf das Bett zurücksinken und versuchte, die sich auflösenden Bilder des Traumes festzuhalten.

»Julie«, sagte er langsam, »es *war* ein Amerikaner.«

»Du hast geträumt, Gideon«, erwiderte sie beruhigend.

»Nein, gestern abend. Der Bursche, der mich überfallen hat. Das war ein Amerikaner.«

»Gestern abend? Aber woher willst du das wissen? Ich dachte, er hätte nichts gesagt.«

»Er hat geächzt. Er hat ›auh‹ gesagt. Ist mir gerade eben wieder eingefallen. Verdammt, wie konnte ich nur so dumm sein?«

Es folgte ein kurzes Schweigen, währenddessen sie ihn fragend ansah. »Sagen Mexikaner denn nicht ›auh‹?«

»Nein, tun sie nicht.«

»Was sagen die denn?«

»Ich weiß nicht genau, aber selbst, wenn sie es sagen würden, käme es anders heraus. Der Anfangsvokal – der *ah*-Laut – würde weiter hinten am Gaumen geformt, und der Gleitlaut zum zweiten Vokal würde nicht so ausgeprägt sein. Es würde sich eher wie zwei einzelne Vokale anhören, nicht wie unser Diphthong.«

»Würde es?«

»Klar.« Er machte es vor.

»Wie bitte? Sie würden nicht ›auh‹ sagen, sie würden ›auh‹ sagen?« Sie klang alles andere als überzeugt.

»Sie würden ›ah-uu‹ sagen«, wiederholte er geduldig, »falls sie es überhaupt sagen. Was sie aber nicht tun.«

»Davon verstehe ich nichts, Gideon«, meinte sie skeptisch. »Das klingt mir alles ziemlich überkandidelt. Er hat doch nur nach einem Schlag in den Magen geächzt, keine großen Reden geschwungen, und ich bezweifle stark, daß du zu diesem Zeitpunkt besonders auf seine Diphthonge geachtet hast. Und außerdem, bist du sicher, daß dein Spanisch so gut ist?«

»Mein Spanisch ist erbärmlich, aber das hat überhaupt nichts damit zu tun. Ich rede hier von der allgemeinen Neigung von Menschen mit romanischen Sprachen zu . . .« Er lachte. »Zum Teufel auch. Vertrau mir einfach.«

Vorsichtig ließ er die Oberarme kreisen. »Ich glaube, die Aspirin fangen an zu wirken. Wie wär's mit Frühstück?«

Gideons Zustand hatte sich während des Frühstückes, bestehend aus *huevos rancheros*, mit Abe und Julie weiter gebessert, aber er wußte, es wäre falsch zu versuchen, sofort an dem Skelett weiterzuarbeiten; nicht in der dazu erforderlichen verkrampften, knienden Haltung. Statt dessen schickte er eine widerwillige Julie mit einem besorgten Abe zur Ausgrabungsstätte und beschloß, sich heute an seine Monographie zu setzen. Aber es war schwer, das »auh« und seine Implikationen aus dem Kopf zu verbannen. Denn wenn es ein Amerikaner gewesen war, der ihn angegriffen hatte, dann war die Sache ziemlich klar: es mußte ein Mitglied der Crew sein. Es gab einfach niemand anderen. Na ja, Stan Ard noch, aber das war's dann auch schon.

Oder bildete er sich dieses »auh« nur ein, erfand es nachträglich als Folge eines verworrenen, kindischen Alptraumes? Die Episode auf der Mauer schien schon weit zurückzuliegen. Er holte tief Luft, zwang sich, seine volle Aufmerksamkeit wieder auf die Arbeit zu richten. Die reichlich oft überarbeitete Monographie lag auf dem Schreibtisch vor ihm, eine fast leere Kanne Kaffee stand neben seinem Ellbogen, und eine Unzahl Notizen und Zettel mit Querverweisen breitete sich auf Tisch, Bett und dem geschnitzten Sekretär aus. Mehrere Stapel Papier lagen im Halbkreis auf dem Boden um seine Füße. Ganz wie zu Hause. Es war genauso schön wie in seinem Arbeitszimmer.

Aber die Arbeit ging ihm nicht von der Hand. Niedergeschlagen starrte er auf den deprimierenden Satz vor ihm:

> Obgleich heute als Ergebnis neuerer Distanz-Funktionsanalysen die sehr früh entwickelte Vernunftbegabtheit des *H. sapiens swanscombensis* in der Forschung allgemein als obsolet erachtet wird, muß sowohl die Frage der Herkunft dieser interessanten Population wie auch ihre taxonomische Nische noch geklärt werden, besonders vis-à-vis der La-Quina- und Ehringsdorf-Populationen, die natürlich im allgemeinen als Proto-West-Neanderthaler klassifiziert werden.

Er trank seine Tasse aus, schüttelte den Kopf und seufzte. Wieso sahen seine wissenschaftlichen Arbeiten immer so aus? Große Güte, »obgleich«! Und dann »vis-à-vis« im gleichen Satz! Und zwei Passiv-Konstruktionen – nein, drei. War das ein Rekord für einen einzelnen Satz? War es das, was ihm fünfzehn Jahre eingehenden Studiums wissenschaftlicher Magazine gebracht hatte? Wenn er nicht aufpaßte, würde er auch noch anfangen, so zu reden.

Er ersetzte das »obgleich« durch »obwohl«, und »vis-à-vis der« durch »im Vergleich zu den«, doch das nützte auch nicht viel. Er schenkte sich den restlichen Kaffee ein und grübelte. Also, wie würde Stan Ard das hier für den *Flak* schreiben? »Aus welcher dunstigen, barbarischen Dämmerung des Altertums kamen diese robusten Menschen mit der kräftigen Stirn gestolpert . . .« Er lächelte. Wenn man ihn fragte: es hatte schon was. Doch damit würde er beim Lektorat der *Pleistocene Anthropology* niemals durchkommen.

Er streckte sich zaghaft und schob den lauwarmen Kaffee fort. Im Verlauf des Morgens war es zunehmend schwül geworden, ein drohender Regen hing schwer in der Luft, und das Hemd klebte ihm feucht auf dem Rücken. Gleichgültig, wie oft er sich die Hände wusch, die Handflächen fühlten sich glitschig an. Ja, sogar die Papierbögen, mit denen er arbeitete, waren weich und schlaff vor Feuchtigkeit. Den trägen Deckenventilator hatte er ausgeschaltet. Wenn er ihn anschaute, wurde ihm heißer, nicht kühler. Zum ersten Mal seit seiner Ankunft sehnte er sich nach den kühlen, grauen, reinigenden Regenschauern Washingtons.

Um halb zwölf klopfte jemand an die Tür. Dankbar für die Unterbrechung schob er die Papiere zur Seite und stand auf, um zu öffnen.

»Emma«, sagte er überrascht. »Ich dachte, Sie wären bei der Ausgrabung.«

»War ich auch. Ich habe heute etwas früher Mittagspause gemacht. Ich muß Ihnen etwas erzählen. Es erklärt alles.«

Sie wurde schon wieder rot, was bei Emma normalerweise ein sicheres Zeichen für zähe Entschlossenheit war. Das ließ nichts Gutes ahnen. Gideon wappnete sich.

»Ich weiß, daß Sie mich auslachen werden, Dr. Oliver, aber ich fühle mich verpflichtet, es Ihnen zu erzählen. Ich begreife, was Ihnen vergangene Nacht zugestoßen ist.«

»Woher wissen Sie, was mir letzte Nacht zugestoßen ist?«

»Alle wissen es«, sagte sie unbekümmert. »Das ganze Hotel redet doch darüber. Aber ich weiß, *warum* es passiert ist. Ich habe mich bei meiner Amethyst-Meditation darauf konzentriert.« Sie zögerte und reckte ihr breites Kinn. »Ich habe eine Verbindung ersten Grades mit einem Wesen hergestellt, das sich Huluc-Canab nennt.«

Es gab kein Entrinnen. Sie stand in der Tür, versperrte den einzigen Weg zur Freiheit, sofern er nicht vom Balkon springen wollte. Er brachte ein Lächeln zustande. »Möchten Sie vielleicht hereinkommen?«

Sie schüttelte heftig den Kopf. Gesellschaftliche Umgangsformen waren nicht Emmas Stärke. »Huluc-Canab hat mir alles erklärt. Erinnern Sie sich, was der Fluch besagte? ›Zweitens, Dunkelheit wird gebrochen und in Licht verwandelt, und die schrecklichen Stimmen der Götter werden erklingen in der Luft, und es wird ein mächtiges Einschlagen auf die Seele erfolgen, so daß der . . .‹«

»Trommeln«, sagte Gideon.

»›. . . ein mächtiges Trommeln auf die Seele erfolgen«, fuhr Emma unbeirrt fort, »so daß der Geist dahinwelkt und verblaßt.‹« Sie sah ihn bedeutungsvoll an.

»Aha«, sagte er.

»Sie verstehen nicht, was das bedeutet?«

»Nein.« Er wußte, daß er ihren ohnehin schwindenden Respekt vor ihm weiter untergrub.

»Dunkelheit wird zu Licht? Stimmen der Götter? Das steht für die Show! Und das ›Trommeln‹ – es steht für das, was *Ihnen* passiert ist. Präziser kann es doch gar nicht sein, oder?«

Vor vielen Jahren, als er nervös den ersten Entwurf seiner Dissertation eingereicht hatte, hatte Abe mit Bleistift einige Bemerkungen auf die Titelseite geschrieben: »Sehr einfallsreich. Wenn man den Mangel an Daten, die nicht schlüssigen Ergebnisse und die mehrdeutige statistische Analyse berücksichtigt, haben Sie ausgezeichnete Arbeit geleistet. Nicht jeder kann zweihundert Seiten mit nichts füllen. Ich wage die Voraussage, daß Sie es noch weit bringen werden.«

Emma, das räumte Gideon gern ein, mangelte es ebenfalls nicht an Einfallsreichtum. »Also, ich weiß nicht«, sagte er, entschied sich, wie Abe, es mit Humor zu versuchen. »Wenn das meine Seele war, auf die sie eintrommeln wollten, dann haben sie aber ganz sicher ein paar Schrammen an der Oberfläche hinterlassen.«

»Ach, kommen Sie, Dr. Oliver«, sagte sie scharf, »Sie wissen doch ganz genau, daß ich recht habe. ›Dunkelheit wird zu . . .‹«

»Emma, diese Show gibt es an jedem Abend des Jahres.«

»Ja, aber das war die erste, bei der *Sie* anwesend waren.«

»Hören Sie, Emma«, argumentierte er, »was sollte es für eine Rolle spielen, daß es für mich die erste Show war? Warum sollten es die Götter ausgerechnet auf mich abgesehen haben? Warum sollten sie ausgerechnet mir das Licht ausblasen wollen und sonst niemandem?«

»Weil«, sagte sie und zeigte auf ihn, stach ihm beinahe in die Brust, »Sie derjenige sind, der ihren Frieden stört.«

»Ich? Emma, was glauben Sie denn, was wir alle hier tun? Was glauben Sie denn, worum es bei Archäologie geht? Wie können wir überhaupt etwas über die Maya erfahren, wenn wir nicht ihren Frieden stören?«

»Ja, ja, aber *Sie* sind der einzige, der den Frieden ihrer Gebeine und den Staub auf ihren Körpern stört, und der Fluch erwähnt doch ganz ausdrücklich . . .«

»Ich erinnere mich sehr wohl an den Fluch«, sagte Gideon mit einem tiefen Seufzer. Es gab keinerlei Anzeichen dafür, daß sich das Gespräch zum Besseren wendete. »Aber wer auch immer mich letzte Nacht überfallen hat, es war ein menschliches Wesen mit einer gewaltigen Weinfahne. Und als er geschlagen wurde, hat er wie jeder andere auch geächzt, und dann ist er auf höchst körperliche Weise davongehumpelt.«

Während er sprach, hatte sich ihr fleckiges Gesicht versteinert. Sie, das sah er, gab ihn auf. Und keine Sekunde zu früh, soweit es ihn betraf.

Sie nickte ihm noch einmal traurig zu, bevor sie sich umdrehte. »In Ordnung, Dr. Oliver, aber sagen Sie nicht, ich hätte nicht versucht, Sie zu warnen. Der zweite Teil des Fluches ist eingetreten. Sie wissen, was als nächstes kommt. Der . . .«

»Warten Sie«, sagte er und hob die Hand wie ein Verkehrspolizist. »Ich glaube nicht, daß ich es wissen will.«

Als sie fort war, stellte er fest, daß er wieder Kopfschmerzen hatte. Er schluckte eine zweite Dosis Aspirin und trat auf den Balkon, um die nicht vorhandene Brise auszunutzen. Er stand ruhig am Geländer und starrte gedankenverloren auf das Blätterdach hinab. Ganz bestimmt war an dem, was Emma gesagt hatte, nichts dran, oder? Natürlich nicht in dem Sinn, wie sie es gemeint hatte . . . Aber war es vielleicht denkbar, daß es einen Zusammenhang zwischen dem Angriff und dem Fluch gab? Daß tatsächlich jemand versuchte, es so zu drehen, als ob . . .

Er hörte, wie hinter seinem Rücken die Zimmertür geöffnet wurde.

»Hallo?« Julies Stimme. Sofort wurde er wieder munter. »Steckt mein Gatte vielleicht irgendwo dort unter all diesen Papieren?«

Er lächelte und kehrte ins Zimmer zurück. »Hallo, kommst du, um mich zu kontrollieren?«

»Ja. Freust du dich, mich zu sehen?«

Er gab ihr einen Kuß auf den Mund. »Hmm, worauf du dich verlassen kannst.«

»Außerdem«, sagte sie, »war mir schon wieder Truthahn-Sandwich absolut zuwider. Ich dachte, vielleicht spendierst du mir ein anständiges Essen im Restaurant.«

»Abgemacht. Wie ist es heute morgen bei der Ausgrabung gelaufen?«

Sie war ins Bad gegangen, um sich die Hände zu waschen. »Bestens«, rief sie bei laufendem Wasser. »Oh, dein Freund Stan Ard ist vorbeigekommen und hat dich gesucht. Ist die ganze Zeit herumgeschlichen, hat nach bluttriefenden Informationen aus erster Hand über das gegeifert, was letzte Nacht passiert ist. Ich habe gesagt, ich hätte keine Ahnung, wo du steckst.« Während sie sich die Hände abtrocknete, kam sie heraus. »Und die Staatspolizei ist auch schon da, was dich sicher freuen wird.«

»Du meinst, sie sind wegen letzter Nacht hier?«

»Ja, und wegen diesem Brief unter der Tür. Ich habe eine halbe Stunde . . .« Es klopfte energisch zweimal kurz an der Tür. »Das muß der Inspektor sein, genau aufs Stichwort.«

»Der Inspektor?«

»Inspektor Marmolejo. Er hat gesagt, du kennst ihn.«

»Allerdings kenne ich ihn«, erwiderte Gideon auf dem Weg zur Tür. Er war überrascht; er hatte nicht damit gerechnet, daß der Wärter aus Chichén-Itzá seinen Bericht so schnell weiterreichte. Oder damit, daß ein ausgewachsener Inspektor direkt herkam.

»Wieso fragen wir ihn nicht, ob er uns beim Mittagessen Gesellschaft leisten will?« schlug Julie vor. »Scheint ein ganz interessanter Mann zu sein.«

»Oh, das ist er«, sagte Gideon. »Das ist er.«

13

Als Gideon Inspektor Javier Alfonso Marmolejo von der Kriminalpolizei des Bundesstaates Yucatán das letzte Mal gesehen hatte, war er noch Subteniente Marmolejo gewesen, ein koboldhafter, pfiffiger kleinerer Beamter, der mit den Ermittlungen im Fall des gestohlenen Kodex zu tun hatte. Er war von seinem wichtigtuerischen Vorgesetzten für wenig mehr als Übersetzungsaufgaben eingesetzt worden; sein Englisch war ausgezeichnet. (»Das liegt daran, daß amerikanische Staatsbürger bei uns so oft in Straftaten verwickelt sind«, hatte er Gideon mit verschmitzter Doppeldeutigkeit erklärt.)

Zu jener Zeit waren für mexikanische Polizeibeamte pseudomilitärische Kleidung und Titel noch Mode gewesen, aber Marmolejo hatte sich als einziger unter seinen mit Orden behängten Kollegen mit ihren blitzblank gewienerten Stiefeln adrett und unauffällig wie ein Verkäufer gekleidet. Nachdem er jetzt in der Welt vorangekommen war, hatte er nichts an seinem

Stil geändert; er trug ein *guayabera* – das am Hals offene, über den Gürtel fallende weiße mexikanische Hemd –, eine ordentlich gebügelte, hellblaue Hose und gutgepflegte Halbschuhe an kleinen Füßen, die kaum den Boden berührten, wenn er saß.

Obwohl Marmolejo noch keine fünfzig war, hatten die vergangenen sechs Jahre ihre Spuren auf seiner mahagonifarbenen Haut hinterlassen. Ein feines Netz bräunlicher Falten zog sich um seine Augen, so daß er heute ein bißchen weniger pfiffig aussah, sondern vielmehr wie ein weiser alter Affe. Auch sein Verhalten hatte sich geändert: der höhere Rang hatte ihm eine Aura selbstbewußter, lässiger Autorität verliehen.

Nicht, daß er 1982 keine Autorität ausgestrahlt hätte, und zwar trotz seines untergeordneten Dienstgrades. Es hatte Augenblicke gegeben, in denen die polizeiliche Operation unter dem fetten und inkompetenten Colonel, der damals die Leitung gehabt hatte, dicht an der Posse entlanggeschlittert war; doch jedesmal war der ausgeglichene Marmolejo auf die eine oder andere Art in der Lage gewesen zu verhindern, daß alles zu einer *opéra bouffe* verkam.

»Ein sehr netter Speisesaal«, meinte er, als sie sich an ihrem Tisch niederließen. »Ich komme immer wieder gern her.«

Das Restaurant des *Mayaland* war der kühlste Ort im Hotel, ein luftiger, gefliester, zwei Etagen hoher Raum mit dicken weißen Wänden und gewaltigen, dunklen, polierten Deckenbalken aus Ceiba-Holz. Vor den mit Fliegendraht geschützten Fenstern befand sich ein langer Balkon mit einem weinumrankten Spalier, das blättrige, grüngetönte Schatten auf die Wände warf. Dahinter lag der himmelblaue Swimmingpool, umrahmt von einer hügeligen, üppigen Landschaft mit tropischen Pflanzen.

Das einzige, was – aus Gideons Sicht – an diesem Raum nicht stimmte, war das gewaltige, eine komplette Schmalseite bedeckende Wandgemälde; eine farbenfrohe Wiedergabe der Maya-Legende des Getreidegottes, gemalt in knalligen Lila- und blutigen Rottönen und voll nackter Frauen mit riesigen Brüsten neben Menschenköpfen, die an den Haaren von Bäumen hingen, und anderen Unerfreulichkeiten, die Teil des Schöpfungsmythos der Maya waren. Durchaus akkurat, aber wohl kaum appetitanregend. Gideon und Julie achteten immer darauf, daß sie ihm den Rücken zukehrten. Heute auch. Marmolejo allerdings hatte sich so gesetzt, daß er das Bild direkt anschauen konnte, und jetzt sah er es sich zufrieden und beinahe zärtlich an. Aber natürlich war Marmolejo ein halber Maya, was ohne Frage einen Unterschied machte.

»So, Inspektor«, sagte Gideon, als die Kellnerin eine Platte mit Hummerpastete und Crackern servierte, »ich freue mich wirklich, Sie wiederzusehen, auch wenn ich mir dafür erst ein paar Blessuren holen mußte.«

Marmolejo brummte zustimmend und nickte freundlich, nahm die nicht angezündete, halb gerauchte Zigarre aus dem Mund und deponierte sie sorgfältig in einem Aschenbecher. Gideon lächelte leise vor sich hin. Marmolejos allgegenwärtige Zigarre brannte nur selten, und wenn, dann immer nur kurze Zeit. Früher war es ein Running Gag gewesen, ob er überhaupt mehr als eine besaß oder sich einfach nur jeden Morgen immer wieder dieselbe in den Mund steckte und abends auf den Nachttisch legte, wenn er ins Bett ging.

»Jetzt geht es Ihnen aber wieder besser?« erkundigte sich der Inspektor.

»Bestens. Nur ein paar Schrammen.«

»Gut.« Er bestrich einen Cracker mit Pastete, biß dann genußvoll hinein. »Wie ich gehört habe, konnten Sie Ihren Angreifer nicht sehen. Sie würden ihn nicht identifizieren können, wenn Sie ihm noch einmal begegnen?«

»Nein, ich konnte überhaupt nichts sehen.«

»Sie können uns keinerlei Anhaltspunkte geben? Ihnen ist gar nichts aufgefallen?«

Gideon zögerte. »Tja . . .«

»Wieso fragst du den Inspektor nicht, ob Mexikaner ›auh‹ sagen?« fragte Julie fröhlich.

Marmolejo hatte schlaue, kleine Augen, die so weit über seiner flachen Nase auseinanderstanden, daß man das Gefühl hatte, sie schauten an beiden Seiten an einem vorbei. Er hob fragend die Augenbrauen, senkte die Lider und schaute an beiden Seiten an Gideon vorbei. »Klingt interessant«, sagte er freundlich.

»Julie«, sagte Gideon, plötzlich unsicher – denn er hatte keine Gelegenheit gehabt, diese Diphthong-Sache in einem seiner Nachschlagewerke zu überprüfen –, »ich weiß nicht, ob jetzt der richtige Augenblick ist . . .«

»Komm schon, Prof, stell deine Theorien auf die Probe. Nicht immer nur reden, sondern auch mal Taten folgen lassen.«

So herausgefordert, blieb Gideon nichts anderes übrig. Was, fragte er sich, würde Marmolejo höchstwahrscheinlich sagen, wenn ihm jemand einen Schlag in den Magen verpaßte?

Der erstaunte Polizist schwieg, während eine Maya-Kellnerin in einem *huipil* ihre Bestellung aufnahm. Alle wollten das Tagesmenü: Suppe, Red Snapper mit gebackener Banane und Safran-Reis, Dessert. Und *Leon Negra,* ein dunkles, nach Moschus riechendes Bier aus der Region.

Marmolejo wartete, bis die Kellnerin wieder fort war. Dann fragte er Julie: »Sprechen Sie zufällig Spanisch, Mrs. Oliver?«

»Nein, tut mir leid.«

Marmolejo nickte und wandte sich an Gideon. »Was ich sagen würde, wenn mir jemand einen Schlag in den Magen verpaßt?« Seine langen, schmalen Zähnen schimmerten, als er plötzlich lächelte. »Ich würde sagen: ›*Chinga tu madre!*‹« Er machte eine energische Geste. »›*Pinche madre!*‹«

Julie sah ihn forschend an. »Will ich wissen, was das bedeutet?«

»Das sind alte mexikanische Redensarten«, erwiderte Marmolejo trocken. »Sehr schwer zu übersetzen.«

Gideon lachte und erklärte, daß er eigentlich weniger meinte, was er *sagen* würde, sondern vielmehr, welches *Geräusch* er von sich geben würde.

»Ah«, sagte Marmolejo, »ansonsten würde ich wahrscheinlich ›*ay!*‹ sagen.« Er dachte noch ein wenig darüber nach. »Oder vielleicht auch ›*ay-ay-ay!*‹ Käme drauf an.«

»Sonst nichts?« hakte Gideon nach.

»Also, wenn ich stark genug motiviert wäre, vielleicht auch

noch ›*hijole!*‹ Ich bin sicher, daß Sie mir schon sehr bald erklären werden, wohin das alles führen soll.«

»Sie würden nicht ›*auh*‹ sagen?« beharrte Gideon.

Marmolejos Augenbrauen wanderten noch ein wenig höher. »›*Auh*‹? Nein, ›*auh*‹ niemals«, sagte er, sprach es für Gideons, wenn schon nicht für Julies Ohren sehr zufriedenstellend wie »a-uuh« aus.

»Hah«, sagte Gideon.

Als die *sopa de lima* kam – eine scharfe Hühnerbrühe, sehr großzügig mit Limone abgeschmeckt –, stürzten sie sich hungrig darauf, während Gideon alles erklärte.

»So«, sagte Marmolejo, »Sie wollen also sagen, daß diese Person, die Sie mit einer Kette angegriffen hat . . .«

»Ich *glaube*, es war eine Kette. Es hat sich angehört wie eine Kette.«

». . . mit etwas, von dem Sie glauben, es wäre eine Kette gewesen, kein *latino* war, sondern ein *norteamericano*.«

Gideon nickte.

»Aber sind das die einzigen beiden Möglichkeiten? Könnte er nicht auch ein, oh, ein Deutscher, ein Engländer oder ein Däne gewesen sein? Von überall auf der Welt kommen Touristen her.«

»Nein, das glaube ich nicht. Ich glaube, es war ein Amerikaner.«

»Weil er . . .« Der Inspektor spitzte gefühlvoll seinen Mund. ». . . ›*auh*‹ gesagt hat?« Es war nicht ganz die amerikanische Version, kam aber nahe daran.

»Genau«, sagte Gideon, der den leicht spöttischen Ton registrierte, »und falls Ihnen danach ist, sich einen Vortrag über vergleichende Linguistik anzuhören, bin ich gerne bereit, Ihnen eine ausführliche Erklärung zu liefern.«

»Lehnen Sie ab«, zischte Julie aus dem Mundwinkel.

»Nein, danke«, erwiderte Marmolejo. »Ich glaube Ihnen gern. Aber ich habe noch eine andere Frage. Sie konnten Ihren Angreifer nicht sehen, ist das richtig? Aber wieso hat er dann Sie sehen können? Oder ist zur Beantwortung dieser Frage ein Vortrag über die Prinzipien der Lichtbrechung erforderlich, in welchem Fall ich mich wieder gern auf Ihr Wort verlasse.«

Gideon lachte. 1982 hatte Worthy das bemerkenswerte Mißverhältnis zwischen Marmolejos finsterem indianischem Aussehen und seinem oft eleganten Englisch folgendermaßen zusammengefaßt. »Man sieht den Mann und rechnet schon damit zu hören: ›Ich Ihnen keine beschissene Marke zeigen müssen.‹ Aber statt dessen bekommt man einen Ricardo Montalban.«

»Er stand im Portikus des Tempels der Jaguare«, sagte Gideon, »geschützt vor dem grellen Scheinwerferlicht. Er schaute in die andere Richtung. Er hat mich genau in dem Augenblick angegriffen, als die Lichter verloschen. *Seine* Augen mußten sich nicht erst auf die Dunkelheit einstellen.«

»Ah, ja, natürlich.« Der Inspektor schenkte sich ein zweites Glas Bier ein und rieb den Rand des Glases mit einem Stück Limone ein. Die Limonen waren mit dem Bier serviert worden. In Yucatán wurde nur sehr wenig ohne Limonen serviert. »Abgesehen von den Mitgliedern Ihrer Expedition, haben Sie noch jemanden in der Nähe gesehen, den Sie kennen – irgendwelche *norteamericanos*?«

»Nein.«

»Was zu der bedauerlichen Schlußfolgerung führt, daß es einer Ihrer Kollegen war, der Sie angegriffen hat, nicht wahr?«

»Ja, ich vermute.«

»Haben Sie einen von ihnen gestern abend dort bemerkt?«

Gideon schüttelte den Kopf.

»Könnte einer von denen Ihnen schaden wollen?«

Gideon lächelte. »Nein. Manche sind zwar ein wenig merkwürdig, aber ich bin noch nicht lange genug hier, um schon jemanden wütend auf mich gemacht zu haben. Zumindest nicht so wütend.«

»Aber genug, daß er Ihnen sagt, Yucatán sofort zu verlassen oder andernfalls zu sterben«, bemerkte Marmolejo sanft. »Ich frage mich, ob hier nicht ein wenig Polizeischutz, natürlich völlig diskret, angebracht wäre.«

»Nein, danke«, erwiderte Gideon energisch. »Wenn Sie damit meinen, daß uns einer Ihrer Männer ständig folgen und auf unserem Balkon hocken soll, während wir schlafen, dann vergessen Sie's gleich wieder.« Er hatte schon einmal unter Polizeischutz gestanden; alles in allem zog er es vor, von einem Möchtegern-Killer verfolgt zu werden, ganz besonders von einem, der so ineffektiv war wie offensichtlich dieser.

»Gideon«, meinte Julie, »findest du nicht, daß das vielleicht doch eine gute Idee wäre?«

»Ich bin sicher, daß wir dezenter arbeiten können«, sagte Marmolejo.

»Ich weiß, aber . . .«

»Sie müssen auch an Ihre Frau denken, Dr. Oliver. Wenn *Sie* in Gefahr schweben, dann auch . . .« Er hob eine Hand, die Finger gespreizt, und blickte in Julies Richtung.

Natürlich hatte er recht, und das war mehr als genug Grund, Vorsichtsmaßnahmen zu ergreifen. Außerdem würde Marmolejo sowieso tun, was er wollte; er war lediglich höflich. Gideon gab nach. »Okay, danke, Inspektor, sehr nett von Ihnen.«

»Gut, aber ich hätte auch gern Ihre Mitarbeit. Kein Herumspazieren mehr. Kein einsames Herumklettern auf geheimnisvollen Ruinen in der Dunkelheit. Wenn Sie zum Hotel gehen oder es verlassen, dann immer nur in Gesellschaft anderer. In Ordnung?«

»Hören Sie, Inspektor, ich brauche keine . . .«

»Er verspricht es«, sagte Julie rasch.

»Schön«, sagte Marmolejo. »Und ich verspreche als Gegenleistung, nachts keinen Mann auf Ihrem Balkon zu postieren.«

Während sie ihren Fisch verspeisten, erzählte Gideon den beiden von seiner Unterhaltung mit Emma.

»Emma Byers?« unterbrach Marmolejo. »Die Frau mit dem roten Gesicht? Die große, kräftige Frau?«

Gideon wußte, worauf er hinauswollte. Er hatte selbst schon daran gedacht, besonders seit seiner Unterhaltung mit Emma.

Es war Julie, die die Frage stellte. »Gideon, könnte es sein, daß du von einer Frau angegriffen worden bist?«

»Ich weiß es nicht«, sagte er aufrichtig. »Ich könnte nicht beschwören, daß es ein Mann war. Es hätte auch eine Frau sein können . . . eine große, kräftige Frau.«

»Was ist mit der Stimme?« sagte Marmolejo. »Sie haben ihn doch sprechen hören.«

»Ich habe ihn – oder sie – grunzen hören. Es war tonlos, nur ein Flüstern. Es hätte sowohl ein Mann als auch eine Frau gewesen sein können.«

»Aber du hast doch gesagt, du hättest eine Weinfahne gerochen«, sagte Julie. »Scheidet Emma damit nicht automatisch aus? Und im übrigen auch Preston? Die essen doch nichts anderes als Seetang und Tofu.«

»Was aber nicht bedeutet, daß sie auch was gegen Alkohol haben. Ich habe selbst schon gesehen, wie sie tranken.« Er schüttelte plötzlich den Kopf. »Nein, tut mir leid, Emma ist zwar ein bißchen seltsam, aber ich kann mir beim besten Willen nicht vorstellen, wie sie versucht, mir mit einer Kette den Schädel einzuschlagen.«

»Das«, sagte Julie, »liegt nur daran, daß du den Gedanken nicht ertragen kannst, daß dich eventuell eine Frau zusammengeschlagen hat.«

Diese versteckte Beleidigung zwang ihn, einigermaßen detailliert zu erklären, daß er durchaus nicht zusammengeschlagen worden war, sondern sich in Anbetracht der Umstände sogar ziemlich gut gehalten hatte.

Marmolejo schien inzwischen über etwas anderes nachzudenken. »Erzählen Sie mir mehr von diesem Fluch«, sagte er. Er hörte sich Gideons Erläuterungen aufmerksam an, stellte mehrere Zwischenfragen und wurde bei den Antworten immer ernster. Er bat um eine Abschrift, die Gideon ihm versprach.

Schließlich schob der Inspektor den leeren Teller beiseite und nahm seine nicht brennende Zigarre in die Hand, klopfte sie geistesabwesend am Rand des Aschenbechers ab. *»Qué cosa«*, sagte er leise, schaute dabei unter gesenkten Lidern auf das Wandgemälde des Getreidegottes, wodurch seine Augen wie Schlitze wirkten.

»Wissen Sie, wie Tlaloc hier in der Gegend genannt wird?« fragte er. »Ich meine nicht von den *meridanos*, ich meine von der Landbevölkerung, den *yucatecos*. Sie nennen es *la ciudad de mal-*

diciónes, die verfluchte Stadt. So haben sie sie schon genannt, lange bevor Außenstehende überhaupt von ihr wußten. So haben schon ihre Väter und Großväter die Stadt genannt.« Ernst steckte er sich die Zigarre in den Mund. »*La ciudad de maldiciónes.*«

Gideon starrte ihn beklommen an. Was, zum Teufel, sollte das alles? Marmolejo war ein intelligenter, pragmatisch denkender Mann. Ganz gewiß würde er einem vierhundert Jahre alten Fluch keinen Glauben schenken.

Oder vielleicht doch nicht ganz so gewiß. Einmal, nach ein paar Gläschen Brandy, hatte er Gideon von seiner außergewöhnlichen Vergangenheit erzählt. Er war in Tzakol, im Dorf seiner Maya-Mutter, geboren, das Gideon selbst schon gesehen hatte – eine heruntergekommene kleine Ansammlung von Hütten in der Nähe der Grenze zu Quintana Roo, wo Flüche zweifellos so verbreitet und alltäglich waren wie die Schweine, die sich mitten auf den matschigen Straßen sonnten. Als er sieben Jahre alt war, hatte sein Vater die Familie nach Mérida gebracht. Mit elf war er einer in der Armee von Kindern, die in der Nähe des *mercado* kleine Snacks aus Kokosscheiben und geschälten Orangen verkauften.

Trotz äußerst widriger Umstände hatte er die Schule geschafft und schließlich genug gespart, um sich in die damals von Bestechung und Korruption heimgesuchte Polizei Yucatáns einzukaufen. Heute, nach der Säuberung, war er aufgrund seiner Integrität und seiner Fähigkeiten ein hochrangiger Beamter. Als Erwachsener war er auf die Universität von Yucatán gegangen. Er war einer der wenigen Provinzbeamten, die einen Abschluß auf der neuen nationalen Polizeiakademie gemacht hatten. Er war ein gebildeter Mann.

Aber wer konnte schon sagen, wieviel Tzakol er immer noch unter dieser rationalen, klugen Oberfläche mit sich herumschleppte?

Er bemerkte, wie Gideon ihn ansah, und lachte. »Keine Angst, mein Freund. Ich bezweifle sehr stark, daß es die Götter waren, die Sie mit einer Kette angegriffen haben. Falls es eine Kette war.«

»Freut mich sehr, das zu hören«, meinte Gideon.

Von draußen drang dröhnendes Platschen herein. Jetzt fing es doch noch an zu regnen. Der Regen krachte auf die Oberfläche des Swimmingpools wie ein dressierter Wal, der in ein Becken zurückfällt, stimmte dann ein gewaltiges Trommeln auf dem Wasser, dem großblättrigen Laub und dem Dach des Restaurants an. Julie, die stolz darauf war, im feuchtesten Mikroklima der Vereinigten Staaten aufgewachsen zu sein, hatte etwas Vergleichbares noch nie zuvor erlebt und schaute mit offenem Mund zu.

»Andererseits«, sagte Marmolejo gelassen und griff nach seiner Zigarre, »würde ich sie auch nicht unbedingt herausfordern.«

Durch den Wolkenbruch verschwand die klebrige Feuchtigkeit aus der Luft, als hätte der Regen sie in die Erde gehämmert, und eine herrliche, nach Blüten duftende Brise zog durch den Speiseraum wie Balsam in eine Wunde. Sie lehnten sich zurück, genossen es. Auf Marmolejos Vorschlag bestellten sie Kaffee zu ihrem Karamel-Pudding. Noch vor wenigen Augenblicken wäre heißer Kaffee völlig undenkbar gewesen.

»Ich möchte Ihnen beiden etwas zeigen«, sagte er. Er stellte seine Tasse ab, nahm von dem freien Stuhl zu seiner Rechten eine Papiertüte und legte sie auf den Tisch. Dann griff er vorsichtig hinein und zog eine alte Stanley-Rohrzange heraus, deren rote Lackierung durch häufige Benutzung beinahe ganz verschwunden war.

»Erkennen Sie das hier?«

»Ich glaube schon«, sagte Julie. »Ist das nicht eines der Ausgrabungswerkzeuge?«

Gideon bestätigte das.

Marmolejo sah Gideon an. »Sonst kommt es Ihnen nicht bekannt vor?«

»Also, ich glaube, es ist die gleiche, die wir auch 82 benutzt haben, falls Sie das meinen.«

Marmolejo schüttelte den Kopf. Das meinte er nicht. Er nahm die schwere Zange sorgfältig in die Hand, nicht am Handgriff, sondern in der Nähe der lockeren Backen, und hob sie hoch. Er schüttelte sie einmal fest und kurz.

Klirr.

Und ob das ein vertrautes Geräusch war. Ruckartig setzte Gideon sich auf. »Damit wollte er mir den Schädel einschlagen! Nicht mit einer Kette, mit einer Rohrzange!«

Mit einem zufriedenen Lächeln legte Marmolejo sie wieder auf den Tisch und zeigte mit seinem Kugelschreiber auf den Kopf der Zange, auf einen kaum erkennbaren weißen Fleck. »Man kann noch genau sehen, wo sie gegen den Kalkstein gekracht ist, als sie Ihren Kopf verfehlte.«

»Wo haben Sie die gefunden?« fragte Julie mit leicht zittriger Stimme.

»Hinter einer der Mauern des Ballspielplatzes, am anderen Ende, vor dem Tempel des Bärtigen Mannes.«

Gideon nickte. »Stimmt, in die Richtung ist er fortgelaufen. Er muß sie von der Mauer geworfen haben. Haben Sie irgendwelche Fingerabdrücke gefunden?«

»Noch nicht, und ich habe auch wenig Hoffnung, daß ich welche finde. Aber selbst wenn dem so wäre, was dann? Im Verlauf der Ausgrabung werden eine Menge Leute damit gearbeitet haben.«

Julie starrte fasziniert und blaß die große Rohrzange an. »Ist die *schwer*«, sagte sie. »Mein Gott, wenn das Ding dich am Kopf erwischt hätte, würde er . . . würde er . . .«

»Wie eine Eierschale«, sagte Gideon. »Tja, damit kann das dann ja wohl als ziemlich gesichert angesehen werden: es muß einer der Crew gewesen sein. Die Werkzeuge werden ausnahmslos im Arbeitsschuppen aufbewahrt.«

»Es sieht so aus«, sagte Marmolejo. »Aaah, hier kommt unser Dessert. Oh, ich liebe *flan*.«

Die nächsten paar Tage verlief die Ausgrabung beinahe so, als sei nichts Ungewöhnliches passiert. Obwohl Gideon und Julie alles viel genauer beobachteten, wirkte die Crew genausowenig bedrohlich wie sonst. Sie bemerkten keine geheimnisvollen Blicke, kein verdächtiges Verhalten. Niemand schlich schuldbewußt herum. Worthy war Worthy, Leo war Leo, Emma war Emma.

Manche sicherlich ein bißchen seltsam, vielleicht sogar ein wenig mehr als seltsam, aber kein erkennbarer Möchtegern-Mörder darunter.

Marmolejos Schutz entpuppte sich als leise sprechender, uniformierter Beamter, der die Crew auf ihrem Weg von und nach Tlaloc begleitete und sich während des Arbeitstages unauffällig auf dem Ausgrabungsgelände herumtrieb. Andere Polizisten, in Zivil, befanden sich abends im Hotel. Sie hatten nicht nur den Auftrag, Gideon zu schützen, sondern sollten ebenfalls ganz allgemein ein wachsames Auge auf alles halten, was sie auch mit aller gebotener Zurückhaltung taten. Abe hatte versucht, dem uniformierten Mann eine Arbeit anzudrehen – »solange Sie nur in der Gegend herumstehen und sowieso nichts zu tun haben« –, wurde aber höflich zurückgewiesen.

So unauffällig effizient sie auch zu sein schienen, konnten sie doch nicht verhindern, daß sich der nächste Teil des Fluches von Tlaloc erfüllte. Diesmal war nicht Gideon der Hauptleidtragende.

Zwischen zehn Uhr am folgenden Montagabend bis vier Uhr morgens wurde jedes einzelne Mitglied der Gruppe – laut ihren Erzählungen am Dienstag – von schweren Durchfall-Attacken heimgesucht, einige bis weit in die Morgenstunden. Mehrere, Julie und Abe eingeschlossen, litten unter periodisch auftretenden Krämpfen, und alle waren geschwächt und fühlten sich unwohl, und zwar so sehr, daß Abe die Arbeit für diesen Tag absagte.

Es wurde Mittag, bevor einer nach dem anderen aus seinem Zimmer kam, um den bleichen, geschwächten Kollegen auf der Veranda Gesellschaft zu leisten, wo sie vorsichtig Suppe oder Tee schlürften und über diese letzte Mißfallensbekundung der Götter diskutierten.

Denn natürlich war es genau das, was Emma behauptete. Und wenn sie ihr Publikum schon nicht überzeugt hatte, so war es zumindest passiv und nahezu bewegungsunfähig. Gideon, der dank seiner robusten Konstitution nicht zu sehr leiden mußte, war nach unten gegangen, um eine Kanne Manzanilla-Tee für

Julie zu holen. Während er an der Bar wartete, konnte er hören, wie Emma sich lang und breit ausließ.

Die Gruppe saß an dem großen Tisch, den sie sich mehr oder weniger auf Dauer angeeignet hatte, und Emma schien beim Resümee ihres Diskurses angelangt zu sein. In der Nähe stocherte sich ein hängebackiger Mexikaner, von dem Gideon wußte, daß er zu Marmolejos Männern gehörte, träge mit einem Zahnstocher in den Zähnen und starrte friedlich ins Nichts.

»Offensichtlich«, unterrichtete Emma gerade sehr ernst die Crew, »entwickelt sich der Fluch exakt wie vorausgesagt. Schritt für Schritt.«

Das Ausmaß ihres Leidens zeigte sich daran, daß ihr niemand widersprach. Selbst Worthy, der noch vor einem Tag ganz sicher die Herausforderung angenommen hätte, saß in trübem Schweigen da. Er sah aus, als hätte man ihn eine Woche in einer Salzlake eingelegt. Harvey, bleich und glanzlos wie ein Gespenst, starrte skeptisch in seine Suppe. Und Leo, mit dem Muskeltonus einer Bananenschnecke, lag zusammengesunken in seinem Sessel und richtete seine gesamte Aufmerksamkeit darauf, eine Tasse an die Lippen zu heben. Preston, der sowieso kaum widersprochen hätte, streckte alle viere von sich, die Augen zusammengekniffen, das ganze Elend auf seiner attraktiven, fahlen Stirn eingegraben.

Emma, die nicht besser aussah als die anderen, fuhr unbeirrt fort: »Erstens, der blutsaugende Kinkajou sollte kommen, und er ist gekommen. Zweitens . . .«

Aber, so krank Worthy auch war, das war dann doch zuviel für ihn. »Ach, um Himmels willen«, sagte er bissig, »jeder weiß doch, daß das nur ein Scherz war. Wollen Sie etwa allen Ernstes behaupten, die Götter hätten der armen Kreatur das Schild um den Hals gehängt?«

Sein Beispiel machte Harvey Mut. »Und außerdem«, krächzte er, um die Sache klarzustellen, »war es kein Kinkajou, sondern ein Coatimundi. Das hat Julie gesagt.«

»Genau«, sagte Worthy. »Oder kennen Ihre allwissenden Götter den Unterschied nicht?«

»Worauf es ankommt, ist die Projektion gedanklicher Konstruktionen in unser kollektives Bewußtsein«, erwiderte Emma mit ruhiger Unerschütterlichkeit. »Die Struktur der physischen Realität bedeutet gar nichts. Man muß es nehmen, wie es kommt, Harvey.« Anscheinend war sie zu dem Schluß gekommen, daß für Worthy sowieso jede Hilfe zu spät kam. »Wenn man alles analysiert, stößt man zwangsläufig auf die Heisenbergsche Unschärferelation.«

Was ihre Kritiker natürlich sofort zum Verstummen brachte und ihr Gelegenheit gab, fortzufahren. »Zweitens . . . nun, Sie alle wissen, was Dr. Oliver zugestoßen ist. Drittens, Tucumbalam würde unsere Innereien in Feuer verwandeln . . .«

»Urk«, gab Harvey leise von sich und legte seine Stirn auf den Tisch.

». . . unsere Innereien in Feuer und blutigen Ausfluß verwandeln . . .«

Bei diesen Worten schüttelte sich Worthy, wurde noch grauer und stand auf. »Entschuldigen Sie mich«, sagte er und wandte sich zum Gehen, die Arme fest an seine Seiten geklemmt. Schweiß glitzerte auf seinem spärlichen Bart.

Leo schlug träge die Augen auf und versuchte zu grinsen. »He, Worthy, was ist das für ein Gefühl, zur Abwechslung mal wie alle anderen auch die *turista* zu haben?«

Worthy blieb stehen und starrte Leo an. »Alles in allem«, sagte er trocken, »ist eine Verstopfung erheblich vorzuziehen.« Und dann begann er steifbeinig auf sein Cottage zuzutraben.

Resolut fuhr Emma fort. »Und jetzt steht uns die vierte Phase bevor. ›Viertens, der namens Xecotcavach . . .‹«

Leo fiel ihr ins Wort, richtete sich mit Mühe in seinem Sessel fast ganz auf und sah ausnahmsweise bierernst aus. »Emma, was soll die ganze Scheiße? Wenn Sie soviel davon verstehen, wieso verbrennen Sie dann nicht einfach ein bißchen Tofu oder was weiß ich, um die Götter zu besänftigen? Was sollen wir Ihrer Meinung nach denn tun? Von hier verschwinden und nach Hause fahren, oder was?«

Emma funkelte ihn wütend an. »Nein, im Augenblick, glaube

ich, noch nicht. Sie wollen uns im Grunde nichts tun, sie wollen uns nur eine Lehre erteilen.« Ihre Zungenspitze zuckte über ihre Lippen. Eine stumpfe Röte verfärbte ihr Gesicht, breitete sich vom Hals nach oben auf den Wangen aus. »Es wird Sie sicherlich interessieren zu erfahren, daß ich glaube, einen biopsychischen Energiestrom zu einer Persönlichkeit hergestellt zu haben, die sich selbst Huluc-Canab nennt. Aber«, fügte sie bescheiden hinzu, »mit Sicherheit kann ich das noch nicht sagen. Vielleicht ist es ja auch nur eine Regression in eine frühere Inkarnation.«

»He, Emma, was sind Sie, ein Medium oder was?«

Der Sprecher war Stan Ard, der von Gideon unbemerkt an einem benachbarten Tisch beim Bier saß und sein Notizbuch auf einem kräftigen Schenkel balancierte.

»Das Wort *Medium* gefällt mir nicht sehr«, sagte Emma und plusterte sich beim Anblick von Ards sich langsam bewegendem Kugelschreiber sofort auf, »aber, ja, ich gebe zu, ich hatte schon gewisse Erfolge mit dem Empfang gedankenstruktureller Energie von Persönlichkeitsmanifestationen auf der anderen Seite der physisch-realen Leere.«

»Moment«, sagte Ard lachend und schaute von seinem Notizbuch auf. »Persönlichkeits-was?«

»Persönlichkeitsmanifestationen, die sich mit unserer Definition materieller Wirklichkeit nicht fassen lassen«, erklärte Emma hilfsbereit. »Ich stelle sie mir als . . .«

»Su té, señor«, sagte die Barkeeperin zu Gideon.

»Gracias«, erwiderte er und setzte seine Unterschrift unter den Beleg.

Sie lächelte. »Manzanilla-Tee ist sehr gut gegen das, was Sie plagt«, sagte sie auf Englisch.

»Wir wollen's hoffen«, meinte Gideon. »Wissen Sie zufälligerweise, ob die *turista* bei allen Gästen ausgebrochen ist?«

»Nein, *señor,* ich glaube nicht. Nur bei Ihrer Gruppe.«

»Keine Probleme mit der Wasserversorgung des Hotels?«

»Señor«, sagte sie vorwurfsvoll, »dies hier ist das *Mayaland.* Zweifellos haben Sie woanders gespeist.«

»Nein«, sagte Abe langsam und schüttelte den Kopf, »alles, was ich diese Woche gegessen habe, kommt aus dem Hotel. Du doch auch, oder? Und Julie?«

»Stimmt«, sagte Gideon. »Wenn also etwas im Essen war, dann muß es auch aus der Hotelküche gekommen sein.«

Abe nickte. Er hatte sich im Bett aufgestützt, zittrig und mit fahlen Wangen, und sah unansehnlich aus, wie unrasierte alte Männer in Schlafanzügen eben aussehen. Aber er wibbelte unruhig herum, schlug die Beine übereinander und legte sie dann wieder anders hin und knuffte die Kissen, die unter seinen Rükken gestopft waren, gereizt immer wieder zurecht.

Als Gideon Julie den Tee gebracht hatte, hatte sie drei Schlukke getrunken, geseufzt, ihm ihr wunderbares Lächeln geschenkt und war mit einer Hand auf seiner friedlich eingeschlummert. Gideon war sitzengeblieben, bis sie fest schlief, hatte dann vorsichtig seine Hand befreit, in der Bar eine Schale Suppe und etwas Brot geholt und war nach Abe sehen gegangen. Als er ihn das letzte Mal gegen zehn Uhr morgens besucht hatte, war Abe noch nicht fähig gewesen, etwas zu sich zu nehmen.

»Und was ist das für eine Suppe?« sagte Abe, zeigte lustlos auf die zugedeckte Schale.

»Was für eine darf's denn sein?«

Doch für so etwas war Abe nicht in der richtigen Stimmung. »Bei einem Anthropologen erwarte ich keinen ethnischen Humor«, erwiderte er scharf.

»In Ordnung, Hühnerbrühe.«

Abe gab ein knurrendes Geräusch von sich. »Ferner erwarte ich kein sklavisches Festhalten an überholten Stereotypen.«

»Mann, du hast todsicher eine wunderbare Laune. Ich bin wirklich froh, daß ich gekommen bin und dich ein wenig aufheitern konnte. Hör zu, nennen wir sie doch einfach *caldo de pollo,* wenn du dich dann besser fühlst. Und es ist eine verdammt gute Therapie. Sie ist bekömmlich, nahrhaft, leicht zu schlucken. Sie ersetzt durch Dehydratation verlorengegangene Flüssigkeiten. Sie . . .«

Abe hielt sich die Ohren zu und verzog das Gesicht. »In Ordnung, ich werde diese verdammte Suppe essen, recht so?«

Gideon nahm den Deckel von der Schale und stellte das Tablett auf Abes Schoß. »Wirklich sehr gern geschehen«, sagte er. »Keine Ursache, sich zu bedanken.«

Schließlich lächelte Abe matt und lehnte sich entspannt in die Kissen. »Vielen herzlichen Dank, Gideon. Wirklich sehr nett von dir. Schön, daß du daran gedacht hast.« Er führte einen Löffel zum Mund und schluckte. »Gut«, sagte er. »Mir war gar nicht bewußt, daß ich so hungrig bin.« Ein paar Sekunden aß er schweigend und lebte sichtlich wieder auf.

»Du hast recht«, sagte er, »ich bin heute morgen tatsächlich nicht in meiner gewohnten guten Stimmung.«

»Ach, wirklich? Mir ist nichts Ungewöhnliches aufgefallen.«

Wieder lächelte Abe. »Nein, ich habe *rumgekvetcht*, stimmt, bin heute in einer ausgesprochen nörglerischen Laune, und das nicht nur, weil ich mich nicht besonders fühle.« Er rührte mit dem Löffel in der Schale, starrte finster hinein. »Es ist, weil wir *alle* krank sind, Gideon. Jemand versucht es so aussehen zu lassen, als wäre der Fluch echt.« Er wedelte lustlos mit einer Hand. »Setz dich, ja?«

Gideon holte einen der dunklen Holzstühle vom Schreibtisch neben das Bett, drehte ihn um und setzte sich, die Unterarme auf die Rückenlehne gelegt. »Ja, genau das hat Emma vorhin erst all denen erklärt, die's noch nicht begriffen haben.«

»Es sei denn, das ganze Hotel wäre krank geworden, was natürlich alles in einem völlig anderen Licht erscheinen lassen würde.«

»Das habe ich bereits nachgeprüft.«

»Und wir sind die einzigen?«

»Nur wir, ja.«

»Dachte ich's mir doch.« Er riß ein winziges Stück von einer schlabberigen Scheibe Weißbrot ab und kaute nachdenklich und langsam darauf herum. »Hast du irgendeine Idee, wie das gemacht worden ist?«

»Also, offensichtlich muß es etwas gewesen sein, das niemand außer uns gegessen hat.«

»Richtig. Ist es nicht wunderbar, Wissenschaftler zu sein und auf solche sagenhaften Deduktionen zu kommen?«

»Allerdings glaube ich nicht, daß es *Escherichia coli* oder Salmonellen oder irgendwelche anderen *turista*-Bazillen gewesen sind. Dazu sind wir nicht krank genug.«

»Sprich bitte nur für dich selbst.«

»Du weißt schon, was ich meine. Anscheinend befinden sich alle schon wieder auf dem Wege der Besserung – einschließlich dir –, und soweit ich weiß, hat keiner gebrochen oder Fieber. Nur akute Diarrhöe, verbunden mit leichtem Schwächegefühl und Krämpfen, nichts Ernstes.«

»Du hast gut reden«, brummte Abe. »Aber du hast recht. Ich werd's überleben. Also, was meinst du, hat uns jemand ein Abführmittel ins Essen geschmuggelt?«

»Sieht ganz danach aus.«

»Finde ich auch.« Er reichte Gideon das Tablett, das er auf eine Kommode stellen sollte. Er hatte den größten Teil der Suppe und eine halbe Scheibe Brot gegessen, und seine Wangen hatten wieder etwas Farbe bekommen. »Daraus ergibt sich die Frage, was haben wir gestern gegessen, das sonst niemand im Hotel gegessen hat? Das Frühstück kann's nicht gewesen sein, denn das stellt sich jeder ganz individuell aus der normalen Speisekarte zusammen, und für das Abendessen gilt das gleiche. Damit bleibt also . . .«

»Das Mittagessen, das im Hotel zubereitet, eingepackt und unbeaufsichtigt in der Bar deponiert wird, wo wir es uns morgens abholen können. Praktisch jeder hätte problemlos etwas beimischen können.«

Abe schüttelte den Kopf. »Nein, Preston und Emma bereiten sich ihr eigenes Mittagessen aus Bienenpollen und Sonnenblumenkeimen oder was auch immer zu, und die beiden sind ebenfalls erkrankt.« Er blickte scharf auf. »Haben sie wenigstens gesagt.«

»Falls dem nicht so war, haben sie auf jeden Fall eine ziemlich gute Show abgezogen, die grüne Gesichtsfarbe eingeschlossen.«

Beide dachten weiter nach, hatten nachdenklich das Kinn auf

die Brust gesenkt. Gleichzeitig schauten sie wieder auf. »Der Saft!«

Jeden Morgen um halb zehn kam ein Junge aus dem *Mayaland* mit einem verschlossenen Drei-Gallonen-Behälter kaltem Obstsaft zur Ausgrabungsstelle, dem die gesamte Crew ausgiebig zusprach und der den ganzen Tag auf einem Tisch im Arbeitsschuppen stand. Unbeaufsichtigt.

»Also, wie schwer wäre es gewesen, ein paar Löffel Abführmittel da reinzumischen?« fragte Abe rhetorisch. »Zum Beispiel *Cascara sagrada*. Das kriegt man ohne Rezept als Abführmittel, und man muß die Tabletten lediglich pulverisieren.«

»Gestern hatten wir naturtrüben Apfelsaft, oder?« fragte Gideon. »Wem wäre es schon aufgefallen, wenn er durch das *Cascara* eine Idee dunkler ist?«

Abe seufzte tief auf. »Hier läuft wirklich jemand mit einem wunderbaren Sinn für Humor herum.«

»Ich frag mich immer wieder, ob Emma wohl dahintersteckt«, sagte Gideon. »Todsicher liefert das alles eine Menge Wasser auf ihre Mühlen. Vielleicht leistet sie ihrem Freund Huluc-Canab ein bißchen Schützenhilfe von der anderen Seite der physisch-realen Leere.«

»Aber du glaubst doch nicht wirklich, daß sie dich überfallen hat.«

»Nein.« Er schwieg kurz, fügte dann hinzu: »Ich könnte es zumindest nicht beschwören.«

»Was ist mit dem Coatimundi?«

»Nein, das war nicht Emma. Das war etwas anderes, das war ein Scherz.«

»Vielleicht war es etwas anderes, vielleicht auch nicht. Wenn sich eine Menge merkwürdige Dinge parallel ereignen, dann haben sie so die Eigenart, sich als zusammenhängend herauszustellen. Goldsteins Theorem zueinander in Beziehung stehender fauler Tricks und Ereignisse.«

Gideon lächelte. »Könnte sein.«

»Natürlich. Egal, in einem Punkt hast du auf jeden Fall recht.« Zum ersten Mal schimmerte ein winziges Funkeln in Abes Augen. »Emma ist für den Coatimundi nicht verantwortlich. Dahinter hat jemand anderes gesteckt.«

Gideon beugte sich über die Lehne des Stuhles, legte das Kinn auf die verschränkten Unterarme. »Okay, Abe, du weißt etwas, das ich nicht weiß. Laß hören.«

»Also . . .« Abe lehnte sich behaglich in die Kissen zurück, die Hände hinter dem Nacken verschränkt. »Da ich heute morgen geraume Zeit zur Verfügung hatte, habe ich ein bißchen nachgedacht, und ich habe über diesen Coatimundi sinniert. Was ich mich gefragt habe, war, wo findet man solch ein Tier?«

»Die sind in dieser Gegend heimisch. Julie sagt, man findet sie wahrscheinlich überall im Dschungel.«

»Sicher, aber wie oft bekommt man eines zu sehen? Überhaupt mal? Meinst du, du könntest einfach in den Dschungel marschieren und eines fangen, wenn du beschlossen hat, uns anderen einen kleinen Streich zu spielen?«

»Also, nein. Das sind wilde Tiere. Sie . . . okay, woher kriegt man einen Coatimundi, wenn man einen braucht?«

»Also, ich, ich würde eine Tierhandlung anrufen«, sagte Abe, »was ich dann auch getan habe. Wie sich herausstellt, gibt es zwei Tierhandlungen in Mérida, und in der ersten, die ich angerufen habe, auf der Avenida Colón, hat man mir gesagt, es wäre komisch, aber er hätte fast zwei Monate einen Coati gehabt, den kein Mensch wollte, und jetzt wäre ich schon der zweite *norteamericano* in einer Woche, der einen wolle.«

Gideon richtete sich auf. »Und du hast herausgefunden, wer dieser andere war?«

Doch Abe ließ sich Zeit mit seiner Pointe. Der Coati, sagte er zu Gideon, wurde telefonisch bestellt und nach Piste geliefert, was zufälligerweise das dem *Mayaland* am nächsten gelegene Dorf ist, etwa anderthalb Meilen entfernt. Ein bescheidenes, leicht heruntergekommenes kleines Straßendorf, das zu einem Zentrum für Touristen geworden war, die sich den Luxus des *Mayaland* nicht leisten konnten oder wollten. Der Käufer hatte das in einem Karton verschickte Tier an der Bushaltestelle direkt vor der *Mayan Cave Bar Disco (»English Spooken Here«)* in Empfang genommen und war von dort aus mit einem Taxi Richtung *Mayaland* abgefahren. Dies alles war, solle Gideon nicht vergessen, am späten Dienstagnachmittag passiert, am Tag, bevor das Coati im Arbeitsschuppen entdeckt wurde.

»Und der Name«, brummte Gideon leise, »dieses geheimnisvollen Gringos war . . .«

»Nein, Señor Merino wußte seinen Namen nicht, aber er konnte ihn beschreiben: ›*Un hombre con una barba de chivo.*‹«

Gideons Spanisch reichte nicht aus. »Ein Mann mit einem was?«

Abe tippte sich mit einem Finger aufs Kinn. »Einem Ziegenbart.«

»Worthy?«

Abe nickte. »Du hattest von Anfang an recht.«

Das Erzählen hatte ihn ermüdet. Er ließ seine mageren Arme sinken, fiel zurück in die Kissen und schloß ein paar Sekunden lang die Augen. »Im Augenblick bin ich ein wenig müde, aber in einer Stunde werde ich mich schon wieder erheblich besser fühlen. Ich zieh mich an und geh zu ihm, red mit ihm und finde heraus, was Sache ist. Und sag ihm, was Sache ist«, fügte er hinzu.

»Den Teufel tust du«, sagte Gideon mit Nachdruck. »Du bleibst heute schön im Bett. *Ich* werde mit Worthy reden.«

»Nein«, sagte Abe und schüttelte den Kopf. »Darum kümmere ich mich. Das ist meine Aufgabe, nicht deine.«

»Wie wär's, wenn du sie delegieren würdest? Ich geh jetzt sofort zu ihm. Ich will, daß du es langsam angehen läßt und erst wieder zu Kräften kommst. Komm schon, Abe, sei vernünftig.«

»Vielleicht hast du recht«, erwiderte Abe sanftmütig, und Gideon warf ihm einen besorgten Blick zu. Fügsamkeit war nicht seine Art.

»Abe, ich denke, es wäre keine schlechte Idee, wenn der Hotelarzt mal nach dir schauen würde.«

Was Abe mit einer wegwerfenden Handbewegung abtat. »Nein, nein. Ich nehme Flüssigkeiten zu mir. Ich ruhe mich aus.« Wieder schloß er die Augen und machte es sich zum Schlafen bequem. »Du wirst schon sehen. Bald bin ich wieder auf dem Damm.«

»In Ordnung«, sagte Gideon unsicher und stand auf. »Ich schau später noch mal rein und lasse dich wissen, wie es mit Worthy gelaufen ist.«

»Du willst mich kontrollieren, meinst du wohl«, sagte Abe müde. »In Ordnung, danke.«

Gideon hatte die Tür erreicht, als Abe ihm nachrief: »Gideon?«

»Ja?«

Abe hatte die Hände friedlich auf der Brust gefaltet. Seine Augen waren immer noch geschlossen. »Wenn du noch eine Schale Hühnerbrühe mitbringst, würde ich nicht nein sagen.«

»Na schön«, sagte Worthy gereizt, »ich bin der Übeltäter. Ich geb's ja zu. Ich habe das arme Tierchen in den Arbeitsschuppen gesperrt. Es war doch nur ein *Scherz*.«

Mit einem Taschentuch tupfte er sich die schweißglänzende Stirn ab. »Können wir nicht später weiterreden? Ich fühle mich wirklich nicht so besonders.«

»Keinem von uns geht's besser, Worthy. Genau deshalb rede ich ja mit Ihnen.«

Worthy starrte ihn stumm über den Tisch in seinem Zimmer an.

»Wieviel kostet ein Coati?« wollte Gideon wissen.

Worthy zuckte mit den Achseln. »Fünfundfünfzig amerikanische Dollar.«

»Eine Menge Geld für einen Scherz.« Er lächelte, auch wenn ihm gar nicht danach war. »Nicht, daß es nicht wirklich komisch war.«

Was Worthy zu freuen schien; er lächelte sogar ein wenig. »Tja, ich wollte *wirklich* was damit sagen, wissen Sie, auch wenn's für Emma ein bißchen zu subtil gewesen zu sein scheint. Gideon, worauf soll das hier hinauslaufen? Sie haben mein Geständnis. Was gibt's noch groß zu besprechen?«

Gideon lehnte sich zurück und musterte ihn. Es gab durchaus

noch einiges zu besprechen: hatte Worthy noch auf andere subtile Weise versucht, etwas zu sagen? Indem er zum Beispiel etwas Scheußliches in den Apfelsaft kippte? (Denn wer kannte sich besser mit Abführmitteln aus als er?) Im Tempel grub, wenn er es gar nicht tun sollte? Morddrohungen unter Türen durchschob? Sich mit einer Rohrzange bewaffnet in Chichén-Itzá herumschlich?

Er beschloß, die Karten zumindest teilweise auf den Tisch zu legen. »Ich habe mich gefragt, ob Sie wohl auch etwas mit diesem Problem zu tun haben, unter dem wir heute alle leiden?«

»Wenn ich . . . warum sollte . . .« Er starrte Gideon an. »Wollen Sie sagen, jemand hat uns das absichtlich angetan? Hat unser Essen vergiftet?«

»Also, ›vergiftet‹ ist vielleicht etwas zuviel gesagt, aber ich glaube schon, ja. Ich habe mich gefragt, ob das wohl ein weiterer kleiner Scherz war.«

»Aber das ist doch . . . das ist doch einfach ungeheuerlich!« brüllte Worthy aufrichtig. Wieder tropften Schweißperlen von seiner bleichen Stirn. Am Verdauungssystem herumzupfuschen, war kein Scherz für Worthy Partridge. »Und Sie glauben, *ich* hätte . . . ich würde . . .«

Gideon wußte nicht, ob er ihm glauben sollte oder nicht. Worthy war ein intelligenter, scharfsinniger Mann; Gideon zweifelte keine Sekunde daran, daß er sich gut verstellen konnte. Er hatte die Verantwortung für den Zwischenfall mit dem Coati an jenem Morgen überzeugend genug abgestritten. Trotzdem, sein Ausbruch wirkte echt.

»Gideon, wie können Sie so etwas nur sagen?« kreischte er. »Glauben Sie allen Ernstes, ich würde so etwas tun? Mir geht's genauso schlecht wie allen anderen. Mein Gott, ich bin sogar noch schlimmer dran, viel schlimmer!«

»Allen geht es schlecht, Worthy. Wer auch immer es getan hat, er ist clever genug zu wissen, daß er sofort wie ein bunter Hund auffallen würde, wenn es ihm als einzigem gut ginge.«

Worthy verdrehte seine schlaksigen, blond behaarten Beine umeinander, das linke Knie hinter das rechte, den rechten Knöchel hinter den linken; eine Sache, die den meisten Menschen aufgrund der Anatomie des Beckens unmöglich ist.

»Nein«, sagte er nach einem Augenblick, »das würde ich nicht sagen.«

»Was würden Sie nicht sagen?«

»Daß es uns allen schlecht geht.«

Für Gideon hatten alle ziemlich mitgenommen ausgesehen. »Was meinen Sie damit? Wem geht es nicht schlecht?«

»Stanley Ard«, sagte Worthy gelassen.

»Stanley Ard?«

»Dem Reporter.«

»Ja, ich weiß, aber warum sollte er . . .« Aber natürlich wußte er sehr gut, warum. Es war ihm nur bislang einfach noch nicht in den Sinn gekommen. Wie Abe bereits angedeutet hatte, war Ard nicht der Typ Reporter, der Skrupel hatte, Ereignisse zu fabrizieren, wenn sich dadurch eine Story aufpeppen ließ. Und wenn es Bauchschmerzen für ein paar andere bedeutete, tja, das war ein Preis, der eben gezahlt werden mußte.

»Worthy«, sagte er, »das ist wirklich ein hochinteressanter Gedanke.«

»Ja«, sagte Worthy und wischte sich wieder über die Stirn. »Und ich glaube, ich sollte mich jetzt wirklich besser hinlegen.«

Als Julie um halb sechs aufwachte, war sie hungrig und vergnügt. Sie aßen Omelette zum Abendbrot (Julie hatte inzwischen ihre Vorbehalte gegen Eier mit braunem Eigelb überwunden) und brachten anschließend einem rasierten und im großen und ganzen wiederhergestellten Abe ein weiteres Süppchen. Sie hatten über Stan Ard gesprochen, und Gideon erbot sich, ihn zur Rede zu stellen, doch diesmal war Abe unnachgiebig geblieben. Es war sein Job, und er würde am nächsten Tag mit Ard über den manipulierten Saft sprechen und sehen, wohin das führte. Was den Überfall auf Gideon betraf, gelangte man zu der Übereinkunft, daß diese Sache am besten von Marmolejo weiterverfolgt werden sollte.

15

Erst am Ende des folgenden Arbeitstages erhielten Julie, Abe und Gideon wieder Gelegenheit zu einem ausgiebigen Gespräch.

Sie waren auf dem Rückweg zum Hotel. Die Crew war fünfundzwanzig, dreißig Meter vor ihnen, außer Sicht- und Hörweite. Hinter ihnen hielt der Polizist einen diskreten Abstand von sechs, sieben Metern, schlenderte so zwanglos wie ein Mann bei einem Spaziergang durch den Zoo.

Tatsächlich hätten sie auch durchaus in einem extrem ausgefallenen, begehbaren Vogelhaus sein können. Sie bewegten sich durch einen feuchten, grünen Korridor, in dem es nur so wimmelte von prächtigen kleinen Vögeln mit blauem, rotem und orangefarbenem Gefieder, die flink wie Schwalben an ihren Köpfen vorbeischossen oder sie ernst und unverhohlen von den Ästen aus beobachteten. Laut Julie handelte es sich um Motmots, Jacamars, Cotingas und Manakins. Und noch einige andere, von denen sie schwor, daß sie nicht in ihrem *Die Vögel Mexikos* standen.

»Wie ist es mit Ard gelaufen?« erkundigte sich Gideon. »Ich habe ihn heute bei der Ausgrabung bemerkt.«

»Wir hatten ein nettes kleines Gespräch. Er hat leidenschaftlich abgestritten, irgend etwas in den Apfelsaft gekippt zu haben. Er war über diesen Gedanken zutiefst schockiert.«

»Das ist nicht weiter überraschend«, meinte Julie.

»Wollen Sie eine Überraschung hören?« fragte Abe. »Wie wär's damit: unser geheimnisvolle Buddler war wieder am Werk. Zwei weitere Stufen freigelegt.«

Julie starrte ihn mit offenem Mund an. »Was ist denn mit den Wächtern passiert, die Sie engagiert haben?«

»Ich habe sie für nachts engagiert. Aber gestern war die Ausgrabungsstelle *tagsüber* verlassen. Was jemand ausgenutzt hat.« Er zuckte mit den Achseln. »Ich habe einfach nicht dran gedacht. Gestern sind mir ganz andere Dinge durch den Kopf gegangen.« Er zog sich bedrückt in seine eigenen Gedanken zurück, ging allein, mit gesenktem Kopf und hinter dem Rücken verschränkten Händen.

Gideon schüttelte den Kopf. »Was zum Teufel suchen die nur?«

»Also, ich wiederhole mich ja nur ungern«, sagte Julie, »aber ich muß immer wieder daran denken, daß seit dem Einsturz kein Mensch den Kodex wirklich gesehen hat . . .«

»Unmöglich. Wenn dieser Kodex dort unten wäre, und jemand wüßte davon – oder würde es auch nur denken –, dann wäre die Treppe schon längst ausgegraben worden. Außerdem . . .«

»Ich weiß«, sagte Julie seufzend. »Ich weiß.«

Gideon blieb stehen, um einen Kragenleguan über den Weg und ins Blätterwerk trippeln zu lassen. »Julie, du denkst doch nicht, daß wir deshalb alle krank werden sollten – damit jemand ungestört die Ausgrabungsstelle für sich allein haben konnte?«

Sie schaute zu ihm auf. »Könnte sein. Und Stan wäre der einzige gewesen, der gesund genug war, um hinauszugehen und zu graben, während wir anderen im Hotel herumgeschlappt sind.«

»Oh, das würde ich nicht sagen. Ich hätte gestern graben können, wenn ich genügend Grund dafür gehabt hätte. Ich wäre nicht direkt versessen darauf gewesen, aber gekonnt hätte ich. Und ich denke, die meisten anderen auch.«

»Vielleicht, aber Stan gibt einen so befriedigenden Schurken ab.«

Gideon lächelte. »Darüber kann ich nicht mit dir streiten.«

Abe kehrte zurück, von wo auch immer er gewesen war. »Habt ihr schon gehört, daß Ard morgen abend abreist? Er sagt, er hätte alles, was er für seine erste Reportage braucht.«

»Ach, ja?« sagte Julie. »Sollte Marmolejo nicht erst noch mit ihm sprechen?«

»Keine Angst, ich rufe den Inspektor an, sobald wir wieder im Hotel sind.« Er lachte plötzlich. »Fast hätte ich's vergessen. Ich habe auch ein paar gute Neuigkeiten für euch. Emma hat mich heute nachmittag zu fassen bekommen, um mir mitzuteilen, daß es ihr inzwischen gelungen ist, eine übersinnliche Schnittstelle zweiten Grades zu Huluc-Canab aufzubauen.«

»Toll«, sagte Gideon. »Vielleicht verrät er ihr ja auch, was wir tun müssen, um die Götter versöhnlich zu stimmen.«

»Das hat er. Er sagt, wir müßten mehr Respekt vor Persönlichkeiten aus anderen kulturtemporalen Horizonten zeigen.«

Julie legte den Kopf auf die Seite. »Was bedeutet?«

»Sorry, genauer hat er sich nicht geäußert.«

»Emma«, sinnierte Julie laut. »Emma muß auch immer ihren Senf dazugeben, oder?«

Gideon wußte, was sie dachte. Kurz nach dem Mittagessen hatte Abe ihm eine Neuigkeit mitgeteilt: Preston hatte ihm, Abe, stolz erzählt, daß Emma ein Buch über die Ereignisse in Tlaloc schreiben wolle, erzählt aus der Perspektive von Huluc-Canab, der sich als *ahlelob* des zehnten Jahrhunderts aus dem nahegelegenen Xlapak zu erkennen gegeben hatte. (Die Tatsache, daß der redselige Huluc-Canab dem Fluch fünfhundert Jahre vorausging, schien seine intimen Kenntnisse desselben nicht im geringsten zu berühren.) Laut Preston hatte Emma bereits mit einem New-Age-Verleger in Los Angeles telefoniert und ein unverbindliches Angebot in sechsstelliger Höhe erhalten für *Jenseits der Träume: Die Tlaloc-Dialoge des Huluc-Canab*.

Deshalb, betonte Julie jetzt, hing doch für Emma viel von der Erfüllung des Fluches ab; sogar noch erheblich mehr als für Ard.

»Ich weiß nicht, Julie«, meinte Gideon. »Ich kann mir problemlos vorstellen, wie sie uns heimlich was ins Wasser mischt, aber ich kann sie mir immer noch nicht als diejenige vorstellen, die mich in Chichén angegriffen hat. Ich kann es einfach nicht.«

»Ich schon«, sagte Julie. »Diese Frau hat doch nicht alle Tassen im Schrank, falls dir das noch nicht aufgefallen sein sollte. Aber bleiben wir fair. Wo wir gerade über exzentrische Charaktere reden, was ist eigentlich mit Worthy?«

»Was soll mit ihm sein?« fragte Gideon.

»Tja, was hat er überhaupt hier zu suchen? Kommt er dir vielleicht wie der Typ vor, dem es Spaß macht, über einem Spaten im Dschungel zu schwitzen?«

»Er arbeitet an dieser Abenteuer-Serie über Maya-Kinder, weißt du noch?«

»O ja, richtig.«

»Ganz zu schweigen davon«, sagte Abe, »daß bei dieser Ausgrabung sämtliche Unkosten übernommen werden. *Horizon* zahlt alles. Menschen gehen an die miesesten Orte dieser Welt, wenn's was umsonst gibt. Nicht, daß es hier so mies wäre.«

»Das ist ganz sicher richtig«, sagte Julie lächelnd. »Gut, was ist dann mit Harvey? Abgesehen davon, daß es umsonst ist, was zieht ihn her? Er ist doch jetzt so was wie ein Computer-Spezialist, oder?«

»Er hat Magengeschwüre«, sagte Gideon. »Ein netter, streßfreier Urlaub im Dschungel soll dagegen angeblich gut sein.«

»Nicht nur das«, sagte Abe. »Wenn man bei der Anthropologie erst mal Blut geleckt hat, wird man diese Leidenschaft nicht mehr los. Und nicht zu vergessen«, fügte er mit einem Nicken in Gideons Richtung hinzu, »Harvey hat seine Anthropologie bei einem wunderbaren Lehrer gelernt. Also, wer bleibt dann noch, wenn wir fair bleiben und unsere abfälligen Bemerkungen gleichmäßig verteilen?«

»Preston«, sagte Gideon, »aber Prestons Anwesenheit braucht nicht viel Erklärung.«

Abe nickte. »Wohin Emma auch immer geht, wird auch Preston gehen.«

»Und es bleibt noch Leo«, sagte Julie langsam. »Was macht also ein Bursche wie Leo hier? Was hat er beim letzten Mal hier gemacht?«

»Leo«, sagte Gideon. »Hmh.«

»Hmh«, machte auch Abe. »Leo.«

Ein oder zwei Minuten gingen sie schweigend weiter, während neugierige Vögel um sie herumflitzten und -flatterten. Von einem zimtfarbenen Vogel mit einem pendelförmigen Schwanz auf einem Ast über ihnen kam ein schüchternes, perlendes *Ch-ch-chwipp*. Vor ihren Füßen schlurfte ein weiterer Leguan resigniert und brummelnd aus dem Weg.

Abe brummelte auch. »Egal, wer es war, ich kann mir einfach

keinen Reim darauf machen. Schön, Emma oder Ard oder irgendwer will, daß es aussieht, als würde sich der Fluch verwirklichen. Fein. Aber wie paßt der Drohbrief da rein? Sagt mir, was für einen Sinn der haben soll.«

»Was soll das *alles* für einen Sinn haben?« fragte Gideon. »Wieso versuchen, mich umzubringen, wenn es doch nur meine Seele war, die geschlagen werden sollte?«

»Getrommelt«, korrigierte Julie. »Und wieso dazu eine Rohrzange benutzen, wenn man es wie einen Fluch der Maya aussehen lassen will? Es ist so, so . . .«

»Anachronistisch«, half Abe aus. »Und was ist mit der heimlichen Buddelei? Was soll das?«

Es gab eine Menge Fragen. Und wenig Antworten. Sie waren schon wieder auf dem Hotelgelände, als Julie noch eine Frage einfiel. »Was kommt als nächstes?«

»Als nächstes?« echote Abe, wieder tief in seine eigenen Überlegungen versunken.

»In dem Fluch. Unsere Eingeweide in Flammen zu setzen, war *drittens*. Was ist *viertens*?«

»Irgendwas mit Xecotcavach«, sagte Gideon grimmig. »Ich glaube, es war nicht besonders angenehm.«

War es nicht. »Viertens«, besagte die Abschrift, die sie in Abes Bungalow konsultierten, »der namens Xecotcavach wird ihre Schädel durchbohren, so daß ihre Hirne auf die Erde fließen.«

Sie standen da und starrten die Zeilen lange an. Julie schob sich näher an Gideon; ihre Schulter warm an seiner Brust.

»Ich glaube«, sagte Abe, »ich werde Marmolejo sofort anrufen.«

Unmittelbar vor dem Abendessen ging Gideon in den Andenkenladen des Hotels, um ein paar Briefmarken zu kaufen. Leo war dort und wühlte in den Postkarten.

»Leo«, sagte Gideon ohne lange Umschweife, »erlauben Sie mir eine Frage. Was machen Sie hier?«

Die Frage schien ihn zu erschrecken. Er richtete sich von dem Drehständer mit Postkarten auf. »Was ich hier mache?«

»Bei der Ausgrabung. Warum machen Sie bei solchen Sachen mit? Um die Wahrheit zu sagen, ich kann wirklich nicht behaupten, daß Sie mir wie jemand vorkommen, der sich so besonders für die Archäologie der Maya interessiert.«

»Archäologie der Maya?« Leos vergnügtes, grölendes Lachen hallte von den Wänden des kleinen Ladens zurück. »Wen interessiert die Archäologie der Maya auch nur einen Furz? Ich mache bei solchen Sachen mit, weil es eine tolle Möglichkeit ist, Käufer zu treffen, Leute, die sich leisten können, was ich zu verkaufen habe. Was sonst?«

Gideon blinzelte. »Und, kaufen sie?«

»Worauf Sie sich verlassen können. Harvey wird nächsten Monat mit mir zum Salton Sea runterfliegen, um sich mal umzuschauen. Verdammt, ich habe Kreuzfahrten auf dem Amazonas gemacht, ich war auf den Galapagos-Inseln und hab mir Schildkröten angesehen, ich war bei einer Ausgrabung in der Türkei, und jedesmal ist es mir gelungen, einen Verkauf abzuschließen. Und das alles ist auch noch von der Steuer absetzbar. Es gibt nichts Besseres. *Deshalb* bin ich hier.«

»Oh«, sagte Gideon. »Tja, hatte mich nur so gefragt.«

* * *

Er lag auf dem Rücken und beobachtete, wie sich der Deckenventilator im Mondschein drehte. Julie lag auf der Seite, hatte ihm den Rücken zugewandt; ihr warmer, nackter Hintern an seiner Hüfte. Sie atmete ruhig und gleichmäßig, aber er wußte, daß sie nicht schlief.

»Julie?«

»Hmh?«

»Ich habe nachgedacht.«

Sie drehte sich zu ihm, machte dabei raschelnde, angenehme nächtliche Geräusche. Ihre Finger fanden seinen Arm und glitten daran herunter, um sein Handgelenk behutsam zu umfassen. Sie wartete darauf, daß er weitersprach.

»Also, ich habe gerade gedacht, wenn du möchtest, daß wir

packen und von hier verschwinden, können wir das tun. Falls es jemand auf uns abgesehen hat – ganz besonders auf mich –, ist es vielleicht nicht besonders vernünftig, noch länger zu bleiben. Es gibt keinen Grund, warum nicht ein anderer Anthropologe meinen Job übernehmen sollte. Marmolejo wird morgen die Sicherheitsvorkehrungen verstärken, daher glaube ich eigentlich nicht, daß eine reale Gefahr besteht, aber wer weiß? Ich war derjenige, der gesagt hat, die Drohung bedeutete nichts weiter.«

Sie hob den Kopf, der sich nun als Silhouette vor den Fensterjalousien abzeichnete. »Von hier verschwinden?« wiederholte sie, offensichtlich überrascht. »Weil irgend so eine miese kleine Ratte hier rumläuft und widerliche Briefe unter Türen durchschiebt und mit einer Rohrzange herumschleicht? Um eine der scharfsinnigeren Feststellungen des berühmten G. P. Oliver zu zitieren: ›Man muß sein eigenes Leben leben. Das kann man sich nicht von den Ekeltypen und Widerlingen dieser Welt aus der Hand nehmen lassen.‹«

Er lachte und streichelte die sanfte, feuchte Linie ihres Kinns, zuerst mit den Fingerspitzen und dann mit dem Handrücken. Ihr schwarzes, lockiges Haar schimmerte im schwachen Licht, bewegte sich in der sanften Brise des Ventilators.

»Außerdem«, sagte sie, »bin ich jetzt über zwei Jahre mit dir verheiratet und habe mich von daher an ein gewisses Maß an, äh, Abenteuer in meinem Leben gewöhnt.«

»Gut«, sagte er. Er hatte gewußt, was sie antworten würde, aber sie verdiente ein Mitspracherecht. Seine Hand wanderte zu ihrem Hals, unter den Arm zur seidigen, zarten Seite ihrer Brust. »Hast du auch Probleme mit dem Einschlafen?« erkundigte er sich.

»Ein bißchen.« Sie kuschelte sich wieder an ihn und schob ein Bein über ihn. »Irgendwelche Vorschläge?«

»Ich nehme nicht an, daß du Ovomaltine eingepackt hast?«

»Hm-hmmh.« Ihr Bein glitt langsam seinen Schenkel auf und ab.

»Also, dann«, sagte er und zog sie ganz auf sich, »schlage ich vor, daß wir die Sache eingehend diskutieren.«

Marmolejos erhöhte Sicherheitsvorkehrungen kamen zu spät. Und es war auch nicht Gideon, der sie gebraucht hätte.

Er und Julie waren fast aus der Tür, auf dem Weg zum Frühstück, als das Telefon klingelte. Gideon ging ran.

»Dr. Oliver?« Die Stimme war unverbindlich, eindringlich. »Äh, Dr. Plumm am Apparat. Vielleicht erinnern Sie sich an mich?«

»Aber sicher. Stimmt etwas nicht?«

Plumm war der Hotelarzt, ein freundlicher, unaufdringlicher Engländer von fünfundsechzig Jahren mit glatter Babyhaut und tadellos gepflegtem, kleinem, grauem Schnurrbart. Er hatte seine Praxis in Portsmouth aufgegeben, kaum ein Jahr später seine Frau durch Krebs verloren und war dann in der Hoffnung nach Mexiko gekommen, daß ein Ortswechsel ihm vielleicht helfen könnte, mit seiner Trauer fertigzuwerden. Er war nie mehr zurückgekehrt. Heute lebte er das einsame Leben eines Ausländers im *Mayaland,* stellte seine Dienste im Gegenzug für ein Zimmer zur Verfügung – ein pensionierter alter Brite, wie er sich selbst nannte.

In seiner reichlich bemessenen Freizeit war er so etwas wie ein Fan von Verbrechen. Er hatte das *Journal of Forensic Sciences* abonniert und war mit einer Reihe von Aufsätzen vertraut, die Gideon über die Ermittlung der Todesumstände anhand der Gebeine geschrieben hatte. Er hatte Gideon am Abend des Überfalles untersucht und war sichtlich entzückt, als er den Namen seines Patienten herausfand. Er hatte unbedingt einige Punkte in Gideons Aufsätzen diskutieren wollen, und sie hatten am folgenden Morgen eine angenehme Stunde bei einer Tasse Kaffee verbracht.

»Ja«, sagte er, »ich fürchte, es stimmt ganz gewaltig etwas nicht, und Ihre Hilfe wäre von unschätzbarem Wert. Würde es Ihnen große Umstände bereiten, herunterzukommen? Es liegt in Ihrem Fachgebiet, und ich bin überzeugt, es wird Sie interessieren.«

Was nicht stimmte, war Stan Ard. Er lag der Länge nach ausgestreckt auf einem der abgelegeneren, einsameren Dschungelpfade, die sich über das Hotelgelände schlängelten, etwa hundert Meter vom Hauptgebäude entfernt in der Nähe des Maschendrahts, der das Gelände des *Mayaland* von Chichén-Itzá trennte. Er lag halb auf und halb neben einem der weißen Plastik-Gartensessel, die entlang der Wege aufgestellt waren. Der Stuhl war nach rechts umgefallen, während Ard allem Anschein nach noch darin gesessen hatte. Sein Körper hatte sich seitlich weggedreht, so daß er auf dem Rücken gelandet war, die nackten, fetten, behaarten Beine angewinkelt. Sein linkes Knie hing unbeholfen über der Armlehne. Er trug ein blaues *guayabera*, braune Bermuda-Shorts und Tennisschuhe ohne Socken. Der linke Schuh war abgerutscht und baumelte am dicken Zeh.

Sein Kopf war eine einzige blutige Schweinerei.

»Ein Jogger hat ihn vor einer halben Stunde gefunden«, sagte Plumm. »Es ist der Reporter, stimmt's?«

»Ja. Stan Ard.«

Nicht, daß er leicht zu erkennen gewesen wäre. Mit zusammengepreßten Lippen zwang sich Gideon, auf den zerschmetterten Schädel hinabzuschauen. Hier gab es nichts Rätselhaftes, keine versteckten Bedeutungen, keine schwer erkennbaren Nuancen. Das hier war das Ende der Zigarre, brutal und unmißverständlich.

Viertens, der namens Xecotcavach wird ihre Schädel durchbohren, so daß ihre Hirne auf die Erde fließen.

Ein nervöser junger Polizist in brauner Uniform und mit brauner, baseballkappenähnlicher Mütze stand Wache. Er schaute energisch überallhin, nur nicht auf die Leiche.

»No toque«, sagte er knapp, als Gideon sich näherte.

Er hätte sich keine Sorgen machen müssen. Gideon hatte nicht vor, sie zu berühren, denn Dr. Plumm irrte sich gewaltig – das hier lag definitiv nicht in seinem Fachgebiet, und es interessierte ihn ganz und gar nicht; zumindest nicht so, wie der Arzt es gemeint hatte. Ja, Gideon stellte gelegentlich seine Kenntnisse im Rahmen forensischer Ermittlungen zur Verfügung, und, ja, er arbeitete oft ganz gern für das FBI. Aber er war Anthropologe, ein Knochenmann, und je älter und brauner die Knochen waren, desto besser. Körperflüssigkeiten, Hirnmasse und aufgerissenes Fleisch waren Dinge, die ihm von Natur aus zuwider waren, und je weiter er sich von ihnen fernhalten konnte, um so besser.

»Wenn's noch feucht ist«, hatte er einmal zu John Lau vom FBI gesagt, »ruf jemand anderen, okay?« Nicht, daß das FBI ihm diesen Gefallen immer tat.

Stan Ards Kopf war noch feucht, und während Gideon zwar nicht auf die gleiche Weise reagierte wie das erste Mal, als er gerufen worden war, um sich eine Leiche mit einer massiven Schädelverletzung anzusehen (er hatte sich damals in der Hall of Justice in San Francisco in eine Edelstahlspüle übergeben und die Leute der Gerichtsmedizin schockiert), drehte sich ihm doch der Magen um.

»Nun, ich bin weder Pathologe noch Arzt, wie Sie wissen, Dr. Plumm. Ich bin Anthropologe. Ich weiß wirklich nicht . . .«

»Aber Sie sind doch der Knochendetektiv«, erwiderte Plumm, als wäre damit alles gesagt. »Ich bin noch nie zu so etwas gerufen worden, wissen Sie – als Arzt zum Tatort eines Mordes –, und natürlich ist das alles schrecklich aufregend, aber ich . . . nun, im Augenblick ist Polizei aus Mérida hierher unterwegs, und man hat mich um meinen Bericht gebeten, aber ich fürchte, ich habe vielleicht etwas übersehen, das jemandem mit mehr Erfahrung sofort ins Auge springen würde. Ich hatte eigentlich gehofft, daß Sie mich auf mögliche Irrtümer oder Auslassungen aufmerksam machen könnten.«

Mit seinen sanften, freundlichen Augen sah er Gideon hoffnungsvoll an. Sein Schnurrbart war so exakt gestutzt, daß es gut zwei Streifen weißer Filz hätten sein können, die sorgfältig aufgeklebt worden waren. »Es wäre mir äußerst unangenehm, vor der Polizei wie ein Narr dazustehen.«

Gideon gab nach. »Wenn ich kann, helfe ich Ihnen gern, Doktor.«

Plumm entspannte sich sichtlich. »Gut. Natürlich habe ich

eine Untersuchung durchgeführt, obwohl ich der Meinung war, ich sollte besser nichts berühren, bevor die Polizei eintrifft. So wird das doch gemacht, oder?«

»Richtig.«

»Also, schön. Natürlich stand eine Wiederbelebung bei einer solchen Verletzung völlig außer Frage. Der Mann ist mausetot.« Er zuckte zusammen. »Oh, tut mir leid. Er war ein Freund von Ihnen, nicht wahr?«

»Ein Bekannter. Ich kannte ihn nur flüchtig.«

Gideon zwang sich, Ard noch einmal anzusehen. Heute war es nicht so sehr das geronnene Blut, die schlichte physische Scheußlichkeit, bei der sich in ihm alles zusammenzog. Auch gegen seinen Willen hatte er genug gesehen, um über dieses Stadium hinauszukommen. Aber nicht genug, um zu tun, wozu ein abgebrühter Kriminalbeamter fähig war: sich Mordopfer anschauen und nichts als Spuren sehen, diagnostische Indikatoren, Beweise. Bei Knochen schaffte er es; bei Leichen nicht. Für Gideon war die überwältigende Tatsache, die ersten paar Momente die *einzige* Tatsache, immer der *Mord* an sich: die vorsätzliche, blutgetränkte Gewalt, daß ein Mensch dies tatsächlich einem anderen *antun* konnte, die schreckliche Verletzlichkeit der Haut, die Zerbrechlichkeit der Knochen. Es war immer mitleiderregend, immer erbärmlich, immer schrecklich.

Aber Plumm hatte mehr Erfahrung mit menschlicher Verletzlichkeit, wenn auch nicht mit Mord. Für ihn war Ard nur ein weiterer Fall, allerdings von mehr als normalem Interesse. »Nun«, sagte er und rieb seine trockenen, sauberen Hände, »lassen Sie mich Ihnen sagen, was ich herausgefunden habe. Und dann sagen Sie mir, in welchem Punkt ich mich irre, wie wär's?«

»In Ordnung«, sagte Gideon, »aber ich bin sicher, Sie haben sich nicht geirrt.«

Über ihnen dröhnte ein Hubschrauber zum Landeplatz in Chichén-Itzá. Plumm schaute hinauf. »Die Polizei.«

Gemeinsam knieten sie sich neben die Leiche.

»No toque«, knurrte der Wachtposten.

»Gracias, señor. Comprendemos«, erwiderte Plumm höflich.

»So«, sagte er geschäftsmäßig, »er muß kurz, bevor er gefunden wurde, getötet worden sein.« Er zeigte auf Ards schwache, fleischige, schlaffe Finger. »Die Totenstarre ist noch nicht eingetreten. Auch noch keine Spur der typischen Verfärbung, und das Blut ist ebenfalls noch recht flüssig. Natürlich, der Verdunstungsprozeß dauert in diesem Klima weiß Gott eine Ewigkeit, aber ich glaube mit einiger Sicherheit sagen zu können, daß er noch nicht länger als zwei Stunden tot ist. Wahrscheinlich nur eine Stunde.«

Er schaute Gideon an. »Äh, was meinen Sie?«

»Sie sind der Fachmann, aber es klingt richtig.«

Plumm erlaubte sich ein zufriedenes kleines Schnalzen. »Nun gut, kommen wir zur Todesursache. Was das betrifft, besteht wohl kaum ein Zweifel, nicht wahr, auch wenn niemand den Knall gehört zu haben scheint. Ein Schuß in den Kopf.«

Nein, was das betraf, gab es kaum Zweifel. Ards Stirn war buchstäblich explodiert. Unmittelbar unter dem Haaransatz befand sich eine furchtbare, schartige, annähernd sternförmige Wunde; Fleischfetzen bogen sich wie Blütenblätter von dem roten Zentrum nach außen.

Gideon wendete seinen Blick mit einem Schaudern ab. Vielleicht würde er sich niemals an so etwas gewöhnen.

»So«, sagte Plumm mit einer Mischung aus Zurückhaltung und Begeisterung, »was wir hier anscheinend haben, ist eine Austrittswunde. Das klassische sternförmige Muster. Das Geschoß muß auf der Schädelrückseite eingedrungen sein, wahrscheinlich in der Nähe des Occiput, wo wir es nicht sehen können. Aber Sie werden bemerken, daß eine Menge Blut unter seinem Nacken in die Erde gesickert ist.«

Unter einer gepflegten weißen Augenbraue warf er Gideon einen schrägen Blick zu. »Na, wie mache ich mich, Professor?«

»Klingt vernünftig.«

Plumms rosafarbenen Wangen glühten vor Freude. »Darf ich Ihnen jetzt meine, äh, Rekonstruktion der Ereignisse schildern?«

Gideon nickte. »Ja, ich würde es wirklich gern hören.«

»Also, zuerst wurde ich durch die subkutanen Blutungen der

Orbita in die Irre geführt.« Er deutete auf Ards Augen. Die Lider waren blaue, geschwollene Säcke, so dunkel und glänzend wie Plastik-Mülltüten. »Ich nahm an, daß er hier auf dem Weg gestellt worden sei und es zu einem fürchterlichen Kampf gekommen wäre; daher die blauen Augen. Aber« – er machte eine Handbewegung über den Boden in der näheren Umgebung – »hier gibt es keinerlei Spuren eines Kampfes, wenigstens keine, die ich erkennen kann. Und außerdem gibt es keine weiteren Gesichtsverletzungen der Art, wie man sie erwarten würde, obwohl das erst mit Sicherheit gesagt werden kann, wenn er gereinigt worden ist. Also mußte ich daraus folgern, daß es keinen Kampf gegeben hat und daß es zu Blutungen der Orbita kam, als sein Kopf auf den Boden schlug. Er muß ziemlich fest aufgeschlagen sein. Klingt das einleuchtend?«

»Ja, ich denke schon«, sagte Gideon langsam, aber irgend etwas beschäftigte ihn jetzt. Er zwang sich, noch einen Blick auf die Schußverletzung zu werfen, auf die geschwungene, gelbe Platte des Stirnbeins, die durch das gerinnende Blut zu sehen war. Irgend etwas war hier merkwürdig . . .

»So, und jetzt dazu, was passiert ist«, sagte Plumm. »Ich denke, es ist ziemlich klar. Diesen Spuren da auf dem Boden können Sie entnehmen, wo der Stuhl gestanden hat und daß er mit der Rückenlehne nur ein kurzes Stück vom Zaun entfernt gewesen ist. Offensichtlich hat er dort gesessen und . . . macht es Ihnen etwas aus, wenn wir aufstehen? Meine Gelenke sind auch nicht mehr, was sie mal waren.«

Gideons ebenfalls nicht. Sie richteten sich beide ächzend und knackend auf. Plumm rieb sich das Kreuz. Gideon massierte sich die Rippen.

»Auf jeden Fall«, fuhr Plumm fort, »muß sein Mörder auf der anderen Seite des Zaunes gestanden haben, da ihm in den Hinterkopf geschossen wurde. Was darauf hinzudeuten scheint – auch wenn es wohl kaum als Beweis ausreicht –, daß es ein Außenstehender gewesen ist; das heißt, kein anderer Gast des Hotels, sondern vielmehr jemand, der seine Anwesenheit hier zu verbergen wünschte.«

»Ich verstehe«, sagte Gideon.

Nach einer Weile fuhr Plumm fort. »Aber wissen Sie, das wirft eine Reihe faszinierender Fragen auf: der Mörder muß auf der Lauer gelegen haben, wahrscheinlich hinter den Büschen dort. Woher konnte er wissen, daß Ard so entgegenkommend war, ausgerechnet hierher zu kommen, sich genau an diesen Platz zu setzen? Woher . . .«

Eilige Schritte schlurften über den mit Steinplatten ausgelegten Weg hinter ihnen. Der junge Polizeibeamte erstarrte, und Gideon und Plumm drehten sich um. Marmolejo, in Begleitung zweier Männer in Zivil, die einen Metallkoffer mit zwei Handgriffen zwischen sich trugen, kamen gerade um eine Wegbiegung.

Die Spurensicherung der Mordkommission der Staatspolizei von Yucatán war eingetroffen.

Einer der Zivilisten begann sofort, mit einer altmodischen Presse-Kamera Fotos zu schießen. Der andere ließ die Verschlüsse des Metallkoffers aufschnappen und suchte sich Pinzetten, Pinsel und Puder heraus. Marmolejo starrte die Leiche lange Zeit ruhig und gelassen an, schob seine nicht brennende Zigarre mit der Zunge von einem Mundwinkel in den anderen. Er sah Gideon von der Seite an. »Und was machen Sie hier, wenn ich das fragen darf? Nicht, daß ich etwas anderes als hocherfreut wäre, Sie zu sehen.«

Plumm antwortete: »Ich habe ihn ausdrücklich um seine Hilfe gebeten. Ich dachte . . . er ist eine weltberühmte Autorität für Morde, wissen Sie. Äh, Dr. Oliver hier ist« – Gideon zuckte zusammen; er wußte genau, was jetzt kam – »der Knochendetektiv.«

»Hmh«, machte Marmolejo. Er bot Plumm die Hand an. »Ich bin Inspektor Marmolejo, Doktor. Was können Sie uns sagen?«

Mit einem nervösen Blick auf Gideon begann der Arzt die stockende, beinahe wortwörtliche Wiederholung seiner Analyse, gewann zunehmend an Selbstvertrauen, während Marmolejo mit gesenktem Kopf aufmerksam zuhörte und die Leiche fixierte.

»Vielen Dank«, sagte Marmolejo am Ende. »Das war sehr hilfreich.«

»Möchten Sie, daß ich meinen, äh, Befund in einem schriftlichen Bericht niederlege? Mache ich gern, wenn Ihnen das hilft.«

»Sehr gut. Je früher, desto besser. Könnten Sie ihn jetzt schreiben? Sargento Hernandez hier wird Ihnen einen Vordruck geben.«

Nachdem der aufgeregte Plumm fort war, blieb Marmolejo immer noch, wo er stand, musterte Ard weiter. Einer der beiden Männer in Zivil machte eine Skizze auf einem Block; der andere hockte auf den Knien, wühlte wie ein Käfer unter den gefallenen Blättern und steckte von Zeit zu Zeit unsichtbare Dinge in Plastikumschläge oder Papierbeutel, die er dann dem uniformierten Beamten gab.

Gideon wartete, bis er sicher war, daß Plumm außer Hörweite war. »Äh, Inspektor, das ist wirklich nicht mein Fachgebiet . . .«

»Wie wahr, wie wahr.«

Er war entschieden weniger herzlich als üblich, und Gideon konnte es ihm nicht einmal verübeln. Weltberühmte Experten waren schön und gut an ihrem Platz, aber wer mochte es schon, wenn sie sich unaufgefordert einmischten? Oder auch aufgefordert?

»Trotzdem«, sagte Gideon vorsichtig, »es gibt da ein paar Dinge, auf die ich gern aufmerksam machen würde.«

»Dr. Oliver, ich werde hier eine Weile ziemlich beschäftigt sein, also wären Sie vielleicht so freundlich, Ihre Schlußfolgerungen ebenfalls in Schriftform zu kleiden? Ich freue mich schon darauf, Ihren Bericht zu lesen.« Seine Miene verriet keine große Begeisterung über die Aussicht. Er schaute Gideon mit gehobenen Augenbrauen und gesenkten, beinahe geschlossenen Lidern an. Sein langer Mund war nach unten gezogen, die Zigarre klemmte tief in einem Winkel. »Ist das annehmbar?«

Gideon wurde fortgeschickt, und zwar nicht gerade auf die feine Art.

»Hören Sie, Inspektor«, sagte er schroff, »Sie müssen sich

keine Gedanken darüber machen, ob ich das annehmbar finde. Wenn Sie es allein machen wollen, bitte, dann machen Sie's allein. Zum Teufel damit.«

Bevor Marmolejo darauf etwas sagen konnte, hatte Gideon sich umgedreht und ging – schritt, wie er hoffte – den Weg hinunter.

Noch bevor er zehn Schritte gegangen war, war ihm das Ganze schrecklich peinlich. Verhielten sich so weltberühmte Autoritäten? Seit wann spielte der Knochendetektiv kindisch die beleidigte Leberwurst, wenn seine Eitelkeit angepiekst wurde?

Nein, er würde bereuen und demütig – nun, ganz leidenschaftslos – den Bericht abliefern, um den Marmolejo gebeten hatte. Die Tatsache, daß der Inspektor an diesem Morgen gereizt war, war kein Grund für Gideon, sich vor dem zu drücken, was, auf gewisse Weise, seine Pflicht war.

Denn Dr. Plumm lag, abgesehen vom Zeitpunkt des Todes, völlig daneben. In jedem Punkt.

17

Es war durchaus nicht so, daß Javier Marmolejo Gideon Oliver nicht mochte. Ganz im Gegenteil. Er fand ihn sogar sehr sympathisch. Als die naiven, halb hysterischen *norteamericanos* 1982 gedroht hatten, die Tlaloc-Ermittlungen zur Farce zu machen, hatte er mit freundlichem, gesundem Menschenverstand die Situation gerettet. Und zwar mehr als einmal, aber natürlich war er damals noch nicht *el detective de esqueletos* gewesen, und genau da lag der Unterschied.

Heute war er, worauf Dr. Plumm bereits hingewiesen hatte, ein bekannter forensischer Experte, nicht einfach nur irgendein harmloser Anthropologe, der in den alten Städten herumalberte. Und Marmolejos Geduld mit berühmten forensischen Experten war begrenzt. Oh, sicher, er hatte auf der Akademie von all der wunderbaren Hilfe erfahren, die man von ihnen bekommen konnte, von diesen Pathologen und Toxikologen, Anthropologen und Odontologen, und er hatte es selbst ein- oder zweimal erlebt, wie sie sich als nützlich erwiesen hatten. Schon gut, sogar mehr als nur ein- oder zweimal. Aber wenn sie fertig waren, war meistens alles nur noch unklarer als zu Beginn der Arbeit. Besonders, wenn es um Mordfälle ging. Wenn ihm jemand die Wahl ließe, dann würde er sie alle hinauswerfen und dafür sorgen, daß sie sich mit ehrlicher Arbeit auf den Universitäten ihre Brötchen verdienten.

Denn wie die meisten Polizisten wußte Marmolejo, daß Morde nicht in Labors oder unter Mikroskopen gelöst werden. Falls überhaupt, klären sie sich von selbst auf. Der Mörder legt ein Geständnis ab oder zeigt versehentlich mit dem Finger auf sich selbst, oder einer seiner Freunde kommt unter einem Stein hervorgekrochen und erledigt es für ihn.

Es sind nicht die »Spuren«, die Mordfälle aufklären, es sind die Informanten. Und die Methode, diese Dreckskerle aufzustöbern, besteht in ganz altmodischer Polizeiarbeit – methodisch, beharrlich und mit einer gehörigen Portion Instinkt und Erfahrung.

Er beugte sich in seinem thronartigen alten Drehstuhl vor, den er 1984 von Colonel Ornelas geerbt hatte, nachdem der betrügerische alte Lustmolch sich die Taschen vollgestopft und geflohen war, nur wenige Tage bevor die wohlverdiente Säuberungsaktion auch ihn erwischt hätte. Die kleinen braunen Hände auf dem Schoß gefaltet, schaute Marmolejo auf den glänzenden Holzschreibtisch vor sich.

Inspektor Marmolejo war ein äußerst ordentlicher Mensch. Er war stolz darauf, wie sein Schreibtisch aussah. Unter der dicken Glasscheibe lagen weder Zettel noch Gedächtnisstützen oder Telefonlisten. Und auf dem Glas selbst keine Aktenstapel, keine Handbücher, keine Berge ungelesener Berichte. Nichts außer dem, worüber er im Augenblick nachdachte. Und in diesem Augenblick lagen dort zwei handschriftlich beschriebene Briefbögen des *Hotel Mayaland*, die er genau parallel zur Vorderkante des Schreibtisches ausgerichtet hatte.

Er seufzte, bewegte die nicht angezündete Zigarre mit den

Lippen etwas tiefer in seinen Mundwinkel und zog die Bögen näher zu sich. Wieder Gideon Oliver. Ein Memorandum. Er las es zum zweiten Mal.

An: Inspektor Marmolejo
Von: Gideon Oliver
Betrifft: Stanley Ard – Umstände seines Todes

Ich fürchte, Dr. Plumm sind einige nur zu verständliche Irrtümer bei seiner Analyse des Mordes unterlaufen. Dies sagt absolut nichts über seine allgemeine Kompetenz als Arzt, sondern lediglich etwas über seine mangelnde Vertrautheit mit Morden.

Hier meine eigenen Schlußfolgerungen:

1. Die Verletzung auf Ards Stirn ist keine Austrittswunde, sondern die Eintrittswunde. Auch wenn ein klaffendes Loch wie dieses normalerweise durch die Vibrationen eines Projektils bei Verlassen des Körpers verursacht wird, kann dies gelegentlich auch im Falle einer Kontakt-Eintrittswunde erfolgen – das heißt, daß die Schußwaffe zum Zeitpunkt des Abfeuerns auf die Haut gedrückt wird. Dabei passiert folgendes: Die Mündungsgase haben keine Möglichkeit zu entweichen und dehnen sich statt dessen sofort unter der Haut aus. Und wenn sich direkt unter der Haut Knochen befindet – beispielsweise der Schädel –, werden die Gase mit großem Druck gegen die Unterseite der Haut zurückgedrängt, schaffen sich einen gewaltsamen Weg hinaus und bewirken dabei eine schartige, sternförmige Verletzung, die leicht mit einer Austrittswunde verwechselt werden kann. (Allerdings sind bei einer Laboruntersuchung der umgebenden Haut für gewöhnlich Schmauchspuren und Verbrennungen festzustellen.)

   Manchmal dringen kleinere Mengen der Gase durch den Knochen in den Schädel ein und dehnen sich dort aus, wobei sie die schwächsten Teile des Cranium, das sind die supraorbitalen Platten, herausdrücken und dabei die Lider mit Blut füllen. Mit beinahe absoluter Sicherheit ist dies als Ursache für Ards Augenhämatome anzusehen.

   Wie Sie wissen, ist dies keine typische Situation. Ich selbst habe es zunächst falsch gedeutet, bis ich einen Blick auf den darunterliegenden Knochen werfen konnte und sah, daß das Loch im Schädel selbst eine unverkennbare Eintrittswunde war – klein, rund und sauber, die Außenfläche des Knochens in der Nähe des Randes im großen und ganzen intakt.

2. Falls das, was ich sage, zutreffend ist, muß die Interpretation der Ereignisse modifiziert werden:
   a) Ard wurde von vorn erschossen, nicht von hinten.
   b) Der Mörder hat nicht außerhalb des Zaunes auf der Lauer gelegen, sondern befand sich wie Ard selbst auf dem Hotelgelände. Es gibt keinen Grund zu der Annahme, daß er versucht hätte, seine Anwesenheit hier vor Ard oder jemand anderem geheimzuhalten.
   c) Da es sich bei der Verletzung um eine Kontaktwunde handelt, muß sich der Mörder auf Armeslänge von Ard entfernt befunden haben, was bedeutet, daß der Mörder durchaus jemand gewesen sein kann, den Ard kannte; sehr wahrscheinlich jemand, zu dem er eine vertrauensvolle Beziehung hatte.

Ich bin überzeugt, daß Sie und Ihre Leute inzwischen auch allein zu diesen Schlüssen gelangt sind, aber ich hielt es für das beste, etwas für die Akten einzureichen. Worauf das alles hinausläuft, ist allein Ihr Job. Wenn ich Ihnen irgendwie helfen kann, werde ich dies gern tun.

Wenn nicht, ist das auch in Ordnung.

Marmolejo lächelte dünn. Bissig, dieser Oliver. Nun, wenigstens konnte man verstehen, was er geschrieben hatte; nicht wie bei manchen anderen von diesen Burschen.

Er schob die Blätter mit einem ärgerlichen Knurren fort. Wer hatte schon mal von dieser Sache mit den sich ausdehnenden Gasen gehört? Das hier war Marmolejos achtzehnter Mord, und bislang war ihm so etwas noch nie begegnet. Und ganz sicher war es auch auf der Akademie nicht erwähnt worden. Folglich hatte er anfänglich auch Plumms Befund akzeptiert. Dr. López, der Polizei-Pathologe, auch, nachdem er endlich eingetroffen war. Doch an diesem Nachmittag, nach der Autopsie, hatte López seine Meinung geändert.

Genau das war es, was die ganze Geschichte so ärgerlich machte. Oliver hatte vollkommen recht.

Er stand auf und ging zu dem großen Fenster. Unmittelbar darunter lag Méridas Plaza Mayor aus der Kolonialzeit, eine gepflegte grüne Insel; auf allen vier Seiten schwappte der träge innerstädtische Verkehr herein, der zum größten Teil aus extrem lauten, extrem übelriechenden alten Lastwagen und Bussen zu bestehen schien.

Nach der Säuberung der Polizei hatte es ein Gerangel um die besten der freigewordenen Büros im Palacio de Gobierno gegeben, und zu Marmolejos Überraschung hatte es die heftigsten Kämpfe um die nach hinten liegenden gegeben, um die mit Blick auf den ruhigen Hof mit seinen modernistischen Wandbildern, die eine Chronik der Entwicklung des mexikanischen Staatsgedankens darstellten. Niemand machte ihm das geräumige, altmodische Büro des Colonels auf der Vorderseite des Gebäudes streitig; zuviel Verkehrslärm, zuviel Verkehrsgestank. Aber Marmolejo mochte den Verkehr. Er stimulierte seinen Verstand, machte ihn wachsam und aufnahmefähig. Er hatte in Tzakol für den Rest seines Lebens genug ländliche Ruhe und Frieden gehabt. In Maßen mochte er sogar den Gestank der Lastwagen.

Und er kam wunderbar ohne die modernistischen Wandgemälde zurecht, die eine Chronik der Entwicklung des mexikanischen Staatsgedankens darstellten.

Er ging an den Schreibtisch zurück, legte das Memorandum in den Ausgangskorb, zog ein schlecht fotokopiertes Blatt aus einer Schublade und starrte es ruhig an. Der Fluch von Tlaloc. Er legte einen Finger neben einen inzwischen wohlvertrauten Satz in der Mitte der Seite.

Viertens, der namens Xecotcavach wird ihre Schädel durchbohren, so daß ihre Hirne auf die Erde fließen.

Marmolejo glaubte nicht an Flüche. Nicht direkt. Er glaubte nicht, daß Xecotcavach aus der Unterwelt heraufgestiegen war und Ards Schädel durchbohrt hatte. Nein, das war ein Mensch des zwanzigsten Jahrhunderts mit einer Waffe des zwanzigsten Jahrhunderts gewesen. Genausowenig glaubte er, daß es Tucumbalam gewesen war, der höchstpersönlich etwas in das Essen der Crew gemischt hatte, noch daß irgendein anderer Gott der Maya »auh« (in der Aussprache der *gringos*) gesagt hatte, als Oliver ihm einen Schlag in den Magen verpaßte.

Vielleicht glaubte ja Emma Byers, die ein Buch über den Fluch schrieb und mit der er am Tag zuvor dreißig bizarre Minuten verbracht hatte, wirklich an all diese Dinge, aber Marmolejo nicht. Nicht direkt. Was Marmolejo aber glaubte – und er hatte gelernt, das für sich zu behalten –, war, daß es eine Menge Dinge auf dieser Welt gab, die niemand erklären konnte. Die Professoren nicht, die Doktoren nicht, die Priester nicht. Und ganz sicher nicht Javier Marmolejo.

Er konnte den bösen Blick nicht erklären, aber er hatte selbst erlebt, wie es funktionierte. O ja, er hatte es erlebt. Und er konnte auch nicht erklären, wie es kam, daß sein Onkel Fano, den die Ärzte bereits aufgegeben hatten und der nach Hause gebracht worden war, um in Tzakol zu sterben, dann doch nicht gestorben war. Die Familie hatte einen Heiler kommen lassen, der die Winde versöhnlich gestimmt, Fano ein Amulett aus dem Holz des *tancazche*-Baumes umgehängt und Ix Chel, die Göttin der Gesundheit, angefleht hatte, ihm zu helfen. Und Onkel Fano war genesen. An dem Abend hatte er zum ersten Mal nach Wochen auf seinen eigenen zwei Beinen gestanden, und er hatte überlebt. In Ordnung, nur sechs oder sieben Monate, aber immerhin . . .

Marmolejo war noch ein Kind gewesen, aber er hatte etwas daraus gelernt. Ein Beamter des Gesundheitsministeriums, Dr. Zuniga, hatte die Familie vorher besucht, als Fano nach Hause zurückgekehrt war. Mit den besten Absichten hatte er erklärt, daß Rituale schön und gut seien, wo sie angebracht waren, daß es aber keine Hoffnung für den sterbenden Mann mehr gebe. Was konnten rituelle Zeremonien gegen Bakterien und Viren ausrichten? Das beste, was die Familie tun könne, sei, sich abzufinden und Fanos letzte Stunden so angenehm wie möglich zu gestalten. Er werde innerhalb weniger Tage sterben.

Doch als Fano nicht starb, blieb Dr. Zunigas Philosophie unerschüttert. Ja, das Ritual hatte genützt, erklärte er geduldig, aber nicht wirklich; nicht so, wie sie glaubten. Es besaß an sich keine Macht. Es war alles nur eine Frage der Einbildung. Fano hatte *geglaubt*, es würde funktionieren, also hatte es funktioniert. Das war alles. Wo, hatte Dr. Zuniga lächelnd gefragt, liegt da das Geheimnis?

Marmolejo war tief beeindruckt gewesen. Zuerst hatte der Arzt den Angehörigen erzählt, daß die Zeremonie nicht funktionieren könne und warum. Dann anschließend hatte er ihnen, ohne auch nur mit der Wimper zu zucken, erklärt, warum genau es *doch* funktioniert hatte. Das brachte er auf eine Weise fertig, die bewies, daß er sowohl vorher als auch nachher recht gehabt und die Familie sich die ganze Zeit geirrt hatte. Die Tatsache, daß Fano genesen war, wenn auch nur für eine Weile, schien mit allem nicht besonders viel zu tun zu haben.

Es war die erste Begegnung des jungen Marmolejo mit dem Verstand der Wissenschaftler, und heute noch war es sein Schlüssel zur Funktionsweise ihres Denkens: Selbst wenn sie sich irrten, irrten sie sich nicht.

Tja, Oliver war erheblich besser als die meisten. Und glücklicherweise brauchte er jetzt von ihm keine weitere forensische Sachkenntnis, sondern ganz einfache altmodische Informationen. Er nahm den Hörer des Telefons auf seinem Schreibtisch ab und wählte die Nummer des *Hotel Mayaland*.

»Hola«, sagte er zu dem Angestellten, der sich meldete. *»Puedo hablar con Señor Oliver?«*

18

In fünfeinhalb Jahren hatte sich Mérida nur wenig verändert. Lebendig, laut und ausgelassen, wimmelte die Stadt von rundlichen kleinen Menschen, kaum größer als einsfünfzig, aus denen hier und da Ausländer herausragten wie vereinzelte Gipfel über den Wolken.

Mit ihren einsachtundsechzig bekam Julie nicht oft Gelegenheit herauszuragen, und ganz offensichtlich genoß sie es. »Ich komme mir vor wie Alice im Wunderland«, sagte sie vergnügt zu Gideon über die Köpfe der schwatzenden Kauflustigen, die geschäftig zwischen ihnen hin und her eilten.

Sie kämpften sich aus dem großen öffentlichen Markt von Mérida, waren unterwegs zu ihrer Elf-Uhr-Verabredung mit Marmolejo. Die Bitte des Inspektors, daß Gideon – und Julie, wenn sie wollte – ihn in seinem Büro aufsuchen solle, war zu einem günstigen Zeitpunkt erfolgt: sie waren reif für einen Tapetenwechsel. Natürlich hatte Ards Tod die allgemeine Stimmung gedämpft, doch abgesehen davon waren sie jetzt seit elf Tagen in Yucatán und mußten mal etwas mehr als eine Meile vom *Mayaland* fortkommen. Sie hatten den Morgenbus aus Cancún an der Haltestelle in Chichén-Itzá genommen (einer von Marmolejos Männern hatte sie dorthin begleitet), und nach einer zweistündigen Fahrt waren sie eine Stunde vor ihrer Verabredung auf dem Busbahnhof von Mérida in der Calle 69 eingetroffen, was ihnen ausreichend Zeit zu einem Bummel über den berühmten *mercado* ließ.

Sie hatten eigentlich nichts kaufen wollen, waren dann aber doch an einem Stand schwach geworden, an dem die berühmten einheimischen Kordel-Hängematten verkauft wurden. Die Hängematten Yucatáns waren zarte, fadenartige Dinger, und Julie hatte Gideon den Händler fragen lassen, ob die große Ausführung – das *matrimonial especial* – wirklich das Gewicht zweier Menschen tragen konnte.

Der Händler hatte sich aufgerichtet. »Ich selbst besitze keine Betten in meinem Haus, *señor*«, hatte er Gideon gesagt. »Nur Hängematten. Und ich habe acht Kinder.«

Zweimal während ihres Spazierganges zu Marmolejos Büro in der Innenstadt hatten sich Jugendliche, die ihn als Amerikaner erkannten (er ragte höher auf als die meisten anderen), an Gideon herangeschlichen und ihm Visitenkarten in die Hand gedrückt. Praktisch an jedem anderen Ort der Welt wären es Einladungen in den *Pussy Cat Club* oder das *Eros Massage Studio* gewesen, aber in Mérida gab es nicht sonderlich viel großstädtisches Nachtleben und praktisch überhaupt kein ernstzunehmendes Laster. »Herzlichen willkommen, Gentlemens und Ladies«, stand auf einer dieser Karten. »Endlich haben wir handarbeitete Skulturen zu ihrer Kenntnisnahme gemacht.« Auf der anderen stand: »Restaurant T'ho lät Sie ein zu zufriedenen Abendessen Typischer Speisen von Yucatán.«

Andere junge Männer – eigentlich noch Jungs, manche nicht

älter als neun oder zehn – verkauften von Handkarren oder Fahrradanhängern am Bordstein kleine Snacks: spiralförmig geschälte Apfelsinen, Mangos an Stäbchen, in Scheiben geschnittene Papayas und Ananas, braunen, in Chili-Soße getauchten und aus dem Hüllblatt gegessenen Mais.

»So was hat Marmolejo auch gemacht, als er in die große Stadt gekommen ist«, sagte Gideon.

Julie beobachtete, wie ein schwitzendes, mageres Kind von vielleicht zwölf Jahren in einem zerlumpten T-Shirt geschickt eine Kokosnuß aufhackte und sie dann in ein Dutzend Schnitze zerlegte. Das alles mit ein paar schnellen Schlägen einer *coa,* einer Miniatur-Machete mit einem heimtückischen Haken am Ende.

»Dann hat er es todsicher ganz schön weit gebracht«, sagte sie.

Das hatte er.

Sein Büro erinnerte an eine Kulisse aus *Viva Zapata*: ein luftiger, staubiger, einstmals prachtvoller Raum mit Bodenfliesen, hohen Fenstern, rissigen Wänden und so wenig Möbeln, daß er wie der Warteraum eines Bahnhofes aussah. Das vorhandene Mobiliar war aus massivem, dunklem Holz und mindestens achtzig oder neunzig Jahre alt; so was in der Richtung von *latino*-viktorianisch. Es war alles andere als primitiv, aber irgendwie wäre man auch nicht weiter überrascht gewesen, zwei überkreuzte Patronengürtel über der Rückenlehne eines Stuhles zu entdecken oder einen fleckigen Sombrero, nachlässig auf die Ecke des gewaltigen Schreibtisches geworfen.

Marmolejo selbst saß, kerzengerade und kompakt, auf einem reich verzierten Stuhl, auf dem zwei von seiner Größe nebeneinander Platz gefunden hätten. Er entschuldigte sich ausgiebig für seine gestrige Schroffheit und nahm Gideons gleichermaßen aufrichtige Entschuldigung an. Nachdem das geklärt war, fühlten sie sich wohler. Marmolejo bat einen Assistenten, Erfrischungsgetränke zu bringen und schob dann vier fotokopierte und maschinengeschriebene Seiten über den Schreibtisch.

»Das hier haben wir aus Mr. Ards Zimmer. Eine Kopie des Artikels, den er vor einigen Tagen seiner Zeitung geschickt hat.«

Gideon warf einen Blick darauf und zuckte zusammen.

Marmolejos Augenbrauen schossen hoch. »Ist irgend etwas?«

»Nein, nein, nichts.«

Nur daß die Schlagzeile lautete: »Grausiger Todesfluch auf Dschungelausgrabung.«

»Vielleicht sollten Sie sich den Artikel ansehen«, sagte Marmolejo. »Ich dachte, daß Sie als einziges Mitglied sowohl der Ausgrabung von 1982 als auch der jetzigen, als einziger, der über jeden Verdacht erhaben ist« – er deutete eine höfliche Verbeugung an – »vielleicht in der Lage sind zu erkennen, ob irgend etwas darin steht, das Licht in die Angelegenheit bringen könnte.«

Gideon hatte sich schon gefragt, wo Marmolejos Zigarre war. Jetzt zog der Inspektor die obere rechte Schublade des Schreibtisches auf, und ein weißer Onyx-Aschenbecher kam zum Vorschein. Er nahm einen etwa fünf Zentimeter langen Stummel heraus, klemmte ihn in den Mundwinkel und lehnte sich zurück, um abzuwarten, bis Gideon den Artikel gelesen hatte. Er schloß die Schublade wieder, ohne den Aschenbecher herauszunehmen.

Schnell überflog Gideon den Artikel. Es standen keinerlei Geheimnisse darin, keine Hinweise darauf, warum Ard ermordet worden sein könnte. Es war ein vorhersehbar reißerisch aufgemachter Bericht über den Fluch und seine »grauenerregende Verwirklichung«. Das geheimnisvolle Erscheinen eines »fremden, bislang nicht näher identifizierten Dschungeltieres, von dem nur flüsternd sprechende einheimische Arbeiter schwören, es sei ein Kinkajou«, wurde erwähnt. (Nicht erwähnt wurde allerdings das Schild um den Hals des Tieres.) Ard beschrieb die »Nacht voll glühender Qualen, als Tucumbalams Rache heraufbeschworen wurde . . . und für die selbst die Wissenschaftler noch keine befriedigende Erklärung gefunden haben«. Und es gab drei gestelzte Absätze eines Abschnittes, der wie folgt begann:

> Am Abend des 5. Januar wurde Professor Oliver, der mehr als alle anderen zu fürchten hatte (denn wer sonst war so fest entschlossen,

> den Frieden ihrer Gebeine zu stören?), von einem nicht näher benennbaren inneren Zwang getrieben, die steinernen, verlassenen Stufen der Mauer des uralten zeremoniellen Ballspielplatzes in Chichén-Itzá unter einem mondbeschienenen Himmel hinaufzusteigen. Es war ebenso mutig wie tollkühn, dies zu tun, denn noch jetzt, während diese Zeilen geschrieben werden, erholt sich Dr. Oliver von den Nachwirkungen eines Überfalles einer unsichtbaren, unhörbaren Präsenz . . .

Gideon seufzte und las schnell weiter. Der Schluß des Artikels hatte, in Anbetracht des inzwischen Geschehenen, etwas Wehmütiges, das es nicht besessen hatte, als Ard es geschrieben hatte.

> Und was nun? Wird auch der vierte Teil des Fluches eintreffen, wie es bei den ersten dreien bereits der Fall war? Werden Schädel zertrümmert und Gehirne verspritzt? Oder wird Huluc-Canab mit dem mächtigen Xecotcavach einschreiten, wie er es laut Emma Byers versprochen hat?
>
> Tief im Dschungel Yucatáns beäugen sich die an der Ausgrabung beteiligten Archäologen voller Nervosität und warten. Und machen sich Gedanken.

Die frühere Ausgrabung war nur beiläufig erwähnt worden, und keine Silbe über den Kodex. Der war allem Anschein nach für den zweiten Teil der Artikelserie vorgesehen, denn ein Postskriptum versprach: »Die seltsam verworrene Geschichte von Howard Bennett und dem Kodex von Tlaloc.«

Julie hatte den Artikel ebenfalls gelesen. Sie tippte mit dem Finger auf das Postskriptum. »Könnte es sein, daß jemand ihn umgebracht hat, um zu verhindern, daß der nächste Teil geschrieben wird?«

»Ich weiß es nicht«, sagte Marmolejo. »Könnte das sein?«

»Das bezweifle ich«, sagte Gideon. »Die Geschichte ist bereits Hunderte von Malen gedruckt worden. Es gibt nichts Neues zu erzählen.«

»Was ist mit dem Rest des Artikels?« fragte Marmolejo. »Gibt es irgend etwas, das uns einen Anhaltspunkt liefern könnte?

Vielleicht wollte ihn jemand daran hindern, etwas zu enthüllen, ohne zu wissen, daß es bereits an die Zeitung geschickt worden war.«

Gideon schüttelte den Kopf und gab ihm den Artikel zurück. »Tut mir leid, Inspektor, ich glaube nicht. Ich kann mir beim besten Willen nicht vorstellen, daß jemand einen Mord begeht, um zu verhindern, daß etwas im *Flak* erscheint. Es ist nicht direkt eine Zeitschrift, der ein vernünftig denkender Mensch größere Beachtung schenkt. Und selbst wenn ihr jemand Beachtung schenken würde, was steht drin, das zu dem Mord an Ard führen könnte? Hier steht nichts, was dank Emma nicht mindestens die Hälfte aller Leute im Hotel ohnehin weiß.«

Die Getränke wurden gebracht. Julie und Gideon bekamen die in Mérida abgefüllte *Cristal*-Grapefruit-Limonade; Marmolejo trank Coca-Cola. Die Zigarre verschwand für späteren Gebrauch in der Schublade. Nicht nur rauchte er die Dinger nicht, irgendwie schaffte er es auch noch, die Spitzen trocken zu halten.

»Ich möchte Ihnen noch etwas zeigen«, sagte er. »Erkennen Sie das hier?« Aus einem braunen Umschlag zog er ein kleines gelbes *Pen-Tab*-Notizbuch und hielt es hoch.

Julie schüttelte den Kopf.

»Das gehörte Ard«, sagte Gideon. »Er hat sich darin Notizen gemacht, als er mich interviewt hat.«

»Ah, gut«, sagte Marmolejo zufrieden. »Ich dachte es mir schon, aber ich freue mich, daß Sie es bestätigen; es wurde unter seiner Leiche gefunden.« Auch das Notizbuch wurde über den Schreibtisch geschoben. Marmolejo war so klein, und der Schreibtisch so breit, daß er sich halb aus seinem Sessel erheben mußte, um es zu bewerkstelligen.

In dem Spiralblock befanden sich nur noch etwa ein Dutzend Blatt, und darauf lediglich ein einziger Eintrag, auf der ersten Seite oben: »Rückkehr zum Tatort«, stand da in Ards geschwungener, unkomplizierter Handschrift. Der letzte Buchstabe löste sich in einen entstellten Haken auf, den die Spitze des Kugelschreibers durch das Papier gestochen hatte, verwandelte sich dann in ein Gekrakel, das schief von der Seite hinauslief. Auf der unteren rechten Ecke der Seite befand sich ein verschmierter Fleck, der wie getrocknetes Blut aussah.

»Ich nehme nicht an, daß Sie wissen, was das bedeutet?« fragte Marmolejo. »›Rückkehr zum Tatort‹?«

»Nein«, erwiderte Gideon. »Eine Notiz für sich selbst? Eine Gedächtnisstütze für die nächste Folge?«

»Das hier . . . dieses Gekrakel«, sagte Julie, während sie beklommen darauf hinabschaute. »Dieser Fleck. Er muß gerade . . . hat er es gerade geschrieben, als er ermordet wurde?« Sie hatte die Hände auf dem Schoß. Sie dachte gar nicht daran, sie auch nur in die Nähe des Notizbuches zu bringen.

»Ja, sieht so aus«, sagte Marmolejo. »Das Notizbuch war auf dieser Seite aufgeschlagen, und sein Kugelschreiber lag auch unter ihm.«

»Also . . . kann es sein, daß es so was wie ein Hinweis auf seinen Mörder ist? Sie wissen schon – ich weiß, es klingt albern –, eine Art, uns zu sagen, wer der Mörder war?«

»Nein, das glaube ich nicht, Julie«, sagte Gideon. »Die Handschrift wirkt bedächtig und sorgfältig, genau, wie er normalerweise auch schrieb. Keinerlei Eile, kein Hinweis auf Erregung. Was bedeuten muß, er wußte nicht, daß er wenig später ermordet wurde. Es bedeutet ferner, daß nicht viele Zweifel daran bestehen können, daß sein Mörder jemand gewesen sein muß, den er kannte, jemand, vor dem er keine Angst hatte.«

Der Inspektor nickte zustimmend.

»Hoppla«, sagte Julie. »Was habe ich verpaßt? Woraus folgt das?«

»Die Verletzung war, wie Sie wissen, eine Kontaktwunde«, begann Marmolejo.

»Nein, wußte ich nicht.«

Marmolejo schien überrascht. »Entschuldigen Sie. Ich nahm an, Dr. Oliver hätte sich Ihnen anvertraut . . .«

»Ich vertraue mich ihr sehr wohl an«, sagte Gideon. »Ich erspare ihr lediglich einige der unschöneren Details.«

»Wofür ich dir sehr dankbar bin, glaub mir«, sagte Julie. »Aber jetzt bin ich neugierig geworden.«

»Eine Kontaktwunde läßt darauf schließen, daß die Waffe gegen den Kopf gehalten wurde«, sagte Gideon. »Also hat der Mörder offensichtlich unmittelbar neben oder vor ihm gestanden. Was Ard allerdings nicht genug beunruhigt hat, um mit Schreiben aufzuhören. Und er kann nichts davon gewußt haben, daß er jeden Augenblick erschossen würde, denn andernfalls hätte er mit Sicherheit nicht diese netten, runden Buchstaben gemalt. Wenigstens würde *ich* dann nicht mehr so schreiben.«

»Ich verstehe«, sagte Julie. »Aber das ist doch ein bißchen merkwürdig, oder? Selbst wenn man jemanden kennt, wie drückt man einem eine Kanone an die Stirn und bringt ihn um, ohne daß das Opfer es merkt, bis man den Abzug drückt?«

»Ach, das ist nicht weiter schwierig, denke ich«, sagte Marmolejo. »Hier ist unser Mr. Ard. Er sitzt auf einem Stuhl am Wegesrand und schreibt. Er hört jemanden kommen. Er schaut auf, erkennt die Person, nickt ihr zu, sagt vielleicht noch ›Guten Morgen‹, und schreibt weiter. Die Person geht beiläufig weiter, bis sie auf einer Höhe ist, die Hand bereits auf der Waffe in der Tasche. Genau in dem Moment, in dem er auf gleicher Höhe ist, zieht er blitzschnell die Waffe heraus, drückt sie an seinen Kopf und . . . nun, Sie wissen ja.«

»Aber wieso gehen Sie davon aus, daß es kein Fremder war?« fragte Julie. »Warum muß es jemand gewesen sein, den er kannte?«

Jetzt antwortete Gideon. »Weil er immer noch geschrieben hat, als er erschossen wurde, Julie. Ganz sicher hätte es ihn doch nervös gemacht, wenn sich ihm jemand so weit näherte – auf dreißig, vierzig Zentimeter –, wenn er ihn nicht gekannt hätte. Er hätte aufgeschaut, aufgehört zu schreiben. Aber ein zufällig vorbeischlendernder Bekannter? Kein Grund zur Beunruhigung.«

»Ja«, sagte Marmolejo anerkennend. »Exakt, wie ich die Sache sehe.«

»Ich weiß nicht«, sagte Julie skeptisch. »Vielleicht hat er ja aufgeschaut. Vielleicht hat er aufgehört zu schreiben. Was doch nicht automatisch auch bedeuten muß, daß er den Kugelschreiber vom Blatt hebt.«

»Sie wollen andeuten, er wäre von einem Fremden ermordet worden?« fragte Marmolejo.

Julie machte einen Rückzieher. »Also, nein, ich deute es nicht *an*. Nur . . .« Sie grinste. »Ich weiß auch nicht, was ich damit andeuten will. Ich sollte es sowieso besser den Experten überlassen.«

Marmolejo nickte lebhaft. Ihm sollte es nur recht sein. »Der Schußkanal«, informierte er sie, »entspricht unserem kleinen Szenario. Das Projektil hat den Kopf in einer nach unten gerichteten Linie durchschlagen, ist unmittelbar unter dem Haaransatz ein- und an der Schädelbasis wieder ausgetreten . . .«

»Was damit übereinstimmt, daß er, mit nach vorn gebeugtem Kopf, auf dem Stuhl gesessen haben muß, während der Mörder stand«, pflichtete Gideon bei. »Haben Sie die Kugel gefunden?«

»Ja, und die Hülse ebenfalls. Kaliber .32, Gürtelmunition. Wahrscheinlich aus einem Smith & Wesson-Revolver, einem älteren Modell, obwohl mir der endgültige Bericht im Moment noch nicht vorliegt.« Er trank einen Schluck von seinem Coke. »Sie wissen nicht zufälligerweise, ob ein Mitglied der Crew eine solche Waffe besitzt?«

»Nein, keine Ahnung«, sagte Gideon.

»Könnten Sie nicht ihre Zimmer durchsuchen?« fragte Julie.

»Nicht ohne Durchsuchungsbefehl«, sagte Marmolejo und lächelte. »So notwendig die Polizeireform immer war, gewisse unpraktische Aspekte hatte sie doch auch.« Er stellte sein Glas auf den Tisch und schaute auf die Uhr. »Zehn nach eins. Vielleicht möchten Sie mir zum Mittagessen Gesellschaft leisten. Und ich würde mich freuen, wenn ich Sie anschließend zurück zum *Mayaland* fahren kann.«

»Mittagessen klingt gut«, sagte Gideon, »aber es macht uns nichts aus, mit dem Bus zurückzufahren.«

»Aber ich muß sowieso dorthin. Es gibt verschiedene Leute, mit denen ich gern sprechen möchte.«

Er stand auf. Die Zigarre wurde aus der Schublade geholt und wieder in seinen Mund gesteckt. »Wenn Sie mögen, haben wir auch noch Zeit zum Hängemattenkaufen, bevor wir uns auf den Weg machen.«

Gideons Hand wanderte zu der Plastiktüte neben seinem Stuhl. »Wie kommen Sie darauf, daß wir eine Hängematte kaufen wollen?«

»Kaufen denn nicht alle Amerikaner Hängematten, wenn sie nach Mérida kommen? Ich dachte, das wäre so eine amerikanische Eigenart.«

»Wir haben schon eine gekauft«, sagte Julie lachend.

»Doch wohl hoffentlich nicht auf dem *mercado*?«

»Also, doch, auf dem *mercado*«, sagte Gideon verteidigend. »Warum auch nicht?«

»Was haben Sie bezahlt?«

»Dreißigtausend Pesos.« Gideon warf Julie einen kurzen Blick zu. Es hatte keinen Sinn, Marmolejo zu sagen, daß sie das Doppelte bezahlt hatten. »Aber es ist eine gute Hängematte. Gut gewebt.«

»Zu dumm«, sagte Marmolejo. »Ich hätte Ihnen eine gute für die Hälfte besorgen können. Kommen Sie, wir essen im Café Exprés zu Mittag. Ich denke, es wird Ihnen gefallen.«

Ihre Mahlzeit und die nachfolgende Fahrt bestanden aus drei frustrierenden Stunden, während derer sie versuchten, die Ereignisse der letzten elf Tage zu begreifen. Wie sollten sie Abes Theorem zueinander in Beziehung stehender fauler Tricks und Ereignisse anwenden, das sie alle unterschreiben konnten? Wie sollten sie aus dem Mord an Ard, dem Angriff auf Gideon, der Morddrohung, der geheimen Ausgrabung und allem anderen schlau werden – ganz zu schweigen davon, das alles in Beziehung zueinander bringen? Halbherzige, unausgegorene Ideen wurden ebenso schnell verworfen, wie sie entstanden.

Das einzige, was alles zusammenhielt, war anscheinend, daß sich die Prophezeiungen des Fluches eine nach der anderen erfüllten, und wenn dieses Thema angeschnitten wurde, drängte sich ihnen wie von selbst jedesmal Emma in den Kopf. Für sie stand, sowohl persönlich wie auch finanziell, in der sensationellen Erfüllung des Fluches am meisten auf dem Spiel, und ein blutiger Mord würde ganz sicher dem späteren Verkauf von

Jenseits der Träume nicht schaden. Aber würde sie wirklich allein der Vermarktung ihres Buches wegen den schrecklichen Schritt unternehmen – und das schreckliche Risiko eingehen –, Ard umzubringen? War sie so kaltblütig?

Am Ende hielt selbst Julie diese Meinung nicht mehr aufrecht. Es war einfach zu abstrus, zu grotesk.

Marmolejo näherte sich der Sache von einer anderen Seite. »Was, wenn sie es nicht tut, um ihr Buch zu verkaufen, sondern weil Huluc-Canab ihr befiehlt, es zu tun?«

Die drei sahen sich an. »Das«, sagte Gideon, »ist wieder eine andere Geschichte.«

Sie waren erst nach vier Uhr ins Hotel zurückgekehrt, zu spät für eine sinnvolle Arbeit auf dem Ausgrabungsgelände. Während Marmolejo ging, um mit einigen Angestellten des Hotels zu sprechen, blieben Julie und Gideon in ihrem Zimmer. Gideon arbeitete lustlos an seiner Monographie, Julie an ihrem Quartalsbericht. Das Klingeln des Telefons um zwanzig nach fünf war eine willkommene Unterbrechung.

»Das dürfte dann wohl Abe sein«, prophezeite Julie, »gerade von der Ausgrabung zurück. Will wissen, wie es mit Marmolejo gelaufen ist.«

Er war es. Das Gespräch sei zufriedenstellend verlaufen, informierte Gideon ihn, viel Neues sei allerdings nicht dabei herausgekommen.

»Tja, ich habe etwas Neues für dich«, sagte Abe, als Gideon seinen Bericht beendet hatte. »Ich will erst noch duschen. Wir treffen uns in fünfzehn Minuten in der Bar. Bestellst du mir schon mal ein *Montejo?*«

»Was gibt's denn, Abe?«

»Ha, wart's nur ab, du wirst schon sehen.«

Gideon konnte das Funkeln in seinen Augen förmlich sehen.

* * *

Wie fast alle für jeden Gast zugängliche Räumlichkeiten des

Mayaland besaß auch die *Lol-ha Bar* luftige Gitterkonstruktionen an den Eingängen und Fensteröffnungen statt Türen und verglaster Fenster. Deshalb wehte die leichte Brise am frühen Abend gelegentlich Geräusche und Düfte von draußen herein. Julie und Gideon tranken ihr Bier und hörten zu, wie sich der Gitarrenspieler auf der Veranda mit einer coolen, schlichten Version von »Schafe können sicher weiden«, die unerwartet gut zu den üppigen tropischen Pflanzen und den leise murmelnden Brunnen paßte, auf die Arbeit des Abends einstimmte.

Als die letzten Klänge von Bach verhallten, trat Abe entschlossenen Schrittes aus dem kultivierten Dschungel des Hotels. Sein schmaler, hochgereckter Kopf kam ein gutes Stück vor dem Rest, und seine Füße wirbelten, um aufzuholen. Mit beiden Armen preßte er ein schweres Ringbuch an die Brust.

»Irgendwas sagt mir«, meinte Gideon zu Julie, »daß wir hier kurz vor einem größeren Durchbruch stehen.«

Abe setzte sich, schob das Bier zur Seite, um Platz zu schaffen, und legte das Ringbuch auf den Tisch, umgekehrt, so daß Gideon und Julie die Seite lesen konnten, an der es aufgeschlagen war. Direkt daneben legte er eine Fotokopie der Drohung, die in der vorangegangenen Woche unter ihre Tür geschoben worden war.

»Also, was sagt ihr dazu? Gibt es da noch einen Zweifel?« Er lehnte sich in seinen Sessel zurück und wirkte äußerst zufrieden.

Das Ringbuch enthielt den täglichen Ausgrabungsbericht der ersten Expedition. Aufgeschlagen war die Seite vom 18. Juni 1982, und unterschrieben hatte Howard.

Julies Blick wanderte ausdruckslos von der Seite zu dem kurzen Brief. Gideon tat das gleiche und fragte sich, woran kein Zweifel mehr bestehen sollte.

Gideon Oliver, verlaß Yucatán, oder du wirst sterben. Das ist kein Scherz. Die Götter von Tlaloc.

Wieder dieses vage Gefühl, daß ihm irgend etwas bekannt vorkam, das Gefühl, es schon einmal gesehen zu haben, aber sonst nichts. Er schüttelte den Kopf. »Ich glaube nicht . . .«

»Die *a*s«, soufflierte Abe und trank ungeduldig von seinem Bier.

»Die *a*s . . .?« Gideons Kopf schwang von dem Tagebucheintrag zum Drohbrief und zurück. Und schließlich fiel der Groschen. »Das schiefe *a*! Es ist auf der gleichen Schreibmaschine geschrieben worden!« Aufgeregt beugte er sich vor. »Der fehlende Strich beim *w*, die Kerbe in den *e*s, auf beiden Seiten genau gleich!« Ein flüchtiger Blick auf weitere Seiten des Ringbuches bewies, daß alles mit der gleichen Maschine getippt worden war. »Abe, das ist ja phantastisch!«

Abe lachte. »Mir hat einfach keine Ruhe gelassen, warum es mir so bekannt vorkam, und dann dämmerte mir schließlich, was es war.«

»Ich bin überzeugt, das alles ist ganz wunderbar«, meinte Julie, »aber ich wünschte, jemand würde sich die Mühe machen, mich wissen zu lassen, warum wir uns jetzt alle so auf die Schulter klopfen.«

»Weil«, sagte Abe, »wir gerade dahintergekommen sind – ihr bemerkt, daß ich das bescheidene ›wir‹ benutze –, daß dieser freundliche kleine Brief an Ihren Mann von niemand anderem als Howard Bennett geschrieben worden ist.« Er legte eine theatralische Pause ein. »Howard Bennett ist hier in Yucatán.«

»Moment«, sagte Julie, »könnten wir vielleicht mal einen Augenblick warten? Ich bin ganz dafür, daß jetzt auch Howard der Böse mitspielt, aber wieso beweist die Tatsache, daß das hier auf der gleichen Maschine geschrieben worden ist, daß Howard beides getippt hat?«

»Es ist seine Schreibmaschine«, erklärte Abe. »Eine Brother EP-20, eine kleine Reiseschreibmaschine, die man in einem Aktenkoffer unterbringen kann. Glauben Sie mir, ich kenne den Polizeibericht in- und auswendig. Als er damals verschwunden ist, ist die Schreibmaschine mit ihm verschwunden, stimmt's nicht, Gideon?«

»Ja, das stimmt. Er ist noch einmal in sein Zimmer zurück und hat sie geholt, zusammen mit ein paar anderen Dingen.«

»Aber wie könnt ihr so sicher sein, daß *er* sie mitgenommen hat?« ließ Julie nicht locker. »Bei allem, was ihr wißt, könnte doch auch jemand anderes . . .«

»Nein«, sagte Gideon. »Der Brief, den er uns geschickt hat – du weißt schon, wie sehr er die leidige kleine Sache bedauert, den Kodex gestohlen zu haben –, war darauf geschrieben. Das hat die Polizei damals zweifelsfrei festgestellt.« Er tippte auf den Brief auf dem Tisch. »Und hier haben wir wieder diese schiefen *a*s. Und ob er hier ist!«

Julie hörte sich das alles an, kaute nachdenklich auf der Innenseite ihrer Wange. Langsam drehte sie sich zu Gideon, eine Augenbraue gefährlich gehoben. »Bilde ich mir das jetzt nur ein, oder ist es nicht schon seit letzter Woche meine Rede, daß er hier wäre? Und hast du selbst mir nicht hundert Gründe genannt, warum er *nicht* hier wäre, warum er *nicht* hier sein könnte, warum . . .«

»Ein guter Wissenschaftler«, erklärte Gideon, »modifiziert seine Arbeitshypothesen entsprechend neuer Daten. Wenn zusätzliche . . .«

»Wieso gibst du nicht einfach zu, daß du dich geirrt hast?« sagte Abe.

»Ich«, erwiderte Gideon zerknirscht, »habe mich geirrt. Völlig geirrt. Im richtigen Kino, aber im falschen Film.«

»Ja, das warst du«, sagte Julie, »und hast noch dazu über andere ziemlich verächtlich die Nase gerümpft, wenn ich mich recht entsinne.«

»Also schön, ich entschuldige mich. Ehrlich. Wir hätten auf dich hören sollen.«

»Wir?« sagte Abe. »Seit wann bin ich dabei im Spiel?« Er lachte vergnügt, sinnierte dann laut: »Aber was macht er hier? Was will er?«

»Den Kodex«, sagte Julie.

Abe starrte sie an. »Was?«

»Das ist eine weitere von Julies Hypothesen«, erklärte Gideon. »Sie glaubt, der Kodex könnte immer noch dort unter dem Schutt liegen und jetzt sei Howard zurückgekommen, um ihn sich zu holen.«

»Aber das ist unmöglich. Wir *wissen*, daß er ihn mitgenommen hat – das hat er selbst *gesagt*. Und wir haben Berichte aus allen Ecken und Enden der Welt. Und . . .«

»Genau das hat Gideon auch gesagt«, unterbrach Julie süffisant grinsend.

»Wie auch immer, selbst wenn er noch dort wäre, wieso sollte Howard ausgerechnet jetzt zurückkommen? Warum hat er ihn nicht . . .«

»Genau denselben Vortrag hat mir Gideon immer gehalten, wenn er mir geduldig erklärt hat, daß auch nicht die geringste Möglichkeit bestünde, Howard könne sich in einem Umkreis von tausend Meilen von hier befinden.«

»Ja, aber . . .« Abe sprach nicht weiter, nickte dann langsam, die Lippen geschürzt wie ein Mann, dem ein Licht aufgeht. »Das würde dann ganz sicher die heimliche Ausgrabung erklären, nicht wahr? Vielleicht sogar die Torheit mit dem Fluch.«

Abes Theorie bezüglich des Fluches war ebenso einfach wie zwingend. Angenommen, der Kodex befand sich tatsächlich noch dort, dann dürfte die Entscheidung des Institutes, die Ausgrabung der Treppe wiederaufzunehmen, Howard ziemlich erschüttert und der Fortgang der Arbeiten ihn zunehmend verzweifelter gemacht haben. Wie konnte er seinen nicht geborgenen Schatz besser schützen, als dafür zu sorgen, daß das Institut den Tempel wieder schloß? Und welche bessere Möglichkeit gab es, das Institut genau dazu zu bewegen, als die schrittweise Erfüllung eines uralten Fluches zu arrangieren? Ein Artikel im *Flak* würde sie vielleicht nicht gerade auf Trab bringen, aber wie lange hätte es gedauert, bis die Story auch von der seriöseren Presse aufgegriffen wurde?

Und wenn ein Teil des Fluches nebenbei auch noch zum gewaltsamen Tod seines alten Feindes Gideon Oliver auf den Wällen des Ballspielplatzes von Chichén-Itzá führte, um so besser. Wenn nicht, nun, worum es ging, war unmißverständlich klar geworden, und eine weitere Gelegenheit mochte sich immer noch bieten.

»Wißt ihr«, meinte Gideon langsam, »das erklärt auch manches bei dem Mord an Ard.«

»Du meinst, Ard hätte herausgefunden, daß er hier war, vielleicht sogar, daß er hinter dem Fluch steckt?« fragte Abe.

»›Rückkehr zum Tatort‹ – das stand doch in seinem Notizbuch. Auf wen sonst könnte sich das beziehen, wenn nicht auf Howard?«

Julie machte einen ihrer erfolglosen Versuche, mit den Fingern zu schnippen. »Und was ist mit dem Hinweis auf die Fortsetzung? ›Die seltsam verworrene Geschichte von Howard Bennett und dem Kodex von Tlaloc‹ oder so was in der Richtung. Stan muß herausgefunden haben, daß Howard hier war – vielleicht sogar, daß auch der Kodex noch hier ist –, und Howard hat ihn umgebracht, um zu verhindern, daß er darüber schreibt.«

»Wißt ihr, so könnte es gewesen sein«, sagte Abe. »Bislang hat niemand eine bessere Erklärung.«

Plötzlich fiel für Gideon ein weiteres kleines Mosaiksteinchen an seinen Platz, eines, das er schon vor Stunden richtig hätte einfügen müssen. Er schnippte mit den Fingern.

»Angeber«, sagte Julie.

»Die Waffe!« sagte Gideon. »Die, mit der Ard erschossen worden ist – Marmolejo sagte, es wäre eine .32er . . .«

». . . was genau die Waffe ist, die Howard hatte«, sagte Abe. »Er hatte sie bei sich, als er in der Nacht zum Tempel ging. Kein Mensch hat sie später gefunden. Eine alte Smith & Wesson, laut Bericht.«

»Genau. *Genau!*« Zum ersten Mal begann Gideon, es selbst zu glauben. »Verdammt, es *ist* Howard. Er ist hier in Yucatán. Seid ihr euch eigentlich klar darüber, daß dies das erste Mal seit dem Diebstahl des Kodex ist . . .«

»Des versuchten Diebstahles«, korrigierte Julie. »Des angeblichen Diebstahles.«

». . . daß wir sicher wissen, wo er sich befindet? Und er weiß nicht, daß wir es wissen. Das ist unsere erste anständige Chance, den Dreckskerl zu finden. Und den Kodex zurückzubekommen.« Er nickte Julie respektvoll zu. »Außer natürlich, der Kodex liegt schon die ganze Zeit über dort unten und wartet nur auf uns.«

»Das wäre was, hmh?« sagte Abe leise.

Gideon winkte einem Kellner, der dezent an der Seite des Säulenbogens wartete. *»Tres copas de brandy, por favor. Tiene Cardenal Mendoza?«*

Als die Getränke gebracht wurden, stießen die drei an, und Abe lachte glücklich. »Jetzt weiß ich, daß ich von Verrückten umgeben bin«, sagte er, wobei seine hellblauen Augen leuchteten. »Ein Mann erhält eine Morddrohung und kommt schließlich dahinter, daß sie von einem Mörder stammt, der in der Gegend herumläuft und Leute abknallt. Was würde jeder normale Mensch tun? Sich in seinem Zimmer verkriechen, sich einen falschen Bart ankleben, sich ins nächste Flugzeug setzen. Und was macht dieser Bursche? Er bestellt eine Runde Cognac. Noch dazu Cardenal Mendoza.«

»Wobei du ihm nur zu bereitwillig Gesellschaft leistest«, betonte Gideon.

»Habe ich etwa behauptet, ich wäre nicht auch verrückt? Paßt auf, wo steckt Marmolejo? Wir haben ihm eine Menge zu erzählen.«

»Da fällt mir aber ein Stein vom Herzen«, sagte Julie. »Ich dachte schon, ihr zwei hättet vor, ihn allein zu fangen.«

»Wir?« Abes bewegliche Augenbrauen schossen nach oben. »Was für ein Gedanke. Was sind wir denn, Detektive vielleicht?«

19

Marmolejo schaute sich ganze zehn Sekunden die Kopie des Drohbriefes an, dann legte er das Blatt neben den Weinbrand, den er zwar nicht ausgeschlagen, aber bislang auch noch nicht angerührt hatte.

»Ja«, sagte er, die unangezündete Zigarre im Mund, »es ist dieselbe Schreibmaschine.« Er lehnte sich in seinem Stuhl unter einem Holzrelief zurück, das auf einem Wandgemälde von Bonampak basierte, und spielte gedankenverloren mit seinem Glas. »Die Frage ist nur: warum?«

»Der Kodex«, sagte Julie mit verdutzter Miene. Sie war doch gerade erst alles mit ihm durchgegangen. »Er muß immer noch . . .«

Mit einer Handbewegung brachte er sie zum Schweigen. »Nein, ich meine den Brief unter der Tür. Warum Ihren hochverehrten Gatten auf diese kindische Art bedrohen? Warum ihn nicht einfach umbringen?«

»Um die Genugtuung zu bekommen, daß er ihm Angst einjagen konnte«, überlegte Julie. »Wenn man bedenkt, daß Gideon derjenige war, der das Komitee ins Leben gerufen hat, würde es Howard bestimmt eine Menge Spaß bereiten, ihn in Angst und Schrecken zu versetzen. Nicht«, fügte sie loyal hinzu, »daß Gideon Angst gehabt hätte.«

»Das glauben Sie?« sagte Marmolejo. »Da habe ich so meine Zweifel. Wenn ich Genugtuung daraus ziehen wollte, Ihnen Angst einzujagen, wäre es mir wichtig, daß Sie auch genau wüßten, *ich* und niemand anderes wäre es, der hinter Ihnen her ist. Aber hat Dr. Bennett den Brief unterschrieben? Nein, er hat keinen Hinweis auf sich geliefert. Es könnte durchaus auch jemand anderes gewesen sein.«

»Aber er konnte es sich nicht leisten, jemanden wissen zu lassen, daß er hier war«, sagte Julie. »Das haben wir doch bereits geklärt.«

»In Ordnung«, räumte Marmolejo ein, »aber wenn er den Reporter umgebracht hat, um seine Anwesenheit hier geheimzuhalten, wie Sie sagen, wieso lenkt er dann auf diese Weise die Aufmerksamkeit auf sich?« Er drehte sich zu Gideon um. »Wenn er Rache wollte, warum Ihnen dann nicht ganz simpel mit der Rohrzange einen überziehen – entschuldigen Sie, Mrs. Oliver –, und das war's dann? Warum mit diesem Brief eine Identifikation riskieren?«

Das waren gute Fragen, über die nachzudenken Gideon bislang noch keine Gelegenheit gehabt hatte. »Tja, natürlich würde er nie damit rechnen, daß Abe die Dokumente miteinander vergleicht.«

Worauf Marmolejo mit einem unverbindlichen Schulterzukken reagierte. »Er könnte sich aber denken, daß *wir* es tun würden. Irgendwann.«

»Wie lautet also Ihre Theorie, Inspektor?« fragte Abe.

Der Inspektor schüttelte den Kopf, rollte seine Zigarre von einem Mundwinkel in den anderen. »Dr. Oliver, haben Sie auch früher schon Drohungen von ihm bekommen?«

»Nein.«

»Und dann sind es auf einmal so viele, daß er kaum noch mitzählen kann«, sagte Julie.

Marmolejo nahm dies auf, wie es gemeint war. »Aber warum«, fragte er, »fängt er dann jetzt auf einmal damit an? Warum nicht schon vor Jahren?«

Weitere gute Fragen. »Vielleicht ist er nie das Risiko eingegangen, in die Staaten zurückzukehren?« spekulierte Gideon. »Vielleicht ist das die erste Gelegenheit, die sich ihm geboten hat.«

Wieder ein Schulterzucken von Marmolejo und ein Themenwechsel. »Dr. Goldstein, sollte der Kodex immer noch in Tlaloc liegen, wäre es in unser aller Interesse, ihn so schnell wie möglich zu bergen.« Er kramte eine kleine Streichholzschachtel hervor, nahm ein winziges, gewachstes Streichholz heraus, zündete es an und hielt es ans Ende seiner Zigarre. Marmolejo mit einer brennenden Zigarre war ein seltener Anblick. Er fühlte sich generös, und das war kein Wunder. Die Wiedererlangung des Tlaloc-Kodex für sein Land wäre eine phantastische Leistung.

»Da bin ich voll und ganz Ihrer Meinung«, sagte Abe vorsichtig. »Aber je schneller man gräbt, desto mehr Risiken geht man ein. Sie würden doch sicher nicht die Gefahr eingehen wollen, daß der Kodex beschädigt wird.«

Natürlich nicht; das war doch selbstverständlich. Aber war es denn nicht möglich, die Ausgrabung ohne ein solches Risiko zu beschleunigen? Was, wenn er einige seiner eigenen, zuverlässigen Männer als Hilfe zur Verfügung stellte?

Abe, Perfektionist, der er war, reagierte zögernd, aber Marmolejo argumentierte überzeugend. Wie gründlich der Polizeischutz auch immer sein mochte, es war unmöglich, weder für

Menschen noch für Objekte eine hundertprozentige Sicherheit zu garantieren. War nicht das Schicksal von Ard dafür Beweis genug? Solange der Kodex dort unten lag, bestand immer ein gewisses Risiko, daß Howard einen Weg finden mochte, ihn in die Finger zu bekommen oder sogar zu zerstören, so geistesgestört war er offensichtlich. Und was war mit der Gefahr für die Sicherheit der Crew? Wer konnte sagen, wer als nächstes dran war, und wann? Aber man brauchte nur den Kodex fortzuschaffen, und schon hatte sich auch Howards *raison d'être* erledigt, oder doch wenigstens sein primärer Grund, jemandem etwas anzutun.

Abe schwankte, gab dann nach. Ab kommenden Morgen würden sich zwei von Marmolejos Männern zum Dienst im Tempel melden, natürlich unter Abes Aufsicht. Mit Abes Erlaubnis würde Marmolejo selbst ebenfalls dort sein.

Abe, der genau wußte, wann er im Grunde keine Wahl mehr hatte, gab seine Zustimmung. »Aber wissen Sie«, sagte er, »etwas läßt mir dabei keine Ruhe. Garrison hat den Fluch am Montagabend vergangener Woche übersetzt. Die Pressekonferenz war am Dienstag, daher hat es vor Mittwoch nicht in den Zeitungen gestanden. Und doch war Howard bereits Mittwochabend hier und schiebt Zettel unter Türen. Wie hat er das so schnell erfahren können? Wie ist er so schnell hergekommen?«

Die Zigarre war inzwischen wieder verloschen. Marmolejo pflückte sie mit zwei Fingern aus dem Mund. »Die Frage lautet: von wo nach hier? Falls er bereits in Yucatán war, dürfte das kein größeres Problem gewesen sein.«

»Bereits in Yucatán?« wiederholte Abe. »Wieso sollte er schon in Yucatán sein?«

Marmolejo zog es vor, nicht alle Fragen zu beantworten, die ihm gestellt wurden. Nachdem er sich zu seiner Zufriedenheit um alle erforderlichen Schritte gekümmert hatte, hob er nun sein Glas und lächelte sein affenartiges Grinsen.

»Auf das Wiederfinden des Tlaloc-Kodex«, sagte er.

Worthy Partridge führte eine der vier Backpflaumen zum Mund, die das Küchenpersonal jeden Tag zusätzlich in sein Lunch-Paket legte. »Ich persönlich«, sagte er, »würde überglücklich sein, wenn ich diesen elenden Ort nicht mehr sehen müßte.« Er schüttelte sich. Mit geschürzten Lippen wurde die Trockenpflaume gründlich durchgekaut. »Erinnert mich daran, nie wieder einen Gratis-Urlaub anzunehmen.«

»Das sehe ich aber ganz anders«, meinte Harvey, den Mund voll Weißbrot und Truthahn. »Das hier ist doch super. Wie kannst du abreisen, bevor sie herausgefunden haben, ob der Kodex noch da ist?«

»Problemlos«, erwiderte Worthy verdrießlich. »Ich will nicht der nächste sein, den Howard abmurkst.«

Gesprächsthema war Marmolejos Ankündigung von diesem Morgen, daß es den Mitgliedern der Crew jetzt freistand, Yucatán nach Belieben zu verlassen. Worthy war der einzige, der beabsichtigte, von diesem Angebot Gebrauch zu machen. Er hatte seinen Flug für den kommenden Tag gebucht.

Harvey schaute wehmütig zum Tempel der Eulen auf. »Mann, glaubst du wirklich, sie werden ihn finden?«

»Marmolejo hat versprochen, daß sie uns sofort Bescheid geben, wenn es soweit ist«, sagte Gideon.

»Marmolejo«, brummte Worthy. »Ich würde diesem Mann nicht trauen, wenn ich Sie wäre.«

»Wieso? Was ist denn mit Marmolejo?« fragte Leo.

»Er ist zu klein«, sagte Worthy.

Leo lachte. »Häh?«

»Ich mag keine kleinen Menschen. Sie bewegen sich zu schnell. Flitzen immer nur rum.«

Die Unterhaltung verlief nun bereits seit einer halben Stunde auf diese zwanglose Art. Die Crew machte Mittagspause im Schatten der Akazien in der Nähe der Westgruppe, nachdem sie den Morgen über die langsam voranschreitende Ausgrabung der Fundamente des Ballspielplatzes fortgesetzt hatte. Abe hatte Gideon gebeten, diese Arbeit zu überwachen, während er selbst mit Marmolejo im Treppenschacht war. Die Arbeit an dem bescheidenen Ballspielplatz war reine Routine und langweilig und nicht einmal aufgelockert durch Emmas Berichte über ihr letztes Plauderstündchen mit Huluc-Canab.

Sie hatte beschlossen, an diesem Morgen im Hotel zu bleiben, und Preston leistete ihr Gesellschaft. In letzter Zeit war Emma bei weitem nicht mehr so dynamisch wie sonst. Zum Teil lag das sicher daran, daß der Rest der Gruppe begonnen hatte, auf Durchzug zu schalten, sobald sie den Mund aufmachte, zum anderen aber auch, daß sie von Huluc-Canab schwer enttäuscht war, weil er sie informiert hatte, daß keinem Mitglied der Gruppe während ihres Aufenthaltes etwas Ernstes zustoßen werde. Als Ard dann ermordet worden war, hatte sie Huluc-Canab während ihres morgendlichen Tête-à-tête zur Rede gestellt, und er hatte darauf aufmerksam gemacht, daß Ard genaugenommen kein Mitglied der Gruppe sei. Eine recht aalglatte, ausweichende Antwort, Emmas Meinung nach. Gideons ebenfalls.

Als sie sich wieder auf den Weg zum Ballspielplatz machten, kam ihnen einer von Marmolejos Beamten entgegen.

Ob sie mit zum Tempel kommen wollten? nuschelte er höflich auf Spanisch. Sie hätten etwas Interessantes entdeckt.

»El codex?« fragte Gideon, und dann, als der Beamte ihn verständnislos anstarrte: *»Un libro?«*

Ja, meinte der Polizist, sie hätten ein Buch gefunden. Sehr alt, sehr schön.

Gideon juchzte und griff nach Julies Hand. »Ich werde nie wieder an dir zweifeln«, rief er lachend. »Du bist brillant!«

Als sie den Tempel erreichten, kühlte sein Hochgefühl einen Moment lang ab. Mit dem seltsamen Gefühl, daß er sich in der Zeit zurückbewegte, daß sich alles wiederholen würde, was laut dem Kalender der Maya für alle Dinge galt, zögerte er unmittelbar hinter dem Eingang. Alles war wie beim ersten Mal: die Luft war stickig und voller Staubpartikel – er spürte bereits, wie sie auf seiner Zunge einen Belag bildeten, seine Nase verkrusteten; das schwefelgelbe Licht der tragbaren Lampen weiter unten; die tanzenden Schatten auf den Wänden und der Decke; die muffigen Gerüche nach Alter, Schimmel und Schweiß; die Anspannung in den Stimmen von der Treppe.

Julie berührte seinen Arm. »Gideon, was ist los?«

Er drückte ihre Hand und lächelte. »Ach, nur ein paar Gespenster.«

Die schnell genug von Abes schwachem, aufgeregtem Ruf von der Treppe vertrieben wurden.

»Gideon, bist du es? Komm, sieh dir das an, schnell! Julie, sind Sie auch da? Kommt! Kommt alle, seht euch das an!«

Während sie die steinernen Stufen hinuntereilten, wurde Gideon weiter beruhigt durch den scharfen Geruch nach Zelluloidaceton-Lösung, dem verbreitetsten und beruhigenden Duft bei jeder Ausgrabung. (Dicht gefolgt von abgestandenem Kaffee auf Platz zwei.) Die Lösung wurde für alles mögliche benutzt: für das Glasieren von Keramik über das Zusammenkleben von Knochen, zum Versiegeln von mit Wasser vollgesogenem Holz und zur Verstärkung verwesender Haut. Im Augenblick versprühte Abe sie hochverdünnt aus einem gläsernen Zerstäuber auf etwas, über das er sich konzentriert beugte. Der Schutt war inzwischen fast genausoweit fortgeräumt wie 1982, und Abe kniete auf der untersten sichtbaren Stufe, wobei er seine knochigen Knie auf ein zusammengefaltetes Handtuch bettete. Eine Stufe darüber stand Marmolejo, nicht weniger konzentriert, und auf dem Absatz darüber saßen zwei staubige, verschwitzte Polizisten und tranken kalten Tee. Die Maya-Arbeiter, die den Schutt hinausgeschleppt hatten, waren fortgeschickt worden.

Abes schmaler Rücken versperrte den Neuankömmlingen die Sicht, doch als er hinter sich Schritte hörte, drehte er sich zur Seite, damit sie auch sehen konnten.

»So«, sagte er mit glänzenden Augen, »was hältst du hiervon?« Noch nie hatte Gideon ihn so aufgeregt erlebt.

Und das mit gutem Grund. Es war allerdings der Kodex, eingeklemmt in der Ecke zwischen Wand und Stufe. Mitgenommen durch den Einsturz, an einer Ecke eingedrückt, an einer anderen gerissen, aber im wesentlichen einwandfrei. Er war sogar noch an der gleichen Stelle aufgeschlagen.

Gideons schallendes Lachen zog erstaunte Blicke der anderen auf sich. Ganz besonders Marmolejo warf ihm einen eigenartigen Blick zu, aber wie sollte er erklären, wie komisch das war? All die ernste, hingebungsvolle Arbeit des *Komitees zur Erforschung der Maya,* all die Papierberge, die sie produziert hatten, all die brillante Strategie, um Howard daran zu hindern, den Kodex verkaufen zu können – und hier war er die ganze Zeit über gewesen, angeschlagen und begraben, aber außerordentlich sicher unter Tonnen von Schutt.

Er starrte ihn an, saugte den Anblick förmlich auf: der alte Kodex, der schummerige steinerne Tunnel, der leidenschaftliche alte Mann. »Glückwunsch, Abe. Was für ein ...«

Er sprach nicht weiter, runzelte die Stirn. Etwas, ein paar Dutzend Zentimeter vom Kodex entfernt, hatte seine Aufmerksamkeit erregt. Ein kleiner, an sich nicht weiter beachtenswerter Knoten ineinander verschlungener, stäbchenförmiger Objekte in der Farbe von Treibholz, kaum sichtbar, gerade mal einen Zentimeter aus dem Geröll herausragend, das immer noch die untersten Stufen und das Fußende der Treppe bedeckte.

»Nur einen Moment, ja?« sagte er.

Er legte eine Hand auf Abes Schulter und schob sich an ihm vorbei, machte einen vorsichtigen Schritt über den Kodex hinweg. Die Höhe des bislang noch nicht fortgeräumten Schutts machte es unmöglich, aufrecht zu stehen. Er hockte sich und wischte mit den Händen etwas Schmutz beiseite.

»Leo«, sagte er, »würden Sie die Lampe bitte so drehen, daß sie hierher gerichtet ist?«

Er ließ die Fingerspitzen über die stäbchenförmigen Objekte wandern und räumte mehr Schutt zur Seite. Die anderen beobachteten ihn neugierig und stumm. Niemand schien fragen zu wollen, was das war.

»Es ist ein rechtes Ellbogengelenk«, sagte er ohne lange Vorrede, »immer noch zum größten Teil begraben.« Er deutete auf die sichtbaren Enden der Knochen. »Humerus, Ulna und Radius.«

»Articulatio cubiti«, sagte Harvey automatisch.

»Wollen Sie damit sagen, es ist ein ... ein *menschliches* Ellbogengelenk?« stammelte Worthy.

Gideon nickte.

»Da drunter liegt ein *Skelett?*« Worthy war bleich geworden. Im grellen Licht sah sein Gesicht wächsern aus.

»Ich fürchte, ja«, sagte Gideon.

»Vielleicht ist es . . . also, wahrscheinlich ist es ein alter Knochen. Sie wissen schon, nur wieder eine Beisetzung der Maya.«

»Nein«, sagte Gideon, »es ist erst ein paar Jahre alt. Ich kann . . .« Aber Worthy war sowieso schon beunruhigt genug, und auch Leo und Julie sahen nicht sonderlich glücklich aus. Es gab keinen Grund, ihnen zu erklären, daß er immer noch den kerzenwachsähnlichen Geruch des trocknenden Fetts im Knochenmark riechen konnte. Und das wäre ganz sicher nach einigen weiteren Jahren nicht der Fall gewesen. Außerdem war der größte Teil des Gelenkknorpels immer noch vorhanden, und sogar ein paar Fetzen der Bänder.

»Es stammt aus jüngerer Zeit«, sagte er einfach.

Aber auch wieder nicht aus allzu jüngster Zeit. Von Ranzigkeit keine Spur mehr, auch keinerlei Hinweise auf Insekten oder Ungeziefer, die den Knochen gesäubert hatten. Und der Knorpel war spröde und braun. Die Schlußfolgerung war zwangsläufig – und offensichtlich, wenn man einen Augenblick darüber nachdachte. Als er zu den Gesichtern aufschaute, die mit äußerster, verblüffter Konzentration zu ihm herabsahen, war es klar, daß alle es begriffen hatten. Er sagte es trotzdem.

»Wer auch immer das hier ist, er ist beim Einsturz des Tunnels getötet worden. Nicht vorher, nicht nachher. Daran kann überhaupt kein Zweifel bestehen.«

20

Mehrere Sekunden verstrichen, ohne daß einer auch nur ein Wort von sich gab. Das Surren der Rädchen in ihren Köpfen war beinahe in der dicken Luft zu hören, Gideons ebenfalls. *Wer* war getötet worden? Warum? Wie? Hatte jemand Howard daran gehindert, den Kodex zu stehlen, nur um dann für seine Bemühungen zu sterben? War es zu einem Kampf gekommen? Waren in dessen Folge die geschwächten Wände eingestürzt, hatten den Kodex und seinen Beschützer unter sich begraben, so daß Howard mit leeren Händen davonschleichen mußte, um seine Chance zur Rückkehr abzuwarten? Das war auch nicht bizarrer als manche anderen ihrer Theorien, und es würde eine Menge erklären.

Nur, wessen Skelett war es? Man wußte, wo sich jeder einzelne befand. Von den Mitgliedern der 1982er Crew standen genau jetzt in diesem Augenblick drei auf der Treppe, zwei befanden sich im Hotel, und die anderen, diejenigen, die es vorgezogen hatten, nicht zurückzukehren, waren in den Vereinigten Staaten. Abe hatte mit allen telefoniert, als die Ausgrabung fortgesetzt werden sollte. Wer also . . .

Es war Marmolejo, der die Antwort lieferte.

»Aha«, sagte er leise. »Avelino Canul . . . endlich.«

Avelino Canul, der tapfere kleine Maya-Vorarbeiter, der die einheimischen Arbeiter während der früheren Ausgrabung beaufsichtigt hatte. Avelino, der am Tag nach dem Einsturz verschwunden war. Die Polizei hatte versucht, ihn ausfindig zu machen, wenn auch nur halben Herzens. Angesichts des Rufes von Colonel Ornela, korrupt und inkompetent zu sein, war es nicht weiter ungewöhnlich, wenn ein Maya (oder jeder x-beliebige andere im übrigen auch), lieber floh, als ein Verhör der Polizei über sich ergehen zu lassen, selbst wenn er sich keines Verbrechens schuldig gemacht hatte. Und Avelino war, wie sich herausgestellt hatte, aufgrund einer langjährigen Vorliebe für Rum, schon häufiger mit dem Gesetz in Konflikt geraten.

Man war allgemein der Meinung gewesen, daß er in seinem Dorf in Guatemala, direkt hinter der Grenze, untergetaucht war, und als Howards Brief eintraf, in dem er alles erklärte – das hatten sie wenigstens gedacht –, war die Suche nach ihm eingestellt worden. Wie der Colonel schon gesagt hatte: wenn er sich in seinem eigenen Dorf, unter seinen eigenen Leuten verstecken wollte, gab es für die Polizei auch nicht die geringste Möglichkeit, ihn zu finden – nicht einmal für Marmolejo, der immerhin ein Halb-Maya war. Außerdem besaßen sie in Guatemala ohnehin keinerlei Rechtsbefugnisse. Dabei hatten sie es belassen, doch unterschwellig hatte die Sache Marmolejo immer beschäftigt; sein Bedürfnis nach einem klarem Abschluß eines Falles blieb unbefriedigt. Mehr als einmal hatte er sich in Gideons Gegenwart laut Gedanken über das Schicksal von Avelino Canul gemacht.

»Mr. Partridge«, sagte er jetzt.

Worthy zuckte zusammen. »Pardon? Was?«

»Avelino und die anderen Arbeiter wurden doch damals nach Hause geschickt, wenn die Arbeit eines Tages getan war. Wie ist er Ihrer Meinung nach hierher zurückgekommen?«

»*Meiner* Meinung nach? Woher soll ich das denn wissen?«

»Sie waren hier in Tlaloc, auf Wache.«

»Ich . . . also, ja, aber . . . es war dunkel. Es gab damals noch keinen Zaun. Der Mann war Indianer, kannte sich im Dschungel aus. Er kannte die Wege besser als jeder andere. Er hätte problemlos zurückkommen können, ohne dabei gesehen zu werden.«

»Ja, da haben Sie wahrscheinlich recht. Warum meinen Sie denn, würde er so etwas tun? Glauben Sie, er wollte den Kodex selbst stehlen? Vielleicht haben sie darum gekämpft?«

»Ich kann Ihnen versichern, daß ich nicht die geringste Idee habe. Wieso fragen Sie ausgerechnet mich?« Er schluckte. Marmolejo hatte ihn eingeschüchtert.

»Macht nichts, *señor*«, sagte der Inspektor freundlich. »Ich bin sicher, alles wird sich schon sehr bald aufklären.«

Der Schutt, unter dem die Knochen begraben lagen, war leicht zu entfernen, aber es dauerte dennoch anderthalb Stunden, da Marmolejo zu Recht darauf bestand, das Skelett Stück für Stück, Schicht um Schicht, freizulegen und immer wieder Fotos zu machen. Die Arbeit wurde von den beiden Polizisten erledigt, wobei sie im wesentlichen ihre Hände als Werkzeuge benutzten, und für Gideon blieb wenig zu tun, außer aufzupassen und von Zeit zu Zeit einen Vorschlag zu machen.

In der Zwischenzeit beendete Abe peinlich genau die Vorbereitungen zum Abtransport des Kodex und legte ihn mit äußerster Sorgfalt in eine ausgepolsterte Kiste, die von der Polizei zur Verfügung gestellt wurde. Ihn in die Kiste zu bekommen, dauerte allein schon zwanzig Minuten. Ein ziemlicher Unterschied zu Howard Bennetts Vorgehensweise.

Nachdem er sicher verpackt war, wurden zwei weitere uniformierte Polizisten – die komplette Staatspolizei von Yucatán schien in Tlaloc zu sein – abgestellt, ihn zum Hotelsafe zu tragen, um dort auf die Ankunft von Vertretern des Instituts zu warten. Abe, gefangen zwischen Neugier bezüglich des Skeletts und Sorge um den Kodex, entschied sich für den Kodex und begleitete ihn.

Gideon und die anderen blieben auf den oberen Stufen hokken und schauten gedankenverloren zu. Wegen der Zelluloidaceton-Dämpfe war ein Entlüftungsventilator aufgestellt worden, und die Luft war inzwischen relativ kühl und staubfrei. Es war eine merkwürdig friedliche Zeit, frei schwebend und träge. Es blieben immer noch Fragen, aber jetzt waren sie über einen großen Berg; sie näherten sich den Antworten, statt sich weiter von ihnen zu entfernen. Und natürlich war da auch noch die Wiedererlangung des Kodex, die durchgekaut und genossen werden mußte.

Um drei Uhr war das Skelett zu drei Vierteln freigelegt, lag auf der Seite zu den nach oben führenden Stufen hin, steckte aber immer noch teilweise im Schutt. Unter dem linken Handgelenk ragte das gerissene Metallgliederband einer Armbanduhr aus dem Geröll. Einer der Polizisten hatte es herausziehen wollen, wurde dann jedoch mit einem scharfen Tadel Marmolejos gebremst. Wußten sie denn nicht, daß man nichts aus dem Dreck *herauszog*? Alles würde liegenbleiben, bis sie es durch vorsichtiges Graben freigelegt hatten. Es war von größter Bedeutung, sämtliche Gegenstände in ihrer richtigen Beziehung zueinander zu sehen und zu fotografieren.

Gideon lächelte. Marmolejo hätte einen verflucht guten Archäologen abgegeben.

Um halb vier befahl Marmolejo den beiden Polizisten, die gegraben hatten, Schluß zu machen. Sie hatten früh angefangen, und es war ein langer Tag gewesen; die restliche Arbeit konnte bis morgen warten. Dankbar hörten sie auf, gingen zum höherliegenden Treppenabsatz und machten es sich mit einem Krug Tee bequem.

»Dr. Oliver«, sagte Marmolejo, »ich frage mich, ob wohl schon genug zu sehen ist, daß Sie mal einen Blick darauf werfen könnten?«

»Sicher, wenn Sie wollen.« Er hatte sich gefragt, wann – oder ob überhaupt – Marmolejo ihn darum bitten würde. Diesmal war er nicht so dumm gewesen, ungefragt seine Dienste anzubieten. Er stand auf und ging die Stufen hinauf. »Ich hole nur schnell mein Werkzeug aus dem Arbeitsschuppen.«

»Äh, was glauben Sie, wie lange Ihre Untersuchung dauern wird?«

»Kommt drauf an. Drei oder vier Stunden.«

Marmolejo verzog das Gesicht. Er war jetzt seit sieben Uhr morgens im Treppenschacht. »Wenn das so ist«, brummte er widerwillig, »sollten wir vielleicht lieber bis morgen warten. Dann können wir Ihnen das Skelett vollkommen freigelegt anbieten.«

»Ich könnte ja schon mal einen ersten, vorläufigen Blick darauf werfen«, sagte Gideon. Er wollte genausowenig bis zum nächsten Tag warten wie Marmolejo. »Wenigstens mal sehen, ob ich Geschlecht und Rasse bestätigen kann. Vielleicht auch das Alter. So etwas. Morgen kann ich dann meinen Kram mitbringen und eine gründlichere Untersuchung durchführen.«

Marmolejos Miene hellte sich auf. *»Por favor«,* sagte er, brachte dann den anderen gegenüber, diskret, aber bestimmt, seine Vorbehalte zum Ausdruck, die Tlaloc-Crew als Publikum dabeizuhaben, wenn vertrauliche Polizeiangelegenheiten besprochen werden würden. Ob sie vielleicht ihre Arbeit an anderen Stellen der Ausgrabungsstätte fortsetzen oder, wenn sie möchten, zum Hotel zurückkehren könnten?

Als Julie mit ihnen aufstand, gab er ihr mit einem Zeichen zu verstehen, daß sie bleiben könne, doch sie schien erleichtert, gehen zu können. Julie hatte ein durchaus lebendiges Interesse an Skelettanalysen (welche Wahl blieb ihr auch schon, da sie mit Gideon verheiratet war?), aber dies war das erste Mal, daß sie die schmutzigen Einzelheiten davon miterlebte, und sie hatte ganz und gar nicht glücklich ausgesehen, einen beengten Raum mit einem frisch ausgegrabenen Skelett zu teilen.

Marmolejo wartete, bis alle fort waren, dann nickte er Gideon aufmunternd zu.

Aus der Nähe betrachtet, erwies sich das Skelett als zwar angeschlagen, war aber im großen und ganzen in gutem Zustand. Viele Gelenke wurden immer noch von zwiebelschalenähnlichen Bänderfetzen zusammengehalten. Unter dem Schädel lag ein Büschel rostfarbenen Haares, doch das besagte wenig. Wer konnte schon sagen, welche Farbe es ursprünglich gehabt hatte, wenn man berücksichtigte, daß es unter diesem Kalksteinschutt bestimmt ausgelaugt und verfärbt worden war? Eine Querschnittsanalyse würde gewiß etwas über die Rasse aussagen, doch das mußte in einem Labor unter dem Mikroskop gemacht werden.

Kleidung war so gut wie nicht mehr vorhanden; nur Ledersandalen und blutverkrustete Shorts, die fast völlig vermodert waren. Shorts und Sandalen – hatte Avelino das getragen? Wahrscheinlich; das hatten ja die meisten Männer damals getragen. Falls er Unterwäsche auf dem Körper gehabt hatte, war sie jetzt jedenfalls nicht mehr unterscheidbar von den Shorts. Wie immer wirkte es weniger echt, wenn ein Skelett Kleider trug, wie ein Ulk zu Halloween, aber das hier hatte nichts Drolliges. Der Brustkorb war zerschmettert, einige der Articulationes costovertebrales – die Gelenke zwischen Rippen- und Brustwirbel – auseinandergerissen; die rechte Beckenwand war gesprungen und von der linken fortgedreht; das linke Schlüsselbein war gebrochen, der Unterkieferknochen auch, er klaffte schief auf, einige der Zähne waren abgesplittert oder herausgeschlagen; und die linke Seite des Schädels war eingedrückt.

Wenigstens war es trocken.

Ansonsten gab es nicht viel Gutes zu sagen. Der arme Kerl war bei dem Einsturz zerquetscht worden, und genau das sagte Gideon jetzt auch.

Marmolejo sah ihn ausdruckslos an. *»De veras?«* fragte er ironisch, ohne dabei den Mund um seinen Zigarrenstummel zu öffnen.

Gideon lächelte. Ja, wirklich. Aber es gab noch ein paar andere interessante Dinge, die er vielleicht herausfinden konnte. Am besten, mit dem Wesentlichen anfangen. Er hockte sich neben das Skelett, die Ellbogen auf den Oberschenkeln, und sah sich das zertrümmerte Becken an. Vorsichtig und mit Marmolejos Erlaubnis hob er mit einer Kelle etwas von den zerfallenen Überresten der Shorts an. Einen Moment lang klebte es noch am Knochen, dann kam es los.

»Tja, es ist ganz sicher ein Mann«, verkündete er. Das war einfach genug. Alles an diesem Becken schrie es förmlich heraus: stumpfe Beckenöffnung, abgerundeter Ramus, rechteckiges Kreuzbein, enge Ischiaskerbe. Es müßte immer so leicht sein.

Marmolejo nickte. So weit, so gut.

Behutsam benutzte Gideon die Spitze der Kelle, um etwas vom Knorpel der Schambeinfuge abzukratzen, jener Stelle, wo die rechte und linke Beckenhälfte zwischen den Beinen zusammentreffen. Von all den Flächen der zweihundertundsechs Knochen des menschlichen Körpers ist es genau dort, an diesem versteckten und abgelegenen Ort, wo sich die Zeichen von Alter und Verschleiß am deutlichsten und unauslöschlich eingraben.

Die Kelle locker in der Hand, musterte er die schmale, geriffelte Oberfläche des Knochens.

»Fünfzig Jahre alt«, sagte er nach einigen Sekunden. »Plus oder minus fünf Jahre.«

»Aha«, sagte Marmolejo zufrieden. »Avelino war siebenundvierzig.« Er warf Gideon einen schrägen Blick zu. »Wußten Sie das zufälligerweise?«

Nein, Gideon hatte es nicht gewußt.

Dann machte er sich an die schwerere Arbeit. Er untersuchte die langen Knochen, maß grob Femur und Humerus, Oberschenkel und Oberarmknochen, am Maßstab seiner eigenen Hand und Unterarm. Mit Marmolejos Zustimmung entfernte er etwas von dem Dreck, der in den Kiefern, den Augenhöhlen und dem Schädel selbst steckte. Er schaufelte den größten Teil des Schutts unter dem Schädel fort, wodurch er ein wenig wacklig nur noch auf einem schmalen Rand Geröll lag. Jeder kleine Dreckhaufen wurde in einen einzelnen, sorgfältig beschrifteten Umschlag zum Durchsieben für die Spurensicherung der Polizei verpackt.

Von einem der Polizisten ließ er die Lampen etwas anders stellen, so daß das Licht jetzt horizontal über die Knochen fiel und Kanten und Rinnen und Unregelmäßigkeiten hervorhob, die eine Menge aussagten, wenn man nur wußte, worauf man zu achten hatte. Er untersuchte sie, auf dem Bauch im Dreck liegend und gestützt auf die Ellbogen, tastete vorsichtig ihre Oberflächen ab, sondierte, dachte nach, rechnete und sprach nur, um die Polizisten um immer winzigere Korrekturen der Lampenstellung zu bitten. Zwanzig Minuten vergingen. Fünfundzwanzig.

»Ein *vorläufiger* Blick auf das Skelett reicht vollauf«, sagte Marmolejo.

Nach einer halben Stunde wurde der Inspektor sichtlich unruhig, wanderte auf einer der Stufen auf und ab; zwei kurze Schritte in die eine Richtung, drehen, zwei Schritte in die andere. Wie ein Wolf in einem Käfig. Marmolejo genoß es nicht, nur Zuschauer zu sein.

Gideon, vertieft in eine Reihe kleiner Erhebungen auf der Mandibula, bemerkte ihn kaum. Auf jeder Seite des Unterkiefers befanden sich zwei Unebenheiten, genau auf den Processus condylaris – den hinteren Gelenkfortsätzen also, die in Vertiefungen auf den Schädelseiten passen und so die Scharniere der Kinnlade bilden. Er hatte auf dem übrigen Skelett nichts Ähnliches gefunden, daher wußte er, daß es nicht irgendein allgemeiner Knochenzustand war. Einfach zwei deutliche Tuberkel, zwei Höckerchen, auf jedem Condylus, einer außen, einer innen. Es war nur eine einzige Sache denkbar, wodurch sie verursacht worden sein konnten, und das war der kraftvolle, gewohnheitsmäßige Gebrauch der Musculi pterygoideus lateralis, der unauffälligen kleinen Kaumuskeln, die genau dort ihre Ansatzpunkte hatten.

Eigenartig schon, aber wahrscheinlich nicht weiter von Bedeutung. Und doch wußte er genau, daß diese spitzen kleinen Knöpfe ihm keine Ruhe lassen würden, bis er schlau aus ihnen geworden war. War ihm nicht früher schon einmal etwas Ähnliches begegnet? Die Erinnerung war da, lag nur gerade außerhalb seines Zugriffes. In Ordnung, dann eben ganz von vorn. Was machten die äußeren Kaumuskeln? Sie waren natürlich Teil des Kauapparates; dicke, dreieckige Faserbündel, die vom Unterkiefer abstanden und ihn im komplexen, phantastischen Prozeß des menschlichen Kauens seitlich bewegten. Aber selbst nach einem Menschenalter normalen Kauens würden nicht diese Höcker entstehen. Was er also herausfinden mußte, war . . . nein, Moment. Es war dieser Fall in Pittsburgh gewesen . . .

Marmolejos Ungeduld war schließlich nicht mehr zu zügeln. »Also, können Sie mir jetzt *etwas* sagen? Können wir mit Sicherheit sagen, daß es Avelino ist, oder können wir es nicht?«

»Was?« Gideon tauchte nur langsam wieder auf, war in Gedanken immer noch bei den Knötchen. »Äh . . . nein«, sagte er.

»Nein, Sie können es nicht sagen, oder nein . . .«

»Nein, es ist nicht Avelino.«

Falsche Antwort. Marmolejos halb geschlossene Augen sprangen kurz auf, verengten sich dann sofort wieder zu schmalen Schlitzen. Der Zigarrenstummel zuckte gereizt. »Einfach so? Ein Blick, und die Antwort lautet nein?«

Gideon starrte zornig zu ihm auf, reagierte gereizt auf Gereiztheit. Wenn Marmolejo glaubte, es wäre so ein kurzer Blick gewesen, hätte er es ja selbst auf Bauch und Ellbogen versuchen können. Gideons Nacken schmerzte von der Anstrengung, den Kopf hochzuhalten, seine linke Hand war eingeschlafen, und wenn er seine Ellbogen von dem steinigen Schutt hob, fühlte es sich an, als wären Reißzwecken hineingestoßen worden. Er stand auf, massierte seine gefühllose Hand.

Diese sterblichen Überreste, erklärte er knapp, waren mit Sicherheit nicht die von Avelino Canul, gleichgültig, was der Inspektor glauben wollte. Dies war, basierend auf der groben vorläufigen Messung von Humerus und Femur, ein Mann von etwa einsdreiundachtzig bis einsachtundachtzig gewesen, und so groß war Canul auch nicht annähernd gewesen.

»Ich werde das nachprüfen«, sagte Marmolejo. »Ich bin sicher, daß ich seine Körpergröße in meinen Akten habe.«

Gideon warf nur einen kurzen Blick auf den gerade mal etwas über einsfünfzig großen Marmolejo. Was für einen Unterschied machte schon ein Blick in die Akten? Konnte er sich nicht *erinnern*, wie klein Avelino gewesen war? Wer hatte je von einem über einsachtzig großen Maya gehört?

Außerdem, wies Gideon darauf hin, daß der Schädel praktisch in jeder Hinsicht war, was ein Maya-Schädel eben nicht war. Das Cranium war nicht breit und rund – die brachycephalische Norm bei den Maya, annähernd genauso breit wie lang –, sondern länglich und schmal, ein typischer nordeuropäisch-dolichocephaler Schädel. Die Wangenknochen waren geschwungen, nicht kantig; der Gaumenbogen war v-förmig, nicht u-förmig; die Augenhöhlen quadratisch mit weichen, nicht scharfen Übergängen; das Gesicht als Ganzes markig und großflächig, nicht glatt und kompakt. Alles in allem, ein klassischer europider Schädel, der durchaus als anschauliches Beispiel für ein Lehrbuch geeignet wäre.

Und das war noch nicht alles ...

Aber Marmolejo wich vor diesem Schwall an Informationen zurück und hob abwehrend eine Hand. »Ich kapituliere«, sagte er und brachte sogar ein kleines, durchaus nicht unfreundliches Lächeln zustande. »Ich weiß, wann ich geschlagen bin.« Nachdenklich starrte er auf das Skelett.

»Aber wer ist es dann?« flüsterte er.

Gideon wartete, bis sich die weit auseinanderstehenden Augen des Inspektors wieder hoben und seinem Blick begegneten.

»Es ist Howard Bennett«, sagte Gideon.

»Was haben Sie da gerade gesagt?« fragte Marmolejo steif.

»Es ist Howard Bennett.«

Marmolejo nahm den acht Zentimeter langen Stummel aus dem Mund und starrte ihn so finster an, als hoffte er, daraus Kraft ziehen zu können. »Meinen Sie, es wäre in Ordnung«, fragte er leise, »wenn ich jetzt rauche?«

»Nur zu.« Einige Zeit zuvor hatte Abe ihn gebeten, in der Nähe des Kodex nicht zu rauchen, aber der war jetzt fort, und die leicht entzündbaren Zelluloidaceton-Dämpfe waren ebenfalls abgezogen.

Mit gewohnter Sorgfalt steckte der Inspektor seinen Stumpen an, nahm zwei tiefe Züge, während er das Streichholz an das Ende der Zigarre hielt. Die erste echte Rauchwolke, die Gideon je aus seinem Mund herauskommen sah, tauchte jetzt auf. Er schüttelte das Streichholz aus, legte es in eine kleine Schachtel und schob die Schachtel in eine Tasche seines *guayabera*.

»Das«, sagte er ruhig, »ist unmöglich.«

»Doch, es ist so, ganz bestimmt.«

»Wir haben zwei Briefe von Howard Bennett erhalten«, sagte Marmolejo geduldig, »wie Sie und Ihre Kollegen mir erst gestern abend erklärt haben. Einen 1982, einen letzte Woche. Jemand ist erst vor kurzem mit einem Revolver ermordet worden, der beinahe sicher ihm gehört, mit dem Revolver, den er vor fünf Jahren mitgenommen hat. Er war . . .«

»Die Tatsache, daß einige Briefe auf seiner Schreibmaschine getippt wurden, beweist wohl kaum, daß er sie getippt hat.« Wie Julie ihnen zu sagen versucht hatte. »Und nur, daß eine Kugel aus seiner Waffe abgefeuert wurde, beweist noch lange nicht, daß er auch den Abzug gedrückt hat.«

»Natürlich nicht, aber . . .«

»Und seit Einsturz der Treppe gibt es keinen zuverlässigen Beweis, daß der Mann gesehen worden ist. Jetzt wissen wir auch, warum.«

Marmolejo brummte, war etwa zu einem Viertel überzeugt.

»Hören Sie, Inspektor, wir haben hier eine Menge Indikatoren. Die Größe stimmt. Das Alter ebenfalls. Howard ging auf die Fünfzig zu. Die Rasse, die grobknochige Statur, auch das stimmt. Und dann war Howard Rechtshänder, wenn ich mich recht entsinne.« Er deutete auf das Skelett. »Genau wie anscheinend dieser Bursche hier.«

Marmolejo sah stirnrunzelnd die Handknochen an und stürzte sich auf ein Detail. »Woher wissen Sie das? Ist die rechte Hand größer als die linke?«

»Nein, ist sie nicht. Es gibt verschiedene Möglichkeiten, das zu erkennen, aber die Handgröße gehört nicht dazu. Im Augenblick gehe ich nach . . .«

»Die Uhr«, sagte Marmolejo. »Offensichtlich befand sie sich an seinem linken Handgelenk. Also folgern Sie, daß ein Mensch, der eine Uhr am linken Handgelenk trägt, Rechtshänder sein muß?« Die Zigarrenspitze glühte. Das war eine Argumentationsebene, auf der er sich auskannte. »Ich würde das gleiche folgern.«

»Richtig.«

»Aber ich würde meiner Schlußfolgerung nicht völlig vertrauen. Es gibt kein Gesetz, das es einem Linkshänder verbietet, seine Uhr an der linken Hand zu tragen.«

»Wieder richtig. Es ist eine Frage der Wahrscheinlichkeit. Aber es gibt bestimmte Schultergürtel-Messungen, die uns gesicherte Auskunft in dieser Frage liefern sollten, und die werde ich morgen durchführen.«

Marmolejo zog an seiner Zigarre und gab einen ärgerlichen Ton von sich, als er feststellen mußte, daß sie wieder aus war. Einen guten halben Zentimeter kürzer als zuvor, wurde sie nun wieder in den linken Mundwinkel aus dem Weg gerollt. »Hören Sie, Dr. Oliver, das ist ja alles schön und gut, aber ein Beweis ist es wohl kaum. *Sie* sind ebenfalls europid, ein Weißer, *Sie* haben ebenfalls eine grobknochige Statur und sind etwas größer als einsachtzig, denke ich. Auch *Sie* sind Rechtshänder, *Sie* haben ebenfalls das richtige Alter . . .«

»Das richtige Alter?« protestierte Gideon. »Ich bin erst einundvierzig.«

»Nahe genug dran«, entschied Marmolejo für sich selbst. »Wenn man das alles berücksichtigt: beweist es, daß *Sie* dort liegen?«

»Das Alter stimmt nicht«, beteuerte Gideon, »und außerdem: ich werde auch nicht vermißt, seit hier alles eingestürzt ist. Und . . . nun, es gibt noch etwas.«

Marmolejo grinste ihn mit blitzenden Zähnen an, als hätte er schon die ganze Zeit gewußt, daß Gideon schließlich doch noch einen ein Meter großen Hasen aus dem Zylinder ziehen würde.

Was er auch tatsächlich tat. Doch er zog keine Angabe-Nummer ab, wie der Inspektor dachte; er hatte aus früheren Lektionen gelernt. Wenn man einem Polizisten etwas präsentieren will, das mehr Bereitschaft erfordert, sich überzeugen zu lassen, als er bislang an den Tag gelegt hat, dann ist es das beste, wenn man ihn ganz behutsam darauf hinführt, Schrittchen für Schrittchen vorbereitet, bevor man ihm den Clou unter die Nase reibt. Er hoffte, Marmolejo war jetzt soweit.

»Wußten Sie, daß Howard ein Blasinstrument gespielt hat?« fragte er.

Wenn ihn die Frage überraschte, so war dies dem dunklen Gesicht des Polizisten zumindest nicht anzumerken. »Nein, das wußte ich nicht.«

»Er hat, und das sogar meisterhaft. Früher spielte er jeden Samstag Klarinette in einer Jazz-Band in einem Nachtclub in Mérida.«

»Aha. Und die Tatsache, daß Dr. Bennett ein Blasinstrument gespielt hat, ist das auf irgendeine Art relevant?«

»Ja, sehr. Dieser Bursche hier« – Gideon zeigte auf das zerschmetterte Skelett – »hat auch gespielt. Jahrelang.«

Marmolejos Mund öffnete sich mit einem leisen Plopp. Zum Glück blieb der Zigarrenstummel an seiner Unterlippe kleben.

»Und wenn Sie das alles zusammennehmen«, fuhr Gideon fort, »glaube ich eigentlich nicht, daß da noch viel Raum für Zufälle bleibt. Wir haben hier einen männlichen Weißen, etwa fünfzig Jahre alt, Rechtshänder, etwa einsfünfundachtzig groß, der mindestens zehn Jahre ein Blasinstrument gespielt hat . . .

was alles perfekt auf Howard Bennett paßt. Und da Howard genau hier zum letzten Mal gesehen worden ist, etwa zu der Zeit, als dieses Skelett verschüttet wurde, glaube ich nicht, daß noch viel Zweifel an seiner Identität bestehen können . . .«

Marmolejo fand seine Stimme wieder. »*Woher* wissen Sie, daß er Klarinette gespielt hat?« Es war zwar kein Quiekser, aber verdammt nahe dran.

Gideon machte es ganz einfach. Die Knoten natürlich. Ihm war schließlich wieder eingefallen, daß er das andere Mal im Verlauf einer Untersuchung der spärlichen Überreste des Opfers eines Brandbombenanschlages in Pittsburgh auf sie gestoßen war. Der Mann, ein Klarinettist der Pittsburgher Symphoniker, war von der Polizei vorläufig identifiziert worden, bevor Gideon die Knochen gezeigt wurden, und Gideon, der nichts über ihn wußte, hatte den mit der Ermittlung betrauten Detective der Mordkommission mit der beiläufig gestellten Frage tief beeindruckt, welches Blasinstrument der Tote gespielt habe.

Aber eigentlich war es gar keine so schwierige Schlußfolgerung, nachdem ihm der Gedanke gekommen war, daß häufiges, kräftiges Vorschieben des Unterkiefers mit noch etwas anderem außer der Nahrungsaufnahme in Verbindung stehen könnte. Zum Beispiel mit dem Blasen eines Instrumentes. Vielleicht gab es durchaus noch andere mögliche Ursachen für die Knötchenbildung, doch die mußte er erst noch finden.

Marmolejo nahm dies alles mit mehr Würde und Gelassenheit auf, als Gideon erwartet hätte. »In Ordnung«, räumte er ein, »wer bin ich, daß ich mich mit dem Knochendetektiv streite?« Er machte ein schnalzendes Geräusch mit der Zunge gegen die Schneidezähne. »Aber was ist jetzt mit Ihren schönen Theorien? Wer hat Ard umgebracht, wenn Dr. Bennett es nicht getan hat? Wer hat Sie überfallen?« Er schwieg einen Augenblick und legte eine Hand auf Gideons Arm. »Ich möchte nicht, daß ein Mitglied der Crew etwas davon erfährt. Lassen Sie sie in dem Glauben, wir gingen immer noch davon aus, daß dies Avelino Canul ist.«

»Klingt vernünftig.«

»Und ich fürchte, es ist auch nicht angeraten, daß jemand abreist«, fügte Marmolejo für sich selbst hinzu. »Mr. Partridges Erlaubnis muß zurückgezogen werden. Ich hoffe nur, er wird deshalb nicht zu beunruhigt sein.«

Worthy würde nie wieder einem kleinen Menschen vertrauen, dachte Gideon.

Marmolejo stand eine Weile still da, blickte auf den mit Erde verschmierten Schädel hinab. »Howard Bennett«, sagte er leise. »All die Jahre hier mit seinem kostbaren Kodex, getötet bei dem Versuch, ihn mitzunehmen, in einem Einsturz, den er selbst verursacht hat. Die Götter von Tlaloc lachen wahrscheinlich schallend.«

»Oh, davon bin ich überzeugt«, sagte Gideon und zog dann seinen letzten Hasen aus dem Hut. »Aber es war nicht der Einsturz, der ihn das Leben gekostet hat. Er war bereits tot, als die Decke herunterkam.«

Marmolejo drehte sich langsam zu Gideon um. »Sie meinen, ermordet?«

»Ermordet.«

»Woher hast du das gewußt?« fragte Julie. »Ist er erschossen worden? Mit dieser Smith & Wesson?«

»Nein«, sagte Gideon, »erschlagen. Wahrscheinlich mit dem Vorschlaghammer. Die linke Seite seines Schädels war zerschmettert.«

»Aber der ganze Tunnel ist doch über ihm zusammengebrochen. Woher weißt du, daß das nicht die Ursache dafür war?«

»Weil er *auf* der linken Seite lag, und die Verletzungen an seinem restlichen Körper zeigen, daß er auf der rechten Seite von dem Schutt erwischt wurde. Mit anderen Worten, er hat bereits dort gelegen, in dieser Stellung, als die Treppe einstürzte.«

»Oh.« Sie zog den Zahnstocher aus einem Viertel Sandwich mit Hühnersalat und saugte nachdenklich die Perlzwiebel ab.

Sie saßen auf ihrem Balkon. Keiner von ihnen war sonderlich hungrig gewesen, als er von der Ausgrabungsstätte zurückgekommen war, und so hatten sie sich Sandwiches und Milch aufs

Zimmer bringen lassen. Abe und die anderen Crewmitglieder saßen im Restaurant, feierten den Fund des Kodex mit einem Champagner-Dinner. Dr. Villanueva, vor etwa einer Stunde mit einigen anderen Offiziellen des Institutes auf dem Feldflughafen von Chichén-Itzá eingetroffen, hatte darauf bestanden und bezahlte es auch. Am kommenden Morgen sollte es ein gemeinsames Frühstück geben, mit Ansprachen und offiziellen Glückwünschen, und anschließend würde der Kodex mit allem Pomp nach Mexico City gebracht, wo er über Jahre studiert werden und schließlich einen Ehrenplatz im Anthropologischen Museum erhalten würde.

»Jetzt warte mal eine Sekunde«, sagte Julie, nachdem sie sich die Sache hatte durch den Kopf gehen lassen. »Wer sagt denn, daß der Einsturz auf einen Schlag erfolgt ist? Vielleicht wurde er durch ein paar herabstürzende Teile niedergeschlagen und hat sich den Schädel gebrochen, als er mit dem Kopf auf den Boden aufschlug – und *dann* ist der Rest über ihm zusammengekracht. Was hast du daran auszusetzen?«

»Gar nichts, nur daß er sich nicht einfach den Schädel gebrochen hat. Der war nicht geborsten, sondern eingedrückt – eine Impressionsfraktur. In seinem Schädel war ein Loch, und einige Knochenfragmente befanden sich tatsächlich im Inneren.« Zweifellos ins Hirn getrieben und so als unmittelbare Todesursache anzusehen, hätte er noch hinzufügen können, aber wieso ihr den Appetit verderben? Oder sich selbst?

»Und das könnte nicht bei einem Sturz passiert sein?«

»Nee. Das ist ein Axiom meiner Branche: wenn ein sich bewegender Kopf fest genug auf einen starren Gegenstand trifft, erhält man einen Riß, einen Berstungsbruch; wenn ein sich bewegendes Objekt einen starren Kopf trifft, bekommt man einen eingedrückten Bruch, eine Impressionsfraktur. Nein, zuerst ist er niedergeschlagen worden, dann ist er gestürzt, und dann ist alles über ihm zusammengekracht.«

Er nahm einen Bissen von seinem Schinken-Sandwich. »Marmolejo glaubt, der Einsturz sei ein Unfall gewesen, daß Howard jemanden bei dem Versuch überrascht hat, den Kodex zu stehlen, und als Belohnung anschließend ermordet wurde.«

»Nein, wie kann das denn sein? Wenn Howard derjenige mit der Kanone und dem Brecheisen in der Hand war, wie kommt es dann, daß *er* am Ende tot zurückbleibt?«

Gideon zuckte mit den Achseln. »Ich bezweifle, daß er ein Crewmitglied erschossen oder auch nur die Waffe auf es gerichtet hätte. Es sei denn, er hätte jemanden in flagranti dabei erwischt, wie er den Kodex stehlen wollte. Er hätte angenommen, daß er aus irgendeinem anderen Grund dort war. Er hatte vor Außenstehenden Angst.«

Julie schüttelte den Kopf. »Schwer zu glauben. Wie könnte ein Mitglied der Crew es fertigbringen . . .«

»Für zwei Millionen Dollar? Dafür bringen Menschen eine ganze Menge fertig.«

Er trank einen großen Schluck Milch. »Wie auch immer, Marmolejo glaubt, daß derjenige, der den Vorschlaghammer geschwungen hat, dabei versehentlich einen der Stützbalken erwischt haben muß. Howard rollte mitsamt dem Kodex die Stufen hinunter, wo sie dann unter fünf Tonnen Schutt begraben wurden. Das ist seine Theorie.«

»Und wie lautet deine?«

»Ich glaube, er hat recht. Ein acht Pfund schwerer Vorschlaghammer ist nicht leicht zu handhaben, wenn man ihn in einem Kampf einsetzt, und da die Stützstreben ohnehin nicht mehr besonders stabil waren, dürfte nicht viel nötig gewesen sein, um alles zum Einsturz zu bringen.«

Er warf den Rest des Sandwiches auf den Teller. »Weißt du, was mir einfach nicht aus dem Kopf geht? Dieses ›Rückkehr zum Tatort‹ in Stan Ards Notizbuch. Was hat er damit gemeint? Wessen Rückkehr?«

»Howards, offensichtlich.«

»Du glaubst, wer hinter dieser Sache steckt, hätte auch Ard getäuscht?«

»Sicher.« Sie legte ihr Sandwich aus der Hand und beugte sich vor. »Um dir die Wahrheit zu sagen: ich habe noch nie viel von Inspektor Marmolejos Idee gehalten, daß der Killer rein zufällig vorbeigekommen und ihn einfach so erschossen hat. Ist Stan dir wie jemand vorgekommen, der schon um sieben Uhr morgens auf gewesen ist und im Park gearbeitet hat? Meine Vermutung lautet, daß sich der Mörder mit ihm verabredet hat, ihn dort hinausgelockt hat ...« Sie lächelte schief. »Gideon, klingen so deine Fälle, wenn du an ihnen arbeitest? So als würdest du das Drehbuch eines ausgesprochen blöden Films lesen?«

»*Yup*. Weiter. ›Ihn dort hinausgelockt hat ...‹«

»... so daß er Stan erschießen, aber vorher dazu bringen konnte, etwas in sein Buch zu schreiben, das Howard zu belasten schien.«

»Wie zum Beispiel was?«

»Wie zum Beispiel das, was er geschrieben hat. Es hat doch funktioniert, oder etwa nicht? Vielleicht hat er Stan klipp und klar gesagt, daß Howard in der Nähe gesehen worden sei, in der Hoffnung, er würde *das* aufschreiben ... was uns dann wirklich verwirrt hätte. Aber ...«

»Aber Stan, der nie die Gelegenheit für ein Klischee ausließ, kam auf ›Rückkehr zum Tatort‹. Und der Mörder hat wohl gedacht, er sollte sich besser damit zufriedengeben, hat ihn dann erschossen und sich aus dem Staub gemacht.« Gideon nickte bedächtig. »Du könntest recht haben, Julie.«

Er legte die Füße übereinander auf den niedrigen Tisch und starrte auf die im Zwielicht liegenden Bäume. »Aaah, Howard, dieser arme Dreckskerl. Stirbt bei der Rettung des Kodex, und die ganze Welt schiebt ihm den Diebstahl in die Schuhe. Dank jemandem, der sich große Mühe gegeben hat, uns genau das denken zu lassen.«

»Aber warum? Das ist es, was mich nervt. Ich meine, ich verstehe schon, warum jemand das 1982 gemacht hat. Wenn jeder glaubte, der Kodex sei nicht mehr da, dann würde sich auch keiner mehr groß darum kümmern und danach graben, und dann könnte der Mörder später wiederkommen und ihn sich holen. Schön. Aber warum *jetzt*?«

»Warum *was* jetzt?«

»Warum sich fast sechs Jahre später die Mühe machen, es so aussehen zu lassen, als lebte Howard noch? Besonders mitten in einer Ausgrabung, bei der seine Leiche früher oder später fast zwangsläufig gefunden werden mußte? Und der Kodex ebenfalls.«

Gideon hob die Hand. »Julie, Marmolejo und ich haben das über eine Stunde immer und immer wieder durchgekaut, und herausgekommen ist dabei nichts.«

Julie tat diese Bemerkung ab. »Ja, natürlich nicht. Du warst ja auch nicht im Besitz meiner brillanten Schlußfolgerungen. Denn immerhin, wer hat die ganze Zeit gesagt, daß der Kodex noch dort unten liegt?«

»Die gleiche Person«, erinnerte Gideon, »die die ganze Zeit gesagt hat, daß Howard Bennett hinter allem steckt, was hier vor sich ging.«

»Das«, sagte Julie, »war weit unter deinem Niveau.« Sie rieb sich die Hände. »Komm schon, Knochendetektiv, laß uns ein paar Brandy aufs Zimmer kommen und diese Sache hier klären. Wir sind hier auf der Gewinner-Straße.«

Gideon lächelte und stand auf, um zum Telefon zu gehen. »Genau, das ist es, was diesem Fall fehlt: ein bißchen Cognac und ein bißchen Nachdenken.«

Gideon wußte von Anfang an, daß dies kein toller Tag werden würde. Es war ein bißchen zu viel Cognac gewesen am voraufgegangenen Abend, und vielleicht auch ein bißchen zu viel Nachdenken. Abe war gegen zehn Uhr zu ihnen gekommen, und sie waren bis halb zwei aufgeblieben und hatten geredet; dann hatten Gideon und Julie an diesem Morgen verschlafen. Deshalb hatte er den Tag reichlich mürrisch begonnen und ihr übliches träges, genüßliches Beginnen eines neuen Tages vermasselt: fünfzehn oder zwanzig verträumte, sinnliche Minuten in den Armen des anderen, sich treiben lassen und dösen, sich aneinanderschmiegen und streicheln, gemächlich wieder einnicken und aufwachen, bis die Wärme des neuen Morgens allmählich in die Adern sickerte.

Es war Julie, die als erste zu dem festlichen Frühstück mit den Leuten vom Institut los mußte. Gideon, der noch eine Stunde

Zeit hatte, bevor er sich mit Marmolejo auf der Ausgrabungsstätte treffen sollte, blieb noch fünfzehn Minuten allein im Bett (es war nicht dasselbe). Dann wurde er mit dem frustrierenden Gefühl endgültig wach, etwas verloren zu haben, kurz davor gestanden zu haben, alles zu begreifen, wenn er nur dem Gedanken hätte folgen können, der beinahe selbständig in seinem Kopf abgelaufen war. Er blieb noch ein paar Augenblicke still liegen, versuchte, den Gedankengang wiedereinzufangen. Irgend etwas mit Howard, etwas, das Howard gesagt hatte ... aber was es auch war, es zerschmolz zu lockenden Fetzen und löste sich in Luft auf, bevor er es packen konnte.

Er stand auf, gähnte, bestellte beim Zimmerservice Kaffee und Croissants und frühstückte beim Rasieren. In seinem Kopf schwirrten immer noch die Probleme, die sie in der Nacht zuvor gewälzt hatten. Und wieder waren es nichts als Fragen gewesen, keine Antworten.

An erster Stelle hatte natürlich die Frage gestanden, wer Howard umgebracht hatte. Die logisch naheliegendste Vermutung, obwohl man sie nur schwer ernst nehmen konnte, war Worthy. Er war an dem Abend allein mit Howard an der Ausgrabungsstätte gewesen. Und sie hatten nur Worthys Wort, daß Howard die Waffe und das Brecheisen mitgenommen hatte und zum Tempel gegangen war. Vielleicht hatte Worthy die Waffe genommen und dann das Brecheisen neben den Pfad geworfen, um es so aussehen zu lassen, als wäre Howard auf diesem Weg geflohen. Durchaus möglich, daß Worthy versucht hatte, den Kodex zu stehlen, und am Ende, als er entdeckt wurde, Howard umbrachte und versehentlich den Einsturz auslöste.

Aber das gleiche galt auch für jeden anderen, und genau das war das Problem. Tlaloc trennte nur ein zwanzigminütiger Fußmarsch vom *Mayaland*. Jeder von ihnen hätte vom Hotel zurücklaufen können, nachdem Howard sie für den Tag fortgeschickt hatte. Sicher, wissen konnte Gideon das nicht; er hatte nach dem Abendessen eine Stunde geschlafen, weil er sich auf die Nachtwache vorbereiten wollte.

Und was war mit der alten Frage, die ihnen in der einen oder anderen Form seit dem ersten Tag, an dem sie das heimliche Graben im Treppenschacht entdeckt hatten, keine Ruhe gelassen hatte: Warum hatte der Mörder bis heute gewartet, um wegen des Kodex zurückzukommen, wo es doch letztes Jahr oder im Jahr davor oder noch ein Jahr früher erheblich einfacher und sicherer gewesen wäre? Warum ...

Geradezu erleichtert hörte er ein Klopfen an der Tür. Das dürfte der Polizist sein, der ihn zur Ausgrabungsstätte begleiten sollte. Trotz der Bergung des Kodex, der todsicher der eigentliche Grund hinter den Ereignissen der letzten Tage war, hatte Marmolejo die Sicherheitsmaßnahmen nicht gelockert. Letzte Nacht hatte zwar niemand draußen auf ihrem Balkon kampiert, aber zwei Polizisten hatten auf dem Hotelgelände und den Korridoren patrouilliert. Und an diesem Morgen hatte Gideon die strikte Anweisung, auf seine Eskorte zu warten, bevor er zum Ausgrabungsgelände aufbrach.

»Un momento«, rief er, wischte sich mit einem Handtuch den restlichen Rasierschaum vom Hals und trank einen letzten Schluck Kaffee. Auf dem Weg zur Tür kam ihm noch eine weitere Frage in den Kopf; komisch, daß ihm das nicht schon eher eingefallen war. Er blieb vor dem Schreibtisch stehen und holte seine Kopie des Fluches aus der mittleren Schublade. Er glitt mit dem Finger am Text entlang, bis er gefunden hatte, was er suchte.

Fünftens, das Ungeheuer, das Menschen zu Stein verwandelt, wird aus der Unterwelt zu ihnen kommen.

Er lächelte dünn. Das in die Wirklichkeit umzusetzen, würde einige Anstrengung erfordern. Selbst wenn es nicht überall von Polizisten wimmelte.

22

Das heiße Wetter war zurückgekehrt. Noch etwas, das an diesem Tag nicht stimmte. Als sie die Ausgrabungsstätte erreichten, warf Gideon einen Blick auf seine Uhr. 7 Uhr 55, und schon war die Luft wie Kleister. Schweißperlen tropften ihm von der Nasenspitze. Unter dem bleiernen Himmel sah Tlaloc aus wie eine langsam vor sich hin gammelnde, ekelige, aufgegebene Müllkippe. Das Kombinationsschloß am Tor war ausgewechselt worden, aber von irgendwo hinter der Westgruppe tauchte eine Wache auf, um sie hereinzulassen. Inspektor Marmolejo war bereits im Tempel, teilte er ihnen mit.

»Würden Sie dem Inspektor bitte sagen, daß ich in einer Minute bei ihm bin?« bat Gideon seine Eskorte auf Spanisch. »Ich muß erst noch verschiedene Dinge aus dem Schuppen holen.«

Vor einer Wand im Arbeitsschuppen, wo das Lager war, stand ein Regalsystem mit hölzernen Aufbewahrungsschränkchen. Sie besaßen Türen und Riegel, aber keine Schlösser. Die Crewmitglieder konnten dort ihre persönlichen Dinge verstauen. Gideons befand sich in der mittleren Reihe rechts, hier bewahrte er seine Werkzeuge, Tabellen, Handbücher und osteologischen Atlanten, seine dicke, zerfledderte alte Ausgabe von Morris' *Die Anatomie des Menschen* auf, die er schon seit seinem Studium besaß, eine glänzendere, selten benutzte Ausgabe von Grays *Anatomie*, einen Poncho, für kühlere Tage eine Jacke, die er hoffnungsvoll bei seiner Ankunft gekauft, aber noch nicht getragen hatte, sowie ein paar Früchte und Süßigkeiten.

Es war immer ein chaotisches Durcheinander, aber seit wann hatte er es so verkommen lassen? Julie hatte recht: er wurde schlampig. Die vordere Hälfte des Schränkchens wurde von der zusammengerollten Jacke, dem Poncho und dem Morris buchstäblich verstopft. Wenn er heute mit der Arbeit fertig war, würde er sich zwanzig Minuten Zeit nehmen, um das ganze Ding auszumisten und aufzuräumen und es in Zukunft in diesem Zustand halten, wie es sich für einen Profi gehörte. Das war ja lächerlich.

Ein bißchen kam es ihm bekannt vor. Nahm er sich das nicht beinahe jeden Morgen vor? Tja, vielleicht, aber diesmal war es ihm ernst.

Als er an dem Zeug zerrte, das die Vorderseite des Schränkchens blockierte, kehrte der Gedankengang, der ihm vorhin entglitten war, plötzlich zurück. Er wußte wieder, woran er gedacht – oder wovon er geträumt hatte. Es war die Szene am Fuß der Pyramide 1982 gewesen, nachdem sie aus dem Tempel gekommen waren, als Howard die Schichten zur Bewachung des Kodex eingeteilt hatte.

»Ich übernehme die erste Schicht«, hatte er ihnen gesagt, und Worthy sollte bei ihm bleiben. »Seid um neun zurück«, hatte er zu Gideon gemeint, und dann, mit einem Lächeln: »Findet das Ihre Zustimmung?«

Also, was ließ ihm daran keine Ruhe? Irgend etwas gab es, das er übersah, etwas, das ihn dauernd kitzelte. Eine Hand auf dem wattierten Plastik-Poncho, hielt er inne. »Seid um neun zurück . . .«

Er zuckte mit den Achseln und zog. Poncho und Jacke kamen mit einem Ruck frei; mit dumpfem Aufschlag knallte der schwere, alte Band von Morris auf den Kalksteinboden, glücklicherweise flach auf eine Seite. Er langte in das Schränkchen, nur um festzustellen, daß es mit Schachteln, Notizbüchern, lose herumliegenden Werkzeugen und noch mehr Kleidungsstücken vollgestopft war. Was war das alles überhaupt für ein Krempel? War das sein Hut? War einem anderen der Platz ausgegangen, und er hatte daher angefangen, auch seinen Schrank in Beschlag zu nehmen? Schon möglich, dachte er miesepetrig, aber man sollte doch eigentlich meinen, dieser jemand müßte bemerkt haben, daß er bereits benutzt wurde. Es gab schließlich noch andere, leere. Er warf den Kram auf einen Arbeitstisch und beugte sich vor, um hineinzusehen – das Ding war etwa fünfundvierzig Zentimeter hoch und breit und fast einen Meter tief –, und bis ganz nach hinten fiel nur wenig Licht. War das sein Werkzeugkoffer, der da diagonal in die linke hintere Ecke verkeilt war? Verdammt, so hätte er ihn nie zurückgelassen; diese Dinger waren empfindlich. Und teuer. Irgend jemand war hier gewesen, hatte sich an seinem Kram zu schaffen gemacht.

Erstaunt und verärgert griff er mit der linken Hand hinein. Seine Fingerspitzen streiften das genarbte Leder des Koffers, konnten ihn aber nicht recht packen. Wer hatte überhaupt diese

Schränkchen entworfen? Mit einem gereizten Seufzer drehte er sich so zur Seite, daß er seine Schulter in die Öffnung zwängen konnte, und schob seinen Arm so weit wie möglich hinein, streckte ihn, wackelte mit den Fingern, versuchte den Koffer zu packen. Und erstarrte.

Gideon war keineswegs ein Mensch, der sich langsam bewegte. Er war sportlich, seine Reflexe waren gut, und sein Verstand konnte schnell reagieren. Und doch gab es Augenblicke, in denen seine analytische, auf die linke Gehirnhälfte orientierte Intelligenz ihn austrickste, kostbare Millisekunden zum Nachdenken und -fragen verbrauchte, wenn es besser gewesen wäre, sich einfach von seinen animalischen Instinkten leiten zu lassen.

Jetzt war einer dieser Augenblicke. Als er den ersten zuckenden Schmerz spürte, stechend, aber nur oberflächlich, so, als hätte ihm jemand mit einer Nadel in die Seite der Hand gestochen, bestand seine Reaktion darin, stillzuhalten und nachzudenken. Ein herumliegendes Werkzeug? Die Gartenschere? Nein, etwas Kleineres. Eine Sonde? Vielleicht, aber . . .

Der zweite Stich war schärfer, eigentlich weniger ein richtiger Stich als vielmehr ein Zwicken, und damit verbunden war – erstaunlicherweise – ein Ziehen. Er riß seinen Arm heraus, und mit ihm kam noch etwas, hing unmittelbar an der Wurzel seines kleinen Fingers, sich windend und schlängelnd. Er schüttelte seine Hand, doch das Ding blieb hängen, pendelte wie eine lockere Feder heftig von einer Seite zur anderen. Zitternd schlug er es gegen den Rahmen des Schränkchens, doch die Schlange hielt fest, schien direkt aus einem Albtraum entsprungen, geschmeidig und muskulös, den kleinen, mit Zähnen gespickten Mund fest in seine Hand geschlagen, kaute munter drauflos. Wieder und wieder schlug er sie gegen das Holz, und schließlich löste sie sich, fiel mit einem fleischigen Klatschen auf den Boden. Er glaubte, sie sei tot, doch sie lag nur einen Augenblick benommen da, ein aufgerollter, glänzender Zylinder aus Rot, Gelb und Schwarz, regte sich dann unvermittelt wieder, glitt schnell aus der Tür und war verschwunden.

Besorgt untersuchte Gideon seine Hand. Er sah nichts außer

vier oder fünf unbedeutend aussehenden Punkten, als hätte ein verspieltes Hündchen seine scharfen neuen Zähne an ihm ausprobiert. Nur ein paar kleine Blutstropfen, und praktisch kein Schmerz ... auch nicht mehr als bei einem Insektenstich ... und er verschwand auch schon wieder.

Gideon starrte die Hand mißmutig an. Er wußte praktisch nichts über Schlangen – wilde Tiere waren Julies Gebiet, nicht seines –, aber er wußte doch wieder genug, oder glaubte es wenigstens, daß eine Giftschlange nicht kaute, wenn sie zugeschlagen hatte; sie schlug mit ihren scharfen, hohlen Giftzähnen zu und hinterließ zwei tiefe, deutliche Einstichstellen, nicht eine ganze Sammlung ausgefranster kleiner Kerben wie diese. Das Bißmal war eine Möglichkeit, den Unterschied zwischen einer giftigen und einer nicht giftigen Schlange zu erkennen. An soviel erinnerte er sich noch aus seinem *Pfadfinder-Handbuch.* Und vor mehreren Jahren hatte er einmal die Wunden von jemandem einschneiden und aussaugen müssen, der von einer Klapperschlange gebissen worden war, und dieses Bißmal hatte völlig anders ausgesehen als das hier.

Trotzdem, ignorieren sollte man auch das hier nicht. In diesem Klima kam es leicht zu Infektionen. Er würde Plumm einen Blick darauf werfen lassen, wenn er hier fertig war, aber fürs erste war jetzt etwas antibiotische Salbe und ein Pflaster erforderlich. Die Erste-Hilfe-Utensilien befanden sich in einem freistehenden Metallschrank in dem anderen Raum. Er ging hinüber, war überrascht festzustellen, daß er ein wenig zittrig und außer Atem war. Merkwürdig, daß dieser kleine Zwischenfall ihn so mitgenommen hatte. Lästig, ja, aber auch wieder nicht so besonders schmerzhaft, und es war auch nur ein kleines Ding gewesen, vielleicht gerade mal vierzig Zentimeter lang. Und recht hübsch dazu. Wahrscheinlich hatte es mehr Angst gehabt als er.

Als er nach dem Erste-Hilfe-Kasten auf dem obersten Schrankboden griff, unterbrach er seine Bewegung mit einem erstickten Luftschnappen, drückte seinen Arm krampfartig vor die Brust. Hier stimmte etwas ganz gewaltig nicht. Ohne Vorwarnung war ein glühend heißer, scharfer Schmerz in seinem linken Arm explodiert, vom Ellbogen bis zur Schulter, so als hätte jemand eine Lötlampe dagegen gehalten. Bei der erstaunlichen, zerfetzenden Intensität dieses Gefühles mußte er scharf nach Luft schnappen. Verwundert starrte er auf seine Finger. Mit denen war auch irgendwas; sie klebten in einem spastischen Durcheinander zusammen, krumm und schief, und der Daumen klappte auf groteske Weise nach unten auf die Handfläche, noch während er hinschaute. Und das alles war mit atemberaubender Plötzlichkeit passiert.

Unvermittelt registrierte er, daß seine Lippe, ohne daß er zunächst darauf geachtet hatte, bereits seit einigen Sekunden kribbelte und daß sich seine Lider eigenartig schwer anfühlten. Großer Gott . . .! Er mochte ja nicht viel von Schlangen verstehen, aber er kannte die klassischen Symptome einer neurotoxischen Paralyse, und er zeigte sie alle, und zwar ganz schön schnell.

Fünftens, das Ungeheuer, das Menschen zu Stein verwandelt, wird aus der Unterwelt zu ihnen kommen.

Fänge oder Zähne oder was zum Teufel auch immer es im Maul hatte, das verdammte Ding war giftig – und er verwandelte sich zu Stein.

Eine neue Schicht kalten Schweißes trat ihm auf die Stirn. Er sollte ruhig bleiben; durch Bewegung würde sich das Gift nur noch schneller im Körper verteilen. Aber er brauchte Hilfe, und das schnell. Das Gift wirkte mit einer unglaublichen Geschwindigkeit. Der Schmerz nahm bereits ab, was ein schlechtes, kein gutes Zeichen war. Nein, er wurde nicht schwächer, sondern war irgendwie weit weg, so, als wäre sein Arm ein unabhängiges Wesen, das seine eigenen Höllenqualen litt, was bedauerlich war, ihn aber nichts weiter anging. Der arme alte Arm.

Er riß voller Angst den Kopf herum. Er wurde langsam benommen. Und schläfrig. Er mußte schnell handeln. Marmolejo suchen? Die Wache rufen? Wo zum Teufel steckte Julie? Sie wußte alles über Schlangenbisse. Aber sie war bei Abe, verdammt noch mal, bei diesem . . . diesem . . . egal wo sie war.

Mit der rechten Hand wischte er den lästigen Schweiß weg, der ihm in die Augen lief. War da nicht was, woran er denken sollte?

»Ich übernehme die erste Schicht . . . Seid um neun zurück. . . . Findet das Ihre Zustimmung . . .?«

Nein, es steckte noch mehr dahinter. Die Frage lautete . . . die Frage lautete . . .

Er gähnte. Die Frage lautete wie? Er lehnte die Stirn gegen das kühle Metall des Schrankes. Das war einfach zu blöd. Okay, jetzt mal sehen, die Frage lautete . . . die Frage . . .

Mit einem alarmierten Kurz-davor-umzufallen-Ruck richtete er sich auf. War er hier fast im Stehen eingeschlafen? Kein Wunder. Es war stickig im Schuppen, und heiß. Eng. Ohne sich etwas dabei zu denken, schaute er auf die Uhr. Zwanzig vor neun. Noch ein bißchen früh für eine Pause, aber er könnte sie gut gebrauchen . . .

Zwanzig vor neun? Aber hatte er nicht erst vor ein paar Minuten auf die Uhr gesehen? War es da nicht erst fünf vor acht gewesen? Verdutzt schaute er wieder hin. Zwanzig vor neun. Wo war die Dreiviertelstunde geblieben? War er wirklich mit der Stirn an diesem Schrank eingeschlafen? Steif genug fühlte er sich ja, soviel war sicher; seine Beine, sein Rücken, seine Arme, seine Hände, ja sogar seine Kinnlade. Steif, und weh tat's auch noch. Interessant. Die Frage war . . . und wieder driftete er ab.

Als er das nächste Mal zu sich kam, lag er auf der Seite auf dem Steinfußboden, die Knie angezogen. Die Rückseite seiner Kehle war taub und blockiert, und seine Brust fühlte sich an, als läge ein stählernes Band darum. Es kostete Mühe zu atmen, erforderte Planung. Abgesehen davon fühlte er sich durchaus wohl. Genaugenommen sogar ziemlich entspannt; nur ein bißchen kalt war ihm. Was aber ganz sicher eine willkommene Abwechslung war. Kein Schmerz. Praktisch überhaupt kein nennenswertes Gefühl.

Er gähnte und spürte einen Klumpen Speichel aus seinem Mund fließen und die Wange hinuntertropfen. Peinlich. Woher all dieser Speichel? Er versuchte, ihn hinunterzuschlucken, aber sein Rachen schien auch nicht besser zu funktionieren als der Rest seines Körpers. Und jetzt bekam er den Mund nicht mehr zu, oder wenigstens glaubte er, daß er immer noch offenstand, und er konnte spüren, wie die Spucke über seine Wange rutschte. Das hier wurde allmählich ausgesprochen ekelhaft. Was, wenn Julie jetzt reinkam und ihn hier wie einen hungrigen Bernhardiner sabbern sah, um Himmels willen?

Aber sein Geist befand sich jetzt auf einer anderen Ebene, löste sich von seinem sich versteinernden Körper und schwebte über ihm wie eine Seifenblase, schimmernd, klar und wunderbar konzentriert. Auf unbestimmte Weise wußte er, daß er fast gefunden hatte, was er suchte, daß es bloß eine Frage der Perspektive war, noch ein oder zwei Steinchen hinzuzufügen.

»Seid um neun zurück . . .« Oder war das nicht ganz, was Howard gesagt hatte? Hatte er nicht . . .

Eine Hand berührte seine Schulter. Marmolejos Gesicht, erschreckt und ernst, war unmittelbar vor ihm. Woher war er so plötzlich aufgetaucht? Warum sah er so fürchterlich aus?

»Was ist denn los?« fragte Gideon besorgt. »Mit Ihnen alles in Ordnung?«

»Was fehlt Ihnen?« lautete Marmolejos merkwürdige Antwort. »Was ist passiert?«

Das war dummes Zeug, bedeutungslos, irgendein albernes Spiel. Dazu fehlte Gideon die Geduld. Er schloß die Augen, versuchte den Gedanken nicht zu verlieren, den einzufangen er so hart gearbeitet hatte. Es war wichtig, daß Marmolejo es erfuhr. »Inspektor«, sagte er, »als Howard . . . als er uns gesagt hat, wir sollten um neun zurückkommen . . . hat er . . . er . . . wenn Sie . . .«

Aber seine Lippen waren unmöglich steif, seine Kehle war wie Lehm. Und er konnte seine eigene Stimme nicht hören. Sprach er wirklich? War Marmolejo wirklich dort? Er versuchte zu sehen. Seine Augen schienen zugeklebt zu sein.

»Inspektor, hören Sie . . .« Er versuchte zu sprechen, zu brüllen, zu erklären. Doch er hörte nichts als ein dumpfes, anschwellendes Donnern, spürte in seinem Hals keine Vibration von Klängen, spürte niemanden, der ihm zuhören mochte.

Nach einer Weile hörte er auf. Selbst mit geschlossenen Augen merkte er noch, wie die Dunkelheit aufblühte und sich entfaltete wie eine Blume in einem in Zeitlupe ablaufenden Film. Dann die unheimliche Empfindung des Sinkens, nicht bloß, als fiele irgend etwas in ihm, sondern als kippte der Steinfußboden, auf dem er lag, der gesamte Arbeitsschuppen, und stürzte dann über den Rand einer riesigen Grube. Die vernichtende Geschwindigkeit des Sturzes preßte seine Brust zusammen, bis er wußte, daß seine Rippen brechen würden. Hinter seinen geschlossenen und gelähmten Lidern nahm die Schwärze um ihn herum zu, als sei er nur ein winziger, schrumpfender Fleck in dem sternenlosen, lichtlosen Universum seines eigenen Schädels.

Macht mein Zentralnervensystem dicht? fragte er sich mit distanziertem Interesse. Ist das der Tod?

Und er stürzte weiter hinunter, und weiter, und weiter, und weiter, und weiter.

Grimmig wartete Marmolejo im hinteren Teil des Konferenzzimmers des Hotels darauf, daß die Reden zu Ende waren. Die Blicke von Rednern und Crew schossen immer wieder zu ihm. Seit er gekommen war, um Julie zu holen, waren sie beunruhigt, und sie hatten garantiert genau wie er selbst mitbekommen, daß sie aschfahl wurde, als er ihr erzählt hatte, was geschehen war, und wie sie einen Augenblick geschwankt hatte, bevor sie sich faßte und mit dem Beamten verschwand. Und er vermutete, daß auch sein eigenes Gesicht sie nervös machte, falls darauf abzulesen war, wie er sich im Augenblick fühlte.

Er war wütend, wütend bis zur Weißglut, wie es kein Polizist sein sollte. Wütend über sich selbst, weil er nicht früher begriffen hatte; wütend darüber, daß er es nicht hatte abwenden können, bevor es soweit kam, daß das Leben eines anständigen Menschen nur noch an einem seidenen Faden hing; wütend auf den gerissenen, cleveren, dummen Mörder, der hinter all dem steckte; und wenn er schon bei der Wahrheit war: wütend, daß erst ein halbbewußtloser Gideon Oliver daraus schlau werden und es ihm erklären mußte.

Der Redner aus Mexico City nahm wieder Platz. Ein anderer stand auf. Wer wußte, wie lange das hier noch dauern würde? Zum Teufel damit; er würde nicht länger warten.

Er schritt in den Raum, trat vor den Tisch. Die Stimme des Redners verstummte. Alle schauten mißtrauisch, erwartungsvoll zu ihm auf. Alle, bis auf einen, der Marmolejo den Rücken zugekehrt hatte, der seine Augen unschuldig auf den Redner gerichtet hielt. Aber ein Muskel vor seinem Ohr zuckte rhythmisch. Marmolejo legte eine Hand auf die fleischige Schulter. Der Mann zuckte zusammen.

»Señor«, sagte Marmolejo förmlich, »würden Sie bitte mit mir kommen?«

Leo Rose versuchte, eine überraschte Miene aufzusetzen. Er zwang seinen Mund zu etwas, von dem Marmolejo glaubte, daß es grinsendes Arschgesicht genannt wurde.

»Sicher«, sagte er mit hohler Heiterkeit. *»Bueno-bueno.«*

23

Er fiel nicht mehr. Er hatte den tiefsten Punkt erreicht und begann wieder aufzusteigen. Nein, er war nun schon sehr lange Zeit aufgestiegen, schwebte behutsam und gelassen aus der Schwärze heraus. Der fürchterliche Druck auf seiner Brust war fort. Er konnte wieder atmen.

Er lag auf dem Rücken, lag auf etwas Weichem, Kopf und Schultern leicht erhöht. Ein Bett? Er versuchte, die Augen zu öffnen. Nichts passierte. Es fühlte sich an, als wären sie mit Heftklammern verschlossen. War er gelähmt? Er versuchte seine Hand zu krümmen und spürte, wie Fingernägel die Handfläche berührten. Das war nett. Wenigstens etwas funktionierte.

Langsam – er war sehr müde – hob er die linke Hand an sein Gesicht. Sie plumpste gegen seine Nase, als wäre sie eingeschlafen. Er ließ sie über seine Wange gleiten, schaffte es, nachdem er mehrere Male falsch abgebogen war, sein linkes Auge zu finden, und mit einem Finger schob er das Lid hoch und hielt es oben. Das grelle Licht ließ ihn zusammenzucken, aber wie seltsam, angenehm vertraut alles aussah: robuste Holzstühle, Keramikwasserkrug auf dem Tisch, solide Wände, klar umrissene Ebenen, einfache rechte Winkel. Alles war so wunderbar real und dreidimensional. Er war in ihrem Hotelzimmer, und, ja, er lag im Bett. Er konnte seinen Körper hinunterschauen. Das hellblaue Laken, unter dem er lag, war makellos glatt, hatte dort, wo es gefaltet gewesen war, saubere, gerade Kniffe. Gleichgültig, wie lange er schon hier war, er hatte dagelegen wie eine Statue. Er bewegte die Zehen und war dankbar zu sehen, wie sich die dazugehörigen Hubbel unter dem Laken entsprechend bewegten.

Er versuchte, zur Seite zu blicken, doch seine Augäpfel funktionierten nicht so gut wie die Zehen. Er konnte allerdings den Kopf drehen, und als er dies tat, sah er Julie auf einem der hölzernen Lehnstühle; sie starrte vor sich hin auf den Boden, das schwarze Haar ungekämmt. Hinter ihr fiel das rosafarbene Licht des beginnenden Tages in übereinanderliegenden Streifen durch die Lamellentür herein. Es konnte kaum später als halb sieben sein. Ein ganzer Tag war vergangen? Hatte sie die ganze Nacht neben seinem Bett gesessen?

Sein Arm fühlte sich an wie Wackelpeter. Ihn hochzuhalten war einfach eine zu schwere Aufgabe. Er senkte ihn wieder. Das Lid fiel wieder zu.

»Hi«, sagte er. Was dabei herauskam, war nur ein Krächzen.

Er hörte, wie sie aufschreckte. »Es spricht«, sagte sie vergnügt. »Es bewegt sich.« Aber er hatte die Anspannung in ihren Augen gesehen, die Blässe und Erschöpfung in ihrem Gesicht. Er versuchte ihr zu sagen, daß er wieder in Ordnung war, doch diesmal wollte sich seine Zunge überhaupt nicht bewegen.

»Versuch nicht zu sprechen«, sagte sie. Ihre kühle Hand lag auf seinem Handgelenk. »Dr. Plumm sagt, du wirst schon wieder in Ordnung kommen.«

Dr. Plumm? War er denn krank? War das der Grund, warum seine Augen nicht richtig funktionierten? Was war denn überhaupt mit ihm los? Wie ein Automotor, der lange unbenutzt in einer Garage gelegen hatte, sprang sein Verstand zögernd an, tuckerte im Leerlauf und erwachte stotternd zum Leben.

Er war zur Ausgrabungsstätte gegangen. Er hatte kurz im Arbeitsschuppen haltgemacht . . .

»Leo!« rief er. Ein weiteres Krächzen. »Julie, sag Marm-«

»Pssst. Keine Sorge. Sie haben ihn.«

Haben ihn? Wer hat ihn?

Er mußte genug herausgebracht haben, um verstanden worden zu sein. »Inspektor Marmolejo hat ihn verhaftet«, sagte sie. »Er sitzt jetzt in Mérida im Gefängnis. Der Inspektor sagt, du seist brillant.«

»Du meinst, ich habe Marmolejo wirklich davon erzählt? Ich dachte, ich hätte nur geträumt.« Das war es, was er zu sagen versuchte, aber es war viel zu kompliziert, um es herauszubekommen, und auf halbem Weg gab er auf.

»Pssst«, machte sie wieder. »Ruh dich jetzt aus. Wir können später noch darüber reden.«

Er schaffte es, ihren Handrücken zu tätscheln – beruhigend, wie er hoffte –, und ließ sich entspannt in die Kissen sinken. Wie war das? Die ganze Zeit, während er geglaubt hatte, lautlos in dieses aufgewühlte schwarze Vakuum hinauszubrüllen, war Marmolejo wirklich dort gewesen, hatte ihm zugehört. Und nicht nur das: er mußte auch noch recht gehabt haben.

»Seid um neun zurück«, hatte Howard am Fuß der Pyramide zu ihnen gesagt. Nur nicht ganz. Er hatte begonnen, es zu sagen, o ja, doch er hatte sich selbst unterbrochen. »Wie spät ist es jetzt?« hatte er gefragt, und *das* war das fehlende Mosaiksteinchen, nach dem Gideon gesucht hatte, ohne es zu wissen – das Steinchen, das nicht paßte.

Denn wenn Howard nach der Uhrzeit gefragt hatte, bedeutete es, daß er keine Uhr getragen hatte, und wenn er keine Uhr getragen hatte, dann konnte die zerbrochene Armbanduhr, die unter dem Handgelenk des Skeletts auf der Treppe lag, wohl kaum seine gewesen sein. Und wenn es nicht Howards Uhr war, wem gehörte sie dann?

Vor einiger Zeit hatte Gideon endlos lange darüber nachgegrübelt, was er und Stan Ard gemeinsam hatten. Mordanschläge waren nämlich nur auf zwei Personen verübt worden: auf Ard (erfolgreich) und auf ihn (kurz davor). Warum? Warum ausgerechnet Ard und Gideon und niemand sonst?

Nachdem ihm erst einmal klargeworden war, daß die Uhr auf der Treppe nicht Howard gehörte, lag die Antwort auf der Hand. In Gedanken war er zu dem Interview zurückgekehrt, das er mit dem Reporter auf der Veranda geführt hatte. Ard hatte Gideon gefragt, woher er wußte, daß die Decke der Treppe um exakt 4 Uhr 12 nachmittags zum ersten Mal ein Stück eingestürzt war. Zunächst hatte Gideon sich nicht erinnern können, doch dann war es ihm wieder eingefallen. Er hatte zu Ard gesagt, daß er es wußte, weil er später bemerkt hatte, daß Leo Roses Uhr, die von den ersten herabfallenden Steinen zerschmettert worden war, genau um zwölf Minuten nach vier stehengeblieben war.

Und dann, nachdem er ihm das erzählt hatte, hatte er Leo herübergerufen und es ungeniert noch mal in seiner Gegenwart wiederholt. Leo hatte freundlich gelacht und mit seiner Villa-direkt-am-See-Nummer angefangen, aber von diesem Augenblick an war ihm klargewesen, daß Gideon und Ard etwas wußten, von dem er nicht zulassen konnte, daß es jeder erfuhr – nicht, wenn Howards Leiche praktisch jeden Tag gefunden werden konnte. Und wenn es soweit war, würde man bei ihr eine zerbrochene Uhr finden. Und auf dieser Uhr würde 4 Uhr 12 abzulesen sein.

Natürlich konnte Gideon das alles nicht mit absoluter Sicherheit sagen, aber es war eine vernünftige Vermutung gewesen: Wenn man neben der Leiche eines ermordeten Mannes eine Uhr mit einem gerissenen Armband findet, und wenn es nicht dessen eigene Uhr ist, dann – worauf jeder aufmerksame Cop blitzschnell hinweisen würde – konnte es sehr gut die Uhr des Mörders sein, in einem Kampf kaputtgegangen und vom Handgelenk gerissen. Normalerweise achtete jeder Mörder peinlichst genau darauf, solche Dinge nicht in der Gegend herumliegen zu lassen. Wenn aber das Opfer mit einem Vorschlaghammer ans

Fußende einer Treppe geschlagen worden war und wenn dieser schwingende Hammer dann versehentlich gegen einen bereits schwachen Stützpfeiler krachte und fünf oder zehn Tonnen Schutt auf die Leiche niedergehen ließ, dann war es schon ein kleines Problem, wieder an diese Uhr heranzukommen. Wie an alles andere unter dem Schutt auch – zum Beispiel an einen Kodex der Maya von unschätzbarem Wert.

Der Kodex war bereits geborgen worden. Die Uhr war immer noch dort gewesen, und alles, was fehlte, um herauszufinden, ob die Zeiger belastende 4 Uhr 12 anzeigten, war, einfach hinzugehen und sie umzudrehen. Das war es, was er Marmolejo zu sagen versucht hatte, und anscheinend war es ihm ja gelungen.

Was aber immer noch eine Menge Fragen offenließ, doch das Nachdenken bereitete ihm Kopfschmerzen. Julie hatte recht. Sie konnten später darüber reden.

Er drehte ihr mit geschlossenen Augen den Kopf zu. »War's eine lange Nacht?« fragte er, artikulierte sorgfältig.

»Es geht. Abe hat mir bis vor ein paar Stunden Gesellschaft geleistet, aber am Ende habe ich ihn überreden können, schlafen zu gehen.«

Sie drückte behutsam seine Hand. »Wie fühlst du dich?»

»Eigentlich ziemlich gut. Aber meine Augen scheinen nicht . . .«

»Dr. Plumm hat gesagt, sie könnten noch eine Weile gelähmt sein, es wäre allerdings nichts, weswegen man sich Sorgen machen müßte. Sie werden schon wieder. Ist alles andere in Ordnung?«

»Ich glaube schon. Ich fühle mich nur ein bißchen schwach. Und bin auch ein bißchen überrascht, daß ich noch lebe.« Die Worte kamen inzwischen müheloser.

»Dafür kannst du dich bei Dr. Plumm bedanken. Er hält immer ein paar Fläschchen Korallennatter-Gegengift bereit, für Gelegenheiten wie diese. Nicht, daß es jemals solche Gelegenheiten gäbe, außer wenn du in der Nähe bist. Er hat dich mit dem Zeug buchstäblich vollgepumpt. Mußte mit dem Flugzeug Nachschub aus Valladolid einfliegen lassen. Außerdem dürftest du bis unter die Halskrause mit anderen intravenös verabreichten Goodies abgefüllt sein. Weißt du, fast hätten wir dich per Hubschrauber zur eisernen Lunge ins Krankenhaus nach Mérida bringen lassen müssen. Dr. Plumm sagt, du seist ein junger Mann, der ganz schön Glück gehabt hat. Ich zitiere.«

»Dann bin ich also von einer Korallennatter gebissen worden? Woher hat er das gewußt?«

»Durch die Kauspuren, vermute ich.«

»Ich dachte, Giftschlangen hinterließen immer nur die beiden Einstichstellen der Giftzähne.«

»Nee, Elapidae nicht. Die kauen auf einem herum.«

»Elapidae?«

»Das ist die Familie. Korallennattern gehören zur Familie der Elapidae.«

»Oh.« Er konnte einen Mullverband auf seiner linken Hand spüren. »Mußte er die Bißwunden einschneiden und das Blut aussaugen?«

»Nein, nach den ersten dreißig Minuten hat das keinen Sinn mehr. Außerdem, bei *Micurus* bringt das sowieso nichts.«

»Micurus?«

»Das ist die Gattung.«

»Micurus«, wiederholte er langsamer. »Du weißt wirklich die bescheuertsten Sachen.«

Es war sehr angenehm so, mit geschlossenen Augen sich von Julie die Hand halten zu lassen. Er war entspannt und zufrieden, beinahe eingeschlafen. Die intravenösen Goodies, keine Frage.

»Komisch, das mit den Augen«, sinnierte er. »Warum ist ausgerechnet nur der Nervus oculomotorius betroffen und sonst nichts? Nein, warte eine Sekunde, der Nervus abducens muß auch was mitgekriegt haben, weil ich meine Augen nicht zu horizontaler Bewegung veranlassen kann, was bedeuten muß, daß auch noch der Musculus rectus lateralis betroffen ist. Also . . .«

Sie lachte tief aus der Kehle und legte eine Hand auf seine Brust. »Ich glaube, ich kann jetzt aufhören, mir noch länger Sorgen zu machen«, sagte sie, immer noch lachend. »Du bist wieder ganz der alte.«

Das kehlige Lachen ging in langsame, bebende Schluchzer auf seiner Brust über. Ihre Hände verkrampften sich an seinen Seiten. »Oh, Gideon, Gideon, ich war so . . . Gott sei Dank, bist du . . .«

»Na, na«, sagte er schläfrig und hob seine Hand, um ihren Kopf zu streicheln. »Jetzt ist alles wieder in Ordnung.«

Und das war es. Er hörte, wie sein Atmen tiefer und regelmäßiger wurde, spürte seine Hand schlaff von ihrem Kopf gleiten und schien sich selbst zu beobachten, wie er wieder in den Abgrund hinabstieg, langsam dieses Mal, und friedlich, in einen schwarzen und traumlosen Schlaf.

24

Die nächsten beiden Tage vergingen wie in einem durchscheinenden Dunst, meistens recht angenehm. Abe kam und ging, war vergnügt und tröstend. Ein fröhlicher, zuversichtlicher Plumm schien alle fünf Minuten seinen Kopf hereinzustecken, um Gideons Hand mit knallig grünen oder roten Tinkturen einzupinseln oder einen seiner obskuren Tests durchzuführen: Zeit für den Prothrombintest, Zeit für den Thromboplastintest, Zeit für Fibrinogen-Titration. Marmolejo, beinahe ebenso vergnügt, kam zweimal – dreimal? –, um über polizeiliche Dinge zu reden. Und immer war Julie da, ruhig, wenn er Ruhe wollte, gesprächig und beruhigend, wenn er das brauchte.

Am dritten Tag sagte Plumm, daß er wieder reisefähig sei und eine Woche Ruhe zu Hause wahrscheinlich das beste sei, um zu garantieren, daß er rechtzeitig mit den Seminaren des nächsten Quartals beginnen konnte. Auf jeden Fall, sagte Plumm bestimmt, sei kein Gedanke daran zu verschwenden, die Arbeit bei der Ausgrabung fortzusetzen. Gideons schwache Proteste, rein pro forma, wurden von Abe zur Seite geschoben: Gideon würde nach Hause fahren. Anweisung des Arztes. Kein Wenn und Aber. Das Skelett im Haus des Priesters konnte warten. Wenn Gideon später zurückkehrte, um in Leos Prozeß auszusagen, konnte er seine Arbeit beenden, falls er sich dem gewachsen fühlte.

Und so saß Gideon, fünf Tage, nachdem er von einer reizbaren *Micurus fulvius* in einer Ruine der Maya im Dschungel von Yucatán gebissen worden war, auf der grün-weißen Fähre *Yakima*, die sich lautlos und gemessen ihren Weg durch den nebligen, wunderbar kühlen Puget Sound bahnte. Den Flug von Mérida nach Seattle hatte er, trotz Umsteigens in Houston und Denver, die meiste Zeit verschlafen, während Julie las, aber der Anblick der grün schimmernden Inseln der Meerenge hatte ihn wieder lebendig gemacht, und sie hatten begonnen, wieder über Tlaloc zu reden, als die Fähre sich aus dem Edmonds Dock schob.

»Ist es nicht komisch?« sagte Julie, während sie die mit Kresol gestrichenen Pfähle anschaute, die vorbeiglitten. »Wir dachten alle, es wäre nur um den Kodex gegangen, aber dann war es die Uhr. Nur diese blöde Uhr.«

»Genau«, sagte Gideon. »Leo wußte, daß der Kodex eine verlorene Sache war, bei der massiven Kampagne des Komitees und allem. Aber die Uhr – das war wichtig; das konnte ihn mit dem Mord an Howard in Verbindung bringen.«

»Also, ich verstehe aber immer noch nicht ganz, wieso er das Risiko eingegangen ist, so lange zu warten. Warum hat er nicht schon vor Jahren versucht, sie sich zu holen, als noch nicht wieder gegraben wurde?«

»Aber er ging doch gar kein so großes Risiko ein. Als das Institut die Ausgrabungen in Tlaloc einstellte, haben sie sie richtig eingestellt. ›Für alle Zeiten‹, hieß es damals, was Leo nur recht war. Und selbst wenn die Ausgrabungen in fünfzig Jahren wieder aufgenommen wurden, was konnte die Uhr dann noch groß sagen? Das Problem war, sie haben es sich schon nach fünf Jahren wieder anders überlegt.«

»Also ist er zurückgekommen, um zu versuchen, sie vor Abe zu finden. Das ist auch der Grund für das nächtliche Graben im Tempel?«

»Hm-hmh, aber ich glaube, das hat er ziemlich halbherzig gemacht. Er wußte, daß sich seine Uhr bei dem Kampf mit

Howard gelöst hatte, und er hätte sie gern zurückgehabt, um keinem Risiko mehr ausgesetzt zu sein. Aber das war an sich noch kein Grund zur Panik. Er glaubte, es gäbe keine Möglichkeit, ihn damit in Verbindung zu bringen.«

»Bis du aufgetaucht bist und groß getönt hast, daß seine Uhr um zwölf nach vier stehengeblieben ist.«

Gideon wandte seinen Blick von dem Fenster, durch das er hinausgesehen hatte, ihr zu. Seine Augenmuskeln waren immer noch steif, und er mußte den Kopf drehen. Er fand, das verlieh ihm eine gewisse Würde. »Es gibt«, sagte er, »keine Veranlassung, unfreundlich zu sein.«

Sie lachte. »Was würdest du zu einer Schüssel *Washington State clam chowder* sagen?«

»Als wäre ich gestorben und in den Himmel gekommen«, sagte er ernst und begann sich zu erheben.

Julie stand als erste und richtete einen Finger auf ihn. »Du bleibst schön sitzen. Ich geh uns was holen. Ich werde auch heißen Kakao für nachher mitbringen. Dr. Plumm hat gesagt, heiße Flüssigkeiten wären gut für dich.«

»Toll.« Gideon machte es sich wieder vor dem Fenster bequem, genoß das Genesen und das Verwöhntwerden. Alles, was ihm jetzt noch fehlte, war eine Decke um die Beine. Draußen jagten eine Reihe Kormorane auf irgendeiner dringenden Vogelmission keine zehn Zentimeter über das Wasser, wobei sie ihre schwarzen, schlangenartigen Hälse weit nach vorn streckten und wild mit den Flügeln flatterten, um mit der Fähre Schritt zu halten. Hoch oben, weiter nördlich, kreiste unter dicken Wolken ein Adler mit ausgebreiteten Schwingen träge über dem Sund.

Julie hatte natürlich recht. Wenn diese Unterhaltung über die Uhr nicht gewesen wäre, hätte Leo wahrscheinlich weiter herumgestochert, versucht, auf eigene Faust noch etwas herumzugraben, allerdings nicht übermäßig besorgt. Es blieb immer noch Zeit; der Kodex, die Leiche und die Uhr lagen sicher unter einer dicken Schicht Geröll. Was Leo sehr gut wußte, da er sich ja selbstlos freiwillig gemeldet hatte, die Ausgrabungsarbeiten in der Treppe zu beaufsichtigen.

Doch nachdem er erfahren hatte, daß Ard und Gideon von der Uhr wußten, mußte er einschneidendere Maßnahmen ergreifen. Und so war dann wenige Stunden nach dieser Unterhaltung der Drohbrief gekommen, und der Überfall in Chichén-Itzá war am nächsten Abend erfolgt. Und als Ard ankündigte, daß er Yucatán verlassen wolle, mußte Leo sich ihn sofort vom Hals schaffen. Er konnte nicht riskieren, daß Ard später herausfand – vielleicht, wenn er zurück in den Vereinigten Staaten war, außerhalb seiner Reichweite –, daß eine Uhr, die um 4 Uhr 12 stehengeblieben war, neben einer Leiche gefunden worden war, die auf der Treppe lag. Selbst Stan Ard wäre in der Lage gewesen, auf Grundlage solcher Daten zwei und zwei zusammenzuzählen. Der arme Ard.

Was Gideon betraf, so war seine Uhr in dem Augenblick abgelaufen, als die Armbanduhr von Marmolejos Männern freigelegt worden war. Gott, in welche Panik mußte Leo an diesem Punkt geraten sein – aber natürlich hatte Marmolejo ihm eine Nacht Gnadenfrist gegeben, als er es bis zum nächsten Morgen aufgeschoben hatte, sie auszugraben. Und Gideon selbst hatte Leo erzählt, wie er diese Nacht sinnvoll nutzen konnte; er hatte unverblümt seine Absicht kundgetan, am folgenden Tag eine gründliche Analyse des Skeletts durchzuführen . . . nachdem er sein Werkzeug aus dem Arbeitsschuppen geholt hatte.

Sein eigenes Schicksal besiegeln, hätte Ard es wahrscheinlich genannt, und für Leo war es ja geradezu ein Wink mit dem Zaunpfahl gewesen. Er mußte jetzt nur noch zum Nebeneingang von Chichén-Itzá gehen, einem der niedlichen kleinen Kinder eine niedliche kleine Giftschlange in einem niedlichen kleinen Korb abkaufen (selbst bei einem Vokabular, das im wesentlichen aus *bueno-bueno* bestand: wie schwierig konnte das schon gewesen sein?), noch am gleichen Nachmittag zur Ausgrabungsstätte zurückkehren, die Schlange mit geöffnetem Korbdeckel in das Schränkchen stopfen und sie die ganze Nacht dort lassen, damit sie erregter und erregter und wütender wurde. Und wenn dann der herrlich ahnungslose Dr. Oliver am Morgen zurückkam . . .

»Frage . . .«, sagte Julie und stellte ein Tablett auf den Tisch. Sie verteilte Pappschalen mit *clam chowder* sowie Cracker, Plastiklöffel und zwei Tassen Kakao, rutschte dann auf ihren Platz ihm gegenüber.

»Ich habe viel darüber nachgedacht«, sagte sie, »und was ich einfach nicht verstehe, ist, warum Leo sich so bemüht hat, es aussehen zu lassen, als steckte Howard hinter allem. Ich meine, er wußte doch, daß es nur noch eine Frage von Tagen war, bis wir das Skelett fanden. In dem Augenblick, in dem Howards Leiche identifiziert wurde, war all sein geschicktes Manövrieren doch hinfällig.«

»Ah, aber er hat nicht damit gerechnet, daß Howard identifiziert wurde. Weißt du, die Sache mit dem Klarinettespielen war nichts als ein verrückter Glücksfall. Und Howard hatte keine Ausweispapiere bei sich.«

»Nein, aber das konnte Leo nicht wissen.«

»Doch, konnte er«, sagte Gideon. »Ich habe darüber nachgedacht, was damals abgelaufen ist, nachdem wir 82 den Kodex gefunden hatten, und mir ist wieder eingefallen, daß der Vorarbeiter nach dem Lohn für die Arbeiter gefragt hatte. Howard sagte, er könnte ihn ihnen nicht geben, weil er seine Brieftasche nicht dabeihätte. Tja, wenn er seine Brieftasche nicht dabeihatte, dann war es ziemlich unwahrscheinlich, daß er irgendwelche Papiere dabei hatte. Es gab keinerlei Grund für ihn, sich seinen Paß in die Tasche zu stecken. Ich bin sicher, daß Leo das nicht entgangen ist.«

Er machte eine kurze Pause, um die sämige weiße Brühe erst einmal zu kosten. Plastiklöffel, Pappschale und alles, sie schmeckte einfach wunderbar, erinnerte an das Meer und den Nordwesten. Es war verdammt gut, wieder zu Hause zu sein.

»Und abgesehen davon«, fuhr er nach dem zweiten Löffel fort, »wußte Leo, daß Howard über zehn Jahre durch Mittelamerika gezogen war, daher war es nicht sonderlich wahrscheinlich, daß ihn jemand anhand seiner zahnärztlichen Unterlagen identifizieren konnte. Es war überhaupt nicht sehr wahrscheinlich, daß ihn jemand identifizieren würde, Punkt.«

»Außer dir.«

Gideon erhob Einspruch. »Pures Glück«, sagte er wieder. »Und die Tatsache, daß ich den Burschen kannte. Aber nachdem ich erst mal aus dem Weg war, wäre Leo aus dem Schneider gewesen. Niemand, der die Uhr wiedererkannte, niemand, der die Leiche identifizieren konnte. Wie sollte ein mexikanischer Pathologe, der Howard nicht kannte, jemals dahinterkommen, daß diese Knochen seine waren? Die Leiche würde als unidentifiziert abgehakt werden und dem armen Howard zusätzlich zu allem anderen auch noch *dieser* Mord – an sich selbst – in die Schuhe geschoben.«

»Aber du hattest ihn doch bereits identifiziert. Dich umzubringen hätte doch nichts . . .«

»Aber Leo wußte das doch noch nicht, du erinnerst dich? Marmolejo wollte nicht, daß die Crew davon erfuhr.«

»Hmh, stimmt«, sagte Julie.

Eine Weile konzentrierten sie sich auf das Essen. Draußen vor dem Fenster klatschte ein dunstiger Regen auf das metallene Deck. Es sah kalt aus. Es sah gut aus.

»Gideon, was meinst du, was das alles sollte? Was hatte Leo ursprünglich vor? Warum hat er überhaupt versucht, den Kodex zu stehlen? Welche Pläne hatte er damit?«

»Ich glaube nicht, daß es auch nur annähernd so gewesen ist, Julie. Es war kein sorgfältig ausgetüftelter Plan, es gab keine komplexen Motive. Bis fast fünf Uhr wußte ja nicht mal jemand, daß es den Kodex überhaupt gab, und um neun hatte Leo bereits seinen Versuch gestartet, ihn sich zu krallen.«

Er zuckte mit den Achseln. »Ich vermute, Leo hat einfach nur gehört, wie Howard sagte, er könnte zwei Millionen dafür kriegen – ›locker‹, ich glaube, so hat er sich ausgedrückt –, und das reichte, um Leo aktiv werden zu lassen. Zurück zur Ausgrabungsstätte schleichen, ohne von jemandem gesehen zu werden, das Ding einpacken, dann die *bandidos* dafür verantwortlich machen und sich anschließend in aller Ruhe darum kümmern, das Ding zu verscherbeln. Oder wenigstens muß ihm das vorgeschwebt haben.«

Er schob seine leere Schale fort. »Eines habe ich allerdings noch nicht verstanden. Die Kanone. Wie hat Leo sie 1982 durch die Sicherheitskontrollen des Flughafens aus dem Land und dann später wieder reinbekommen? Und wozu? Das war ein verdammt großes Risiko.«

Julie konzentrierte sich darauf, ein besonders zähes Stück Muschel zu kauen und dann herunterzuschlucken. »Oh, die Antwort darauf weiß ich. Er hat gar nicht.«

»Du meinst, er hat sie fünfeinhalb Jahre irgendwo in der Nähe der Ausgrabungsstätte versteckt? Ich weiß nicht, das scheint mir . . .«

Sie schüttelte den Kopf. »Nein, ich meine, die Waffe ist bei dem Einsturz ebenfalls begraben worden, und dann ist sie irgendwann während der letzten paar Wochen wieder aus dem Schutt aufgetaucht. Leo muß ein ziemlich scharfes Auge auf solche Dinge gehabt haben, und wahrscheinlich hat er sich das Ding gegriffen, bevor die Arbeiter auch nur mitkriegten, was es war. Damit Stan umzubringen, war höchstwahrscheinlich nur eine zusätzliche Idee; eine weitere Möglichkeit, Howard zu belasten.«

Gideon dachte darüber nach. »Gute Überlegung.«

»Inspektor Marmolejo ist darauf gekommen. Die Waffe tauchte vor ein paar Tagen auf, günstigerweise unter einem Busch, gerade mal fünf, sechs Meter von der Stelle entfernt, an der Stan ermordet wurde. Inspektor Marmolejo sagt, das Ding hätte in sämtlichen Ritzen Kalksteinstaub gehabt. Die Waffe war verschüttet.«

»Ach, der gute alte Marmolejo. Du machst so ein finsteres Gesicht. Dich beschäftigt doch immer noch etwas.«

Sie nickte, löffelte den Rest ihrer Suppe. »Also, was meinst du, was diese Geschichte mit dem Fluch sollte? War das so was wie ein Ablenkungsmanöver? War es ein Plan, um Dr. Villanueva so sehr aus der Fassung zu bringen, daß er die Ausgrabung wieder verbot? Leo konnte doch nicht allen Ernstes erwarten, daß jemand – abgesehen von Emma – den Fluch ernst nehmen würde, oder? Oder doch?«

»Nein, ich glaube nicht«, erwiderte Gideon. »Ich glaube auch nicht, daß er versucht hat, es aussehen zu lassen, als würde sich der Fluch erfüllen. Ich glaube vielmehr, daß er einfach versucht hat, es so aussehen zu lassen, als würde ein verzweifelter und verrückter Howard Bennett versuchen, es so aussehen zu lassen, als würde sich der Fluch erfüllen.«

Sie nickte weise. »Das ist gleichzeitig schlau genug und verrückt genug, um die Wahrheit zu sein. Daher die Nachricht von den Göttern auf Howards Schreibmaschine.« Sie zog den Deckel von ihrem Kakao, trank und verzog das Gesicht. *Clam chowder* war die Stärke der Washington-State-Fähren; der Kakao kam aus einem Tütchen, das man in einem Styropor-Becher mit lauwarmem Wasser anrührte.

Über ihnen tutete das Horn der Fähre, laut und tief und rauh, und das große Schiff begann majestätisch zu wenden, um am Fährenkai von Kingston anzulegen. Hinter der kleinen Hafenstadt erhoben sich die saftig grünen Flanken der Olympic Mountains und verschwanden im Nebel. Dort oben schneite es.

»Zu Hause«, sagte Julie zufrieden. »Reicht das jetzt an aktiver Anthropologie für die nächste Zeit?«

»Worauf du dich verlassen kannst«, sagte Gideon. »Weißt du, was ich als erstes mache, wenn wir zurück sind?«

»Ja«, sagte sie mit ihrem nüchternen Blick, »du wirst ein paar Tage im Bett bleiben, wie Dr. Plumm es dir gesagt hat.«

»Danach.«

»Laß mich nachdenken. Ein paar Bücherregale bauen?«

»Nee.«

»Die Monographie beenden?«

»Nee. Ich werde mein Büro aufräumen. Alles an seinen Platz.«

»Gut.«

»Ich werde mich bessern. Ich bin ein neuer Mensch.«

»Freut mich zu hören.«

Er trank den letzten Schluck Kakao. »Außerdem«, sagte er und lächelte, »hast du dir je die Zeit genommen, mal darüber nachzudenken, was dort unter all diesem Gerümpel lauern könnte?«

GLOSSAR

Articulus cubiti	Ellbogengelenk
Articulus costovertebralis	übergeordnete Bezeichnung f. Gelenk zwischen Rippe und Brustwirbel
brachycephalisch	ein relativ kurzer und breiter Kopf, dessen Breite 81 Prozent oder mehr seiner Länge beträgt; Begriff aus der Anthropometrie (hier: Kephalometrie)
Cascara	*Rhamnus purshiana;* kleiner Baum, heimisch an der Pazifikküste der USA
Cascara sagrada	Aus der Rinde des Cascara gewonnenes Abführmittel
Ceiba	Kapok o. Kapok-Baum
Chicle	*Achras zapota;* Tzapotl-Baum oder Zapote; immergrüner Baum der tropischen amerikanischen Gebiete
Coati	Auch: ↑ Coatimundi; Coatis sind ganz allgemein Nasenbären (Gattung *Nasua*) mit zahlreichen Unterarten; in Mexiko, Mittel- und Südamerika beheimatete Allesfresser
Coatimundi	Ein Coatimundi ist entweder der Kleine Nasenbär (*Nasua olivacea*), ein Allesfresser, oder aber irgendeine Art der ↑ Coati
Condylus	Knöchel, Knorren; rundliche Verdickung an den Gelenkenden von Knochen
Cotingas	dt. Name: Schmuckvögel
cranialis	kranial; kopfwärts, nach oben zu gelegen; Adjektiv zu ↑ Cranium
Cranium	Kranium; Schädel, die Gesamtheit der zu einem einheitlichen Gebilde verbundenen Kopfknochen

Deformation	Verunstaltung, Mißgestalt. Begriff zur Kennzeichnung angeborener oder erworbener Abweichungen der Gestalt des gesamten Körpers oder einzelner Körperteile
dolichocephalisch	ein relativ langer Kopf, dessen Breite weniger als 76 Prozent seiner Länge beträgt; Begriff aus der Anthropometrie (hier: Kephalometrie)
Femur	Oberschenkel, Oberschenkelknochen
Foramen	*Pl* Foramina; Loch, anatom. Bezeichnung für Lücke, Öffnung
Foramen magnum	großes Hinterhauptsloch; Übergang der Schädelhöhle in den Wirbelkanal
Foramen vertebrale	Wirbelloch, das den Wirbelkanal bildet
Henequen	*Agave fourcroydes;* auf Yucatán heimische Agavenart
Humerus	Oberarmknochen; langer Röhrenknochen des Oberarms
Incisivus	Schneidezahn
Impressionsfraktur	Art des Schädelbruches im Gegensatz zu Berstungsbrüchen: werden bei einem Schädelbruch Fragmente nach innen (zum Gehirn) verlagert, handelt es sich um eine I.
Jacamars	dt. Name: Glanzvögel
Kinkaju	oder Kinkajou (Potos flavus); Wickelbär; in Mittel- und Südamerika beheimateter Pflanzenfresser
kranial	↑ cranialis
Manakins	dt. Name: Schnurrvögel
Mandibula	Unterkiefer
Margo	Rand

Margo supraorbitalis	unterer vorderer Rand des Stirnbeins, welcher den Eingang zur Augenhöhle oben begrenzt
Molare	*Pl* zu Molar; Mahlzahn, großer Backenzahn
Montalban	Ricardo Montalban; amerikanischer Schauspieler
Motmots	dt. Name: Motmot-Sägeracke
Musculus	*Pl* Musculi; Muskel
Musculus pterygoideus lateralis	Kaumuskel am Kiefergelenk
Musculus rectus lateralis	äußerer gerader Augenmuskel
Musculus rectus capitis lateralis	vorderer gerader Muskel des Kopfes, welcher in den oberen Kopfgelenken beugt
Nervus	Nerv
Nervus abducens	motorischer Hirnnerv; Ursprung neben dem Gesichtsnerv (Nervus facialis) am Boden der Rautengrube (Boden des vierten Hirnventrikels, d. i. Fortsetzung des Rükkenmarkkanals im Gehirn); führt in die Augenhöhle zum Musculus rectus lateralis des Auges
Nervus oculomotorius	3. Hirnnerv; verläuft in die Augenhöhle und innerviert dort alle äußeren Augenmuskeln außer Musculus rectus lateralis sowie drei weitere Muskeln
Occiput	Hinterhaupt, Hinterkopf
Orbita	Augenhöhle
Os	*Pl* Ossa; Knochen
Os occipitale	Hinterhauptsbein
Os parietale	Scheitelbein
Processus	*Pl* Processus; Fortsatz

Processus condylaris	auch: Processus condylaris mandibulae; hinterer Gelenkfortsatz des Unterkiefers
Processus mastoideus	Warzenfortsatz; zapfenförmiger Teil des Schläfenbeins (Os temporale), der hinter dem Ohr tast- und sichtbar ist
Protuberantia	Vorragung
Protuberantia occipitalis externa	anthropologische Bezeichnung auch Inion; tastbarer Höcker in der Mitte der Innenfläche des Stirn- und Hinterhauptsbeines
Protuberantia occipitalis interna	Vorsprung in der Mitte der Innenfläche des Stirn- und Hinterhauptsbeines
Radius	Strahl, Speiche; auf der Daumenseite gelegener Unterarmknochen
Ramus	Ast, Zweig
Ramus mandibulae	Unterkieferast; aufsteigender, hinterer Teil des Unterkieferknochens
Red Snapper	*Lutjanus blackfordi;* Roter Schnapper; heimisch im karibischen Raum
Sutura	*Pl* Suturae; Naht, bei welcher benachbarte Schädelknochen durch schmale Bindegewebsplatten miteinander verbunden werden; verknöchern mit fortschreitendem Alter
Sutura lambdoidea	λ-förmige Naht zwischen Hinterhauptsbein und den beiden Scheitelbeinen
Tuberculum	kleiner Vorsprung, Knötchen
Ulna	Elle

AARON ELKINS, geboren 1936, verdiente sich sein Studium der biologischen Anthropologie als Boxer, bis er nach acht gewonnenen Kämpfen drei hintereinander verlor, worauf er sich aufs Servieren verlegte; er war Dozent für Betriebswirtschaft, bis er 1982 von einem Lehrauftrag an einem NATO-Stützpunkt zurückkehrte und sich als Arbeitsloser wiederfand; seither arbeitet er als freier Schriftsteller und lebt in Sequim, Washington. Für *Old Bones* erhielt er den Edgar der amerikanischen Kriminalautoren für das beste Buch 1987.

Im Haffmans Verlag erschienen: *Alte Knochen* (Ein Gideon-Oliver-Krimi, deutsch von Jürgen Bürger, 1992) – *Fluch!* (Ein Gideon-Oliver-Krimi, deutsch von Jürgen Bürger, 1993).

Weitere Gideon-Oliver-Krimis in Vorbereitung.